清院本 《十二月月令图(一月)》(局部)

月令图是传统风俗画的一种,清朝的院本十二月月令图,描绘了一年十二个月民间的生活情形。画上没有署名,但从笔墨的习惯来判断,可能是唐岱、丁观鹏等几位宫廷画家合作的。此图描绘的是农历正月十五元宵夜人们赏花观灯的场景。亭台楼阁处处张灯结彩,户外施放烟火,图中人物集聚品评各色灯具,观赏满园盛开梅花。画中门廊屋顶多采厚重卷棚顶,圆弧顶宅门与蜿蜒游廊将院落划分出几个独立空间,沿着斜角线纵向延伸,端点即重檐卷棚观景楼阁。后方庭院空地高架盒子花灯,灯架下,妇孺老少群聚观赏铺毯上各种技艺表演,热闹非凡。

清院本《十二月月令图（二月）》（局部）

农历二月，天气已由酷寒变得稍稍温暖。所谓"沾衣欲湿杏花雨，吹面不寒杨柳风"，这时园中开满了杏花，人们也从严寒时的"蛰伏"，稍稍出来活动了。图中老老少少，都做着他们乐意做的事情。女孩们在院中荡着秋千。洋溢着一派春暖花开的气象。

清院本 《十二月月令图(三月)》(局部)

农历三月,春风和煦,正是享受户外生活的好时节。图中画的是上巳修禊的故事。文士们坐在弯曲的溪水旁,童子们把羽觞中斟满了酒,让其顺着水流漂流而下,想喝酒的人就从水中把羽觞取来。上巳,是三月初三。修禊,是祛除不祥。羽觞,是能在水上漂浮的酒杯。在汉朝时,人们就有到水边去祓除不祥的风俗。到了晋朝,有名的书家王羲之上巳日与友人在山阴兰亭浮觞咏诗,此后兰亭修禊便成为有名的故事。

清院本 《十二月月令图(四月)》(局部)

农历四月,牡丹花和玉兰花竞相怒放。名园赏花,便成了此时人们最好的消遣;而雨,在此时也时飞时止。男男女女,打着伞,顶着笠,在花丛中往来,使人不禁想到李商隐的诗:"一春梦雨常飘瓦,尽日灵风不满旗",这真是一种优美的境界。野外画着采桑娘,提着篮子,结伴而行,用袖子遮着雨。"蚕忙",催促着妇女们的脚步,使她们行色匆匆。

清院本 《十二月月令图（五月）》（局部）

此图画的是五月初五，民间为纪念爱国诗人屈原而举行赛龙舟活动的场景。在画家的笔下，万棹齐飞，旗鼓喧颠，紧张而热烈的竞争引得两岸民家凭栏观赏，在炎暑的季节，呼唤起一片热潮。园中的葵花，榴花和两岸的苍蒲，也不甘寂寞而争奇斗胜。

清院本 《十二月月令图（六月）》（局部）

农历六月，逼人的溽暑，消耗着人们的体力，因此若没有十分着急的事务，人们都在避暑。画中一片荷塘，垂柳浓荫，画家用青蓝调子的彩色，一层层地涂染，衬托出万顷清凉。画中人物有的在高楼消暑，有的在池塘采莲，有的在凭栏垂钓，有的在放艇清游，使人有一种水上风来、暗香浮动的感受。

**清院本 《十二月月令图（七月）》（局部）**

七月初七是七夕节，又称乞巧节，这天夜里，妇女会进行一系列乞巧活动，向织女星乞求智巧。画幅里的闺中妇女，正设立香案，对月乞巧，细细地好像能听到祝祷的声音。男士们却比较闲散，在敞轩中吹弹作乐。山林中弥漫着森森夜气，树梢上的喜鹊三三两两地停栖着。在民间传说中，牛郎织女每年只在七夕见一次面，在渡过银河之时，无数的喜鹊首尾相衔连成"鹊桥"，让牛郎织女在天河相会。画中的喜鹊，并不完全是为了点景。

清院本
《十二月月令图（八月）》（局部）

农历八月，天气初凉，正秋收。天，显得分外的清明；月，也显得分外的皎洁；芬馥的桂花，也在此时盛放。画中描绘中秋节的夜景。妇女们牵携着儿童，在墙阴檐角轻盈小步，观赏着月色。特立的高台，正张设着盛宴；阁中的女乐，正吹奏着琴笙。画家娴熟的技巧，把古人的生活趣味无穷地延展。

清院本《十二月月令图（九月）》（局部）

由于陶渊明的爱菊，菊花便成了士人们特殊的爱赏物。农历九月，正是菊花盛开的时候，而种菊也各有特殊的技巧。因此人们会在九月初九这天，把自己种植的稀奇菊花品种凑集在一处评赏，以求胜出，当时人称之为"斗菊"。图中所描绘的，正是斗菊的情景。船，运送着盆栽，人，从容地赏玩。野外的游人提携着酒食，是重九登高的另一幕景色。本幅无名款，出自清代乾隆时期宫廷画家集体创作。所画出于清高宗《圆明园四十景诗》中之《汇芳书院》，诗句前说明："可攀扪而上问津石室。"石室可见于画中上方。

清院本 《十二月月令图（十月）》（局部）

农历十月，已进入初冬，严霜把人们的活动从户外驱入了室内。古器名画，卷轴彝鼎，成为室内的雅玩。画卷左侧的一间屋子里，一位老画师正在替人写照；妇女们都在内院，她们鸣弹乐器，缝制衣物，对坐下棋，生活宁谧。

清院本　《十二月月令图（十一月）》（局部）

农历十一月，天气逐渐进入严寒，植物中只有苍松翠柏依然茂盛。水榭当中，画一位年轻的父亲在鞭责幼子，诸人在一旁劝护。隔庭有一所静室，一位老者在禅榻合掌向人答礼。后园妇女儿童，做蹴鞠和捉迷藏的游戏。对岸霜林之中，有一群人穿彩衣，笼野兽，结队而行，像是卖解马戏之类的从业者去赶集市。

清院本 《十二月月令图（十二月）》（局部）

十二月月令图组的十二月一轴，描绘冬季雪景。建筑物由近景向远景推移安排，有西洋透视法则的使用迹象。各个建筑物所区隔出的活动空间内，也都有符合当月节令的多样活动细节安排，人们有的闲立，有的烤火取暖，冰面上滑冰的男子嬉戏游乐，院内的孩童有的堆雪狮，有的踢毽，各得其乐。此组画作的画风精致、设色讲究，可谓清画院风格的突出代表作品之一。

时光里的中国

# 老民俗

李路 主编

余陈晨 孟祥静 编著

四川人民出版社

## 图书在版编目（CIP）数据

老民俗 / 余陈晨，孟祥静编著. -- 成都：四川人民出版社，2025.2. -- (时光里的中国 / 李路主编).
ISBN 978-7-220-13823-2
Ⅰ.I267
中国国家版本馆CIP数据核字第2024VH3008号

# 老民俗
LAO MINSU

李　路　主编
余陈晨　孟祥静　编著

| | |
|---|---|
| 策划编辑 | 段瑞清 |
| 责任编辑 | 曹　娜 |
| 版式设计 | 刘昌凤 |
| 封面设计 | 朱文浩 |
| 责任印制 | 周　奇 |
| 特约校对 | 北京悦文文化 |
| 出版发行 | 四川人民出版社（成都三色路238号） |
| 网　　址 | http://www.scpph.com |
| E-mail | scrmcbs@sina.com |
| 发行部业务电话 | （028）86361653　86361656 |
| 防盗版举报电话 | （028）86361661 |
| 印　　刷 | 三河市华晨印务有限公司 |
| 成品尺寸 | 155mm×215mm |
| 印　　张 | 21.25 |
| 字　　数 | 276千 |
| 版　　次 | 2025年2月第1版 |
| 印　　次 | 2025年2月第1次印刷 |
| 书　　号 | ISBN 978-7-220-13823-2 |
| 定　　价 | 89.80元 |

■ 著作权所有·违者必究
本书若出现印装质量问题，请与我社发行部联系调换。电话：（028）86361656

# 壹 岁时节日里的民俗

❀ **春节** 002
年俗·压岁钱 / 吕桂景　009
乡下年事 / 张静　013
年味、年俗、年趣 / 李柯漂　017

❀ **元宵节** 022
元宵节里忆高桩 / 朱仲祥　027
灯与烟花依旧时 / 张静　031
元宵记忆 / 任随平　035

❀ **清明节** 038
岁岁清明，今又清明 / 李秋生　043

❀ **端午节** 048
风吹艾蒲香 / 虞燕　053
端午的记忆 / 陈理华　057

❀ **七夕节** 064
人间七月七 / 虞燕　069

❀ **中元节** 076
中元节散记 / 刘善民　081
家祭 / 陈理华　085

❀ **中秋节** 088
中秋快乐 / 张静　093

❀ **冬至** 098
冬至帖 / 张静　103

目录

## 贰

## 饮食文化里的民俗

🌸 **面条** 108
面条 / 陈理华　112

🌸 **中药** 116
吃中药的习俗 / 陈理华　119

🌸 **采茶** 122
采茶 / 彭忠富　127
茶与祭祀 / 陈理华　132

# 叁
## 人生礼仪中的民俗

❀ **婚俗** 140
闽北婚俗里的茶礼 / 陈理华 145
请新客与接新娘 / 陈理华 149
畲民婚俗 / 陈理华 151

❀ **乔迁** 154
乔迁 / 李秋生 158

❀ **丧葬** 164
安放 / 张静 170

# 肆
## 游艺民俗

❁ **折子戏** 180
折子戏 / 张静　185

❁ **梆子戏** 190
北路梆子 / 杨晋林　194
村戏 / 刘善民　201

❁ **花灯戏** 204
花灯锣鼓闹新春 / 朱仲祥　207
远程视频里的"花灯表演" / 赵锋　213

❁ **民歌** 216
山歌好比长流水 / 邱保华　221
民歌悠悠唱三江 / 朱仲祥　229
耒歌 / 陈绍龙　233

❁ **舞龙** 236
沐川草龙舞起来 / 朱仲祥　240

❁ **打铁花** 244
记忆里的打铁花 / 吕桂景　249

❁ **埙** 254
与埙相拥 / 张静　258

❁ **唢呐** 264
唢呐声声忆故人 / 张清明　268

## 伍 其他民俗

❀ **赶集** 274
"逢墟切"是个美好的词 / 张冬娇　278
乡村赶集 / 任随平　281

❀ **踏青** 286
走马观花踏青来 / 刘善民　291

❀ **晒书** 298
别人家晒衣服，我家晒书 / 郑自华　302

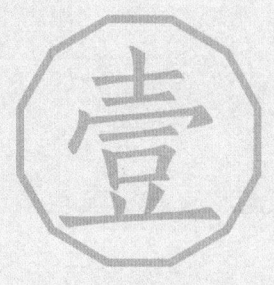

# 壹

## 岁时节日里的民俗

# 春节

chūn　jié

## 概说

春节俗称新春、岁旦、过年等，是中华民族传统节日中最重要的节日，古老而隆重，家人们大多在这天团聚，喜庆的氛围渗透到衣食住行的方方面面。在此期间，遍布在世界各地的华夏子孙都会举行精彩纷呈的庆祝活动，这也成为春节的显著标志。

## ● 渊源

春节起源于上古时期的原始信仰和自然崇拜，由岁首祭祀演变而来，历史悠久。在古代，春节的名称并不叫"春节"，而是叫"岁旦""元旦"，民间称为"大年初一"。《荆楚岁时记》云："正月一日，是三元之日也。"而"三元之日"，指的就是正月初一，意指"岁之元、月之元、日之元"。春节名称的确定始于民国时期，当时政府的内务部给大总统的呈文中提出设立春、夏、秋、冬四节：大年初一为春节，端午为夏节，中秋为秋节，冬至为冬节。但是，只有大年初一为春节被批准了，于是农历新年自此改称春节。

古代"元旦"的日期经历了几次变化。帝王改朝换代，往往就要"改正朔，易服色"。夏历建寅，即以现在农历的正月为第一个月；殷历建丑，即以现在农历的十二月为第一个月；周历建子，即以农历十一月为第一个月；秦朝采用《颛顼历》，建亥之月，即以现在农历十月为第一个月。由于早期多次改变历法，出现了天象与历书记载极其不符的现象，直到汉武帝太初元年（前104），创立《太初历》，以正月为岁首，沿袭夏历，并将二十四节气吸收进历法当中，作为农事的指导。我们现在用的农历就是以《太初历》为基础的。因为历法继承夏历，所以民间至今仍然有称"农历"为"夏历"的说法。《史记》中将正月称为"端月"，这和古代的避讳风俗有关。因为秦始皇名叫嬴政，"政"和"正"同音，为了避讳"正"，而改用"端"。

此外，春节的时间每年会有变动。人们常说大年三十除夕夜，但有时会存在一个月没有30天的情况。因为中国农历中的月是按照月亮的盈亏圆缺来计算的，月亮圆缺的一个周期约为29.53天，而月的天数以整数计算，因此有大月30天、小月29天的区别。

春节还有广义和狭义之分，广义的春节从十二月初持续到正月十五，狭义的春节专指正月初一那一天。民间俗称"过了腊八就是年"，腊月初八喝腊八粥，腊八以后年味渐浓，人们早早准备过年的用品，打扫房屋，购置年货，买新衣服。各地过小年的时间也有一定的差异，腊月二十三是北方的小年，而南方过小年则在腊月二十四，还有的地方在腊月二十五、腊月二十八过小年。过小年这天有祭祀灶神的习俗。传说灶神是主管饮食的神仙，掌握着家庭的吉凶祸福，他监视着千家万户的举动，在民间有着广泛的影响。旧时百姓家中几乎都供奉灶神，或设灶王神龛，或贴灶王画像。灶门两边往往会贴上"上天言好事，下界保平安"的对联，祈求全家平安。除了大家熟知的灶王爷，民间亦有灶王奶奶的形象。传说每年小年这天，灶神要向上天汇报百姓的善恶。百姓们为了防止灶神打小报告，会在送灶仪式中供奉糖，甚至将糖涂在灶王的嘴上，希望灶王在玉皇大帝面前多多美言。有送灶仪式便有接灶仪式，除夕这天，是灶王返回人间过年的日子，百姓要焚香礼拜，虔诚为灶王接风。如果接灶不够诚心，灶王可能就会在玉帝面前说这家人的坏话。

春节的习俗因地域不同而丰富多彩，主要的春节礼俗有放爆竹、贴春联、吃年夜饭、祭拜祖先、拜年等。

春节放爆竹、贴红对联的习俗源远流长。传说远古时期，我们的祖先深受一个叫"年"的怪物的侵扰，到了冬天食物匮乏的时候，"年"就会进入村庄残害百姓，抢掠食物，百姓深受其苦。经过多年斗争之后，人们发现"年"害怕红色、火光和响声，于是在新年的时候，村民们就会挂上红色的桃木板，燃篝火，烧竹子。这天，"年"还像往常一样进村扰民，然而村里却在此时传来噼里啪啦的爆竹声，一时火光闪耀。"年"被吓得赶紧逃走，从此再也不敢出来扰民了。

王安石在《元日》中写道："千门万户曈曈日，总把新桃换旧符。"过年家家户户有贴春联的习俗，桃符就是春联的前身。为何人们使用桃符作为门上的装饰呢？《初学记》引《典术》曰："桃者，五木之精也，故厌伏邪气，制百鬼。故今人作桃符著门以厌邪，此仙木也。"在古人眼中，桃木集五木（桑木、榆木、桃木、槐木、柳木）之精华于一身，能够制伏鬼怪，抵御邪祟。早在周代，新春时节，人们为了辟邪祈福，用桃木做成桃木板悬挂在大门两边，上面画着神荼、郁垒的图像。据《后汉书·礼仪志》所载，桃符长六寸，宽三寸，桃木板上书"神荼""郁垒"二神。门神即守门之神，通常是威武高大的形象。相传神荼、郁垒是守鬼门的两个神，如果鬼做了坏事，神荼、郁垒就会把鬼抓住喂给猛虎吃。唐五代时期门神就多用钟馗。到了宋代，门神画像多为秦叔宝、尉迟恭。秦叔宝和尉迟恭是初唐时期的名将，同列为凌烟阁二十四功臣，辅佐唐太宗李世民登上帝位。相传，一次唐太宗患病夜不能寐，觉得窗外鬼哭狼嚎，不得安宁。于是秦叔宝主动请缨和尉迟恭守在唐太宗的寝殿门口。唐太宗批准后，二人守在寝殿外，夜里果然没有了动静。唐太宗便命人给秦叔宝和尉迟恭画像，然后贴在宫门上以辟邪。这一习俗在民间逐渐流传开来。从古至今，门神的形象在变化，画门神的桃木板也演化为门神贴纸。

门神画的流行带动了民间年画的发展。年画属于中国画的一种形式，大多用于新年时张贴，装饰房屋，增添喜庆的氛围。春节挂年画是很多家庭的习惯，年画通常色彩鲜艳，图案生动，有用于驱凶辟邪的，也有庆祝丰收、年年有余的，寄予着人们对美好生活的期待和憧憬的。年画成为春节期间一道亮丽的风景，极具民俗风情和乡土气息。久负盛名的中国四大年画分别是天津的杨柳青、苏州的桃花坞、四川的绵竹年画和山东潍坊杨家埠的年画。

到了宋朝，挂在门上的桃木板改成了红色的纸张，文人墨客在上面题诗做对子，便渐渐演变成了今天的春联。经过明代皇帝朱元璋的大力提倡，过年挂春联的风俗广为流传。春联和门神贴纸一样，都是一年一换。直至现在，人们依然保留着过年贴春联的习俗。春联由横批、上联和下联组成，上面写的通常是吉祥喜庆的祝福语。区别上下联的办法是，上联的最后一个字为仄声字，下联的最后一个字为平声字。春节贴的对联叫作春联，但是对联的使用不仅限于春节期间，人生礼俗中的婚丧嫁娶都可以贴上对应的对联。对联的形式也越来越丰富多样，在人们的生活中十分盛行，如店铺开张、文人交际等。此外，对联作为一种文雅的文学形式，还广泛应用于亭台楼阁、园林水榭等地。

除此之外，春节贴福字同样是必不可少的环节。《说文解字》云："福，佑也。"人们贴福字，是为了祈求平安，带来好运。贴福字也有讲究，大门上的福字是不能倒着贴的。"福倒了"谐音是"福到了"。往往在特定的地方才倒贴福字，比如水缸、垃圾桶等地方，这样做是为了防止倒东西的时候将福气倒走。

民间还流行贴窗花。窗花是传统民间艺术之一。红纸裁剪的窗花精巧灵动，凝结着劳动人民的智慧，增添节日喜庆的氛围。

饮春酒也是重要的习俗。"春风送暖入屠苏"，新年酒在唐宋时期也被称为屠苏酒。

除夕这天，人们会在白天大扫除，中午和晚上则与亲朋好友举行宴饮活动。全家人在一起吃年夜饭时，通常会有一条鱼，因为"鱼"的谐音是"余"，寓意着"年年有余"。北方人在除夕会吃饺子，象征着"年年饺子年年顺"。人们还有吃八宝饭、年糕的习惯。"糕"与"高"同音，象征着未来的生活会越来越好。家人团聚在饭桌旁，晚辈要向长辈敬酒，送上新年的祝福。

过年还有守岁的习俗，即

除夕，一家人围聚在一起畅聊，通宵不睡。守岁习俗魏晋时期已有文字记载。如南朝晋人周处在《风土记》中记载，除夕夜时，大家会相互赠送礼物，称为"馈岁"；亲人欢聚一堂，相互祝福，称为"分岁"；一夜不眠，等待天亮，称为"守岁"。而现在，普遍是家人们一起坐在电视机前收看春节联欢晚会，在欢声笑语中等候新年的到来。

对于小孩子来说，过春节最开心的是收压岁钱。以前通常是要等到吃完年夜饭，长辈们才给晚辈发压岁钱。压岁钱一般用红纸或者写着祝福语的红包装起来。人们习惯将压岁钱压在枕头下睡一觉，保佑新年平安顺遂。

春节期间尤其忌讳说不吉利的话，如打碎了东西要说"岁岁平安"。正月初一是新年的第一天，新年伊始，人们都期望讨个好彩头，与周围的人和和气气。如果这一天发生了不好的事情，人们会认为这一年的运气都不佳。做生意的人更是希望开门大吉，顺顺利利。过年期间如果调皮的小孩犯了错误，大人也不会随意打骂小孩。

正月初一有祭祀祖先的习俗。汉代《四民月令》载："正月之朔，是谓正旦，躬率妻孥，洁祀祖祢。及祀日，进酒降神毕，乃室家尊卑，无大无小，以次列于先祖之前……"在家中长者的带领下，家人们一同前往家族墓地上坟或者前往祠堂祭祖，追思逝去的先人，祈求福荫子孙。春节期间家人团聚之时，成为翻修族谱的好时机。

从正月初一到初七，每一天都有特别的名称和特定的习俗。

董勋《问礼俗》曰："正月一日为鸡，二日为狗，三日为羊，四日为猪，五日为牛，六日为马，七日为人。"为了新年的好运气，"一日不杀鸡，二日不杀狗，三日不杀羊，四日不杀猪，五日不杀牛，六日不杀马，七日不行刑"。初五又叫"破五节"，因为在这天，过年的诸多禁忌可以被破除，并且这一天是迎接五路财神（户神、灶神、土神、门神、行神）的日子。人们在这天开始大扫除，把垃圾堆在院子里，初一到初五不能倒垃圾，不然会倒掉好运气。初六为"马日"，又叫"送穷日"，在这一天，人们要送走穷鬼。相传穷鬼是颛顼之子，喜好穿破衣服。如果初六这一天家里卫生脏乱，就会引来穷鬼，影响财运，因而初六这一天要打扫卫生，将院子里的垃圾都倒掉，丢掉破旧的衣服。初七为"人日"，是庆祝人丁兴旺的日子。相传女娲在第七天才把人造出来，所以称"人日"。据《荆楚岁时记》记载，在"人日"这天，人们裁剪五色绸为人形，雕刻人形金属薄片贴于屏风或者戴在鬓角上。这些人形图案叫作"人胜"，因而正月初七曾被称为"人胜节"。正月初七还有出游登高的习俗，借此祓除不祥，带来好运。

## 文化意义

　　春节作为一种历史悠久的传统节日，在社会变迁中被人们赋予深厚的情感意义，其深厚的文化内涵和历史底蕴不仅体现了中国人的民族信仰，也表达着人们对春节象征的"团圆"的企盼。在过去的春节习俗中，祭天、驱邪是非常重要的仪式，在现代社会中，这些仪式已经发生了改变，但全家团聚的习俗被保留了下来。

　　然而由于社会经济高度发展，春节的内容和形式也在跟着变化，越来越多人表示"年味"越来越淡了，春节过得没有兴味，节日的乐趣也降低了。春节的传承意义在不断减弱，如今亟待寻回和保护。春节作为一种标志性的民族文化，在维系人们的节日情感、丰富人们的节俗活动时，也呼唤人们对传统文化伦理的复苏。

# 年俗·压岁钱

吕桂景

一提起压岁钱，人们便会想到春节，春节是中华民族的传统节日，象征着团圆、吉祥和对美好生活的向往。每逢春节到来之际，在外的游子们便归心似箭。恍惚间，我仿佛看见父亲站在村口向着孩子来路的方向张望的身影。这温暖的场景，如梦一般在我脑海中浮现，我的思绪渐渐被拉回到童年的时光。

除夕，一家人欢欢喜喜聚在一起过大年。金黄的鲫鱼、红红的枣花馍、醇香的米酒、热腾腾的饺子，依次端上了供桌，桌子上燃起了三支红烛，屋子里瞬间红光弥漫。父亲点上三炷香，双手合十，站在院子里祭拜天地，端起酒杯把酒泼洒在地上，为家人祈福，愿家人健康、平安、事事如意。

敬过天地之后，父亲又回到了供桌前，再次念念有词请祖先及母亲品尝年夜饭。香炉里，袅袅青烟徐徐飘散开来。恍惚间，我仿佛看到了母亲的身影，正望着一家人点头微笑呢。桌子上摆满了丰富的菜肴，忙活了一天的家人们围坐在桌子旁享用丰盛的晚餐，一家人边吃边聊，其乐融融。

晚饭还没吃完，就听见一阵噼里啪啦的鞭炮声从邻居家传来。于是，我们也到院子里放烟花，胆小的孩子躲在大人后面，吓得捂住耳朵，偷偷地从缝隙中看烟花燃放的精彩时刻。只听见"啾"的一声，烟

过年 清 董诰 《高宗御笔甲午雪后即事成咏诗》

老民俗

清 金廷标 《岁朝图》（局部）

花飞上了天，一束束耀眼的光线伴随着嘶嘶的声音在空中炸开了花，五彩缤纷的烟花向四周迸射而去，又一点点散落下来，化为灰烬。

热闹的鞭炮声引来了一群提着灯笼拾小炮的孩子。在漆黑的夜晚，红红的灯笼犹如天上的星星，散落在村庄的各个角落。儿时的灯笼是用薄薄的竹篾编制而成的，外面用半透明的红纸糊上，里面放上一根小蜡烛。这样，一个简易的灯笼就做好了。孩子们提着灯笼穿梭在村庄的小路，只要听到有鞭炮的响声，孩子们就会以百米冲刺的速度跑过去，生怕落在别人后面，拾不到落捻儿的小炮。在来来往往的奔跑中，有个孩子的灯笼着了火，最后烧得只剩下一个空壳子了。

"大家快来呀，开始发压岁钱喽！"不知谁吆喝了一声。此时，只见父亲端坐在椅子上，面前放着一个垫子，晚辈们从大到小依次排开。年长者走到父亲跟前，问声过年好！孩子们先磕头再问好！看到孩子们都来拜年，父亲高兴得合不拢嘴，连连答应着："好、好、好！"然后，从口袋里掏出一沓早已准备好的崭新钞票，每人发一张一元的新钞。孩子们拿着崭新的钞票，翻来覆去地看了又看，一直拿在手里，不忍心对折，睡觉时，就把它平铺在枕头底下，怕弄皱了。

小时候，我们不懂压岁钱的含义，随着年龄的增长，才慢慢理解了它的意义所在。压岁钱是我们的传统民俗，最初的用意是辟邪驱鬼，保佑平安。因为人们认为小孩子容易受鬼祟的侵害，所以用压岁钱压祟驱邪，帮助小孩子平安过年，祝愿孩子在新的一年里健康平安。

压岁钱有两种，一种是以彩绳穿钱编成龙形，置于床脚，这里的钱只是一种形似古代钱币的东西，不是真钱；另一种是长辈用红纸包裹分给孩子们的钱。自从压岁钱变成了真正的货币之后，压岁钱辟邪驱魔的功能渐渐淡化，如今的压岁钱，孩子们大都用来购买自己喜爱的物品。新变化为压岁钱赋予了新的活力，成为长辈对后代的美好祝愿。

# 乡下年事

张静

乡下年事是从一碗腊八粥开始的。整个冬天,乡村是安静的、萧条的,甚至还有几分深深的寂寞和孤独。而到了腊八这天,天刚麻麻亮,家家户户的厨房里亮起了微黄的灯火,勤快了半辈子的女人,裹着棉袄包着头巾,一脸安详地坐在灶台旁拉着风箱,红红的火苗衬着她们通红而质朴的脸庞。大铁锅里,是翻滚热烫的腊八粥,揭开锅盖的瞬间,一股子玉米、黄豆、胡萝卜、豆腐的清香满溢出来,连整个村子都飘满了腊八粥的香气呢!等到日上竿头时,你会看见,门口的土堆上,男人们端着"老碗"蹲在上面,一边扯着嗓子闲侃,一边吸溜着往嘴里刨粥,吃得酣畅淋漓。至于我们小孩子,更是围坐一团,相互瞅着谁家碗里的豆子多,谁家的萝卜丁切得方正,争辩声、欢笑声顺着村子传得老远。

乡下年事还在女人的花棉袄和新鞋子里。腊月里,碰上晴好的天气,吃罢中饭,母亲和一帮女人们围坐在一起,缝棉衣,纳鞋底,做鞋帮,钉鞋扣,绣鞋垫,一张张笑脸被暖暖的太阳烘得如同一朵朵绽开的石榴花。

临近年关,不用说,集市肯定会一天比一天热闹。那会儿,我们小孩子赶一趟年集简直幸福大了去,直到现在还记忆犹新呢!三里之遥的疙瘩土路,伙伴们几乎是一路小跑到镇上的。哇,好一派年集景象呢！人们摩肩接踵地走在窄长的街道上，一步步往前挪着，年集上的东西也是琳琅满目，让人目不暇接。有卖鞋帽、手套等服饰的，有卖瓜子、花生、水果、红糖、烟、酒等副食的，有卖油、盐、酱、醋和各种调味品的，有卖扫把、笊篱、碗筷、铲勺等日用品的，也有卖锅盔、油糕、麻花、粽糕、羊肉泡馍等小吃的，还有卖年画、吹糖皮人和耍把戏的……我看着那些和父母亲一样勤俭节约的乡下人，从棉衣里面掏出卷得皱巴巴的票子，买了十斤猪肉、一斤花生米、几瓶老白干等过年用的年货，一件件往回搬着，碰到物美价廉、称心如意的，满脸像开了花似的。

腊月二十三是小年，乡下人叫"祭灶"，顾名思义，就是祭拜灶王爷，他老人家吃饱了，全家一年都不会饿肚子。记得这天不能清灶灰，不能扫锅台，不能动风箱。待鸡归笼、鸟归巢时分，外婆虔诚地跪在锅台下，嘴里念念有词地请出灶王爷、灶王婆的画像，用糨糊贴在灶台对着的墙上。画像两边的对联是：上界言好事，下界降吉祥；横批是：一家之主。画像的前面，摆着供品：黏牙的灶糖、焦黄的锅盔、喷香的点心等。其中，灶糖是让灶王奶奶吃的，因为她嘴馋好事、爱说闲话，一吃灶糖，牙给黏住，就不能乱说了。我记得外婆做的锅盔最好吃了，慢火烤，烤到微微焦黄，咬一口，酥酥脆脆，有一种无可名状的满足与幸福。

接下来的几日里，乡下年事更加纷繁和热闹。娶媳妇的，杀猪宰鸡，鞭炮齐鸣，高朋满座，觥筹交错，好不喜庆；大扫除的，糊墙贴花，洗洗涮涮，前后院挂满了五颜六色的被单，连树梢上都有袜子裤头迎风飞舞；准备过年吃食的，蒸花馍、煎豆腐、煮大肉、蒸甜碗、炒臊子、压挂面，忙得连热炕头都顾不上躺，却乐得眉开眼笑，越跑越精神。等到年三十，贴门神、写春联、挂灯笼、剪窗花、请先人，一样都不能少，一直到除夕的晚上，在此起彼伏的爆竹声中，乡下人终于迎来了期盼已久的中国年。

年来了，乡下人的团聚就来了，这是乡村年里最让人动容的一幕。你看，通往各村的羊肠小道上，一个个小黑影在纷纷扬扬的冰天雪地里深一脚浅一脚地走着。渐渐地，那些小黑影近了，近到可以清晰地看出来是支书家的大学生拎着大背包从北京城归来；和他一起的，还有村里的泥瓦匠张四，一手背着铺盖卷，一手拎着行李袋，行李袋里装满了乡下人平日里吃不到的糖果和点心，抑或还有半年来装不下的思念和惦记。两个一起穿开裆裤玩到大的伙伴就这么碰到一起了，相互看一眼，由意外到惊喜再到开怀，因为手被占着，只好用肩膀彼此使劲挤一下，算是问候。后来，当我自己也一次次地走在这归乡之路时，才感慨万分：是哟，长久以来，家，许是山野沟壑处那几间土屋；屋里，许有儿孙满堂的欢声笑语；门口，许有等待儿女归来的慈母祥父，可就是这"家"哟，魂牵梦萦着归途中成千上万归家人的心房。

"正月正，串亲忙，喜庆在农家"，一点也不假。在这万象更新的日子里，面朝黄土背朝天忙碌了一年的乡里人彻底清闲了，拖家带口走亲戚串朋友成了乡下年一道亮丽的风景。自行车、架子车甚至马车牛车的，全出动啦！你家初三，他家初五，不见不散。尤其是家家户户年饭里总下不了席面的臊子面，那汤儿，煎稀旺，那面儿，薄筋光，吃得客人红光满面。农家菜，凉拌的，清炒的，炖煮的，也是豆角青青，蒜薹嫩绿，辣椒红红，原汁原味，让人唇齿留香呢！依然记得，年迈的外婆几乎整个冬天都蜷缩在她小屋的热炕上足不出户，可从正月初三开始，她老人家央求两个舅舅用架子车拉着挨家挨户走亲戚。舅舅给架子车厢里垫上厚厚的麦秆，铺上厚厚的棉被，外婆全身裹得像只蚕茧似的坐在上面。到了亲戚家，外婆坐在最上席，满口的牙几乎掉光了，她老人家更多的是在看一屋子的男客女客，孙男孙女一个个吃饱打嗝，那张布满皱纹的脸笑成了一朵灿烂的菊花似的。直到外婆去世后我才懂了：原来，外婆是带着念想去的，她想在离开这个世界之前，再去看几眼自己生命里最亲的人，这样，她便可以无憾地离开。

元宵节过后，年就收尾了，乡下的孩子特别怀念吃油馍、煮汤圆和挂灯笼的日子。不过，小时候，我对吃汤圆并不感兴趣，那一盏盏红彤彤的灯笼却是我的最爱。记得村里的五伯有做灯笼的手艺，五伯用几根竹竿、几片彩纸或彩纱作原料，用刀片将竹子破成又薄又长的竹条，将细长的竹条弯成需要大小的圆圈，然后，剪纸，描画，粘贴，一道道工序下来，不一会儿，就做成了色彩鲜艳、形状各异的灯笼，点缀着古老而传统的旧历年。到了十五的晚上，天还没黑，孩子们迫不及待地点燃蜡烛，提起灯笼像燕子一样飞出院落。红红的灯笼映着飘飞的雪花，寒冷中一丝丝的热气从灯笼的敞口处溢出来。慢慢地，门前的小路上，灯笼多了起来，一盏、两盏、三盏……几乎是一袋烟的工夫，满村的红灯笼像一条条俏皮灵动的彩带，孩子们嬉闹着、奔跑着，陶醉在这一片灯笼河里。夜深了，各家各户门楼上的大红灯笼已经被燃透了，也更亮了。盏盏灯笼，穿过幽暗缥缈的雾霭，闪烁着暖暖的柔和之光，仿若告诉我，来年又一春，人间好锦时。这是一定的。

　　提笔写到这里时，我记忆里的乡村年事，随着时光的远去渐渐淡了。如今，旧历年会如约而来，也会有热闹和温暖遍及我身，但和少时乡下曾经纷繁的年事相比，总少了些让人深深回味的东西，也算一点遗憾吧。

# 年味、年俗、年趣

李柯漂

小时候,不喜欢放暑假的原因多了去了。与其说是放假,不如说是帮父母分担家务活儿。

放牛、割猪牛草,要是父母农活儿忙了,还要帮做饭。一个暑假过完,新学期开学,根据肤色,一眼就能看出谁是城镇来的孩子,谁是农村来的孩子。

那时,小孩子们是特别喜欢放寒假,因为寒假里有年。大人望种田,小孩望过年。过年了,就有一套新衣服穿,还有一双妈妈纳的千层底布鞋,还有父母开放的"政策"——做错事不用挨打挨骂。

印象中,所有的家务活儿都要赶在大年三十前干完。猪牛的饲料备好,灶房里的柴火码起,水缸满起,房前屋后的灰尘打扫得干干净净,毕竟新年新气象。

年三十早上就得吃汤圆。母亲说,吃了汤圆,地里肯结南瓜。我不知道这和吃汤圆有没有关联,大人说的话,我们就跟着信了。到中午就是一顿大餐,鸡鸭鱼肉都有,丸子滑肉配对齐全,农村的团圆饭都是中午开吃。

屋后的坡上有几棵大小不一的桃树、李树。那桃树品种好,结出的果子又红又大,清脆甜心。小时候吃的水果就是由自家屋后这几棵桃树、李树供给的。

吃完团圆饭,年迈的奶奶端着半碗剩饭,拿着弯刀就去给果树喂团圆饭。只见

明 刘原起 《岁朝丰乐图》

奶奶在果树的主干上砍出一道道小口子，用手抓着饭抹在口子上，念叨："砍一刀结一挑，砍两刀结两挑……"见奶奶如是举动，我也拿把弯刀，使劲往一棵小桃树上砍，不知砍了多少刀。奶奶看见了，说："傻孩子，你这样砍，那桃树活不了了。"年后开春，那棵被我喂饭的小桃树，仍然干枯着枝丫，没有吐绿开花。不久，被父亲捡回家当柴火烧了。

祭奠逝去的祖先，是过年必不可少的仪式。年三十这天，父母早早就起床准备中午的团圆饭。到十一二点钟的时候，父亲领着一家大小到坟茔地去给祖先烧香。在一片干枯的茅草丛中，一堆隆起的土堆前，父亲说："这是你们的祖祖。"父亲摆好祭品，点燃香烛，把两串鞭炮挂在旁边的树枝上，他自己先拿纸钱，跪地磕头。

我和弟弟妹妹站在旁边，看父亲在前面磕头，我们站在他后面跟着弯腰。还没有等父亲站起身来，我已迫不及待地划着了火柴，点燃了树枝上的鞭炮，招呼弟弟妹妹们跑开了。

鞭炮突然炸响，父亲受到惊吓，一骨碌从地上爬起来，跑得老远才怒气冲冲地指着我，刚要破口大骂，话到了嘴边还是咽下肚里了。他双眼瞪着我说："你，你咋先点燃鞭炮了呢？"

这是过年，平时威严霸气的父亲也变得温柔了。我知道，他不会在过年时打骂孩子的。

大年初一早上各家各户都要吃汤圆。母亲在一两个汤圆里包有硬币，谁吃到包有硬币的汤圆，预示着来年会挣更多的钱。

在我的记忆里，父亲每年都会吃到包有硬币的汤圆。那时我想，一大锅汤圆，圆溜溜地浮在水面上，白白的个头一样大，咋就被父亲吃到了呢？多年以后，我才明白，煮熟的汤圆都会浮在水面上，而包有硬币的汤圆是不会浮上水面的。

"正月忌头，腊月忌尾"，这是农村的风俗。大年初一忌讳更多，大人教我们不要乱说不吉利的话，不要调皮捣蛋遭人骂。

后来，在城里生活多年以后，每到春节回家，年迈的父母仍然按传统的风俗习惯过春节。然而，我们在城里没有什么忌讳，不讲什么风俗，想怎么过就怎么过，只要开心就好。这样过年就是过节，跟平时没有什么两样，其实，少了许多年味、年俗、年趣。

相比现在，那时物资匮乏，年味却更浓烈。如今的孩子已没有太多关于年俗的印象。与老辈相比，他们现在的生活条件，等于天天都是过年。

要真正回味年味，传承年俗，体验年趣，更多的还在我们儿时的乡村里。

明 陶成 《岁朝图》（局部）

吉語拈題應歲朝
玉梅香色筆端描
凌波斜倚春先報
百合清平鳳律調
嘉慶壬戌新正御題

清 绵亿 《宜春呈瑞》

# 元宵节

yuán xiāo jié

## 概说

农历正月十五为元宵节，又叫上元节，民间俗称灯节。古代以正月十五为上元、七月十五为中元、十月十五为下元，合称一年三元。按照道家的说法，上元乃大官赐福之日，居"三元"之首，有其丰富的历史内涵，经后世演变，定正月十五为元宵节，作为传统春节节日的最后一日，也是一年新的开始。

## ● 渊源

元宵节作为我国的传统节日，具有独特的节日习俗。传说元宵节起源于汉朝，一说是汉文帝为了庆祝推翻吕后专政，每年正月十五要上街微服私访，百姓也在这天纷纷出门，举灯游玩，逐渐演变为一种民间节日风俗；另一说是有位名为元宵的宫女因思乡欲投井，被东方朔救下，东方朔故意散布正月十六长安有火灾的言论，并献策让宫女教百姓做元宵供奉火神，免除灾患，于是宫女得以与家人团聚。最终这一习俗被保留下来，形成了后世的元宵节。

然而将燃灯一俗真正推广开来的是汉明帝。西域佛教有十五日燃灯纪念佛陀光明神变的仪式。汉代永平年间，汉明帝为了弘扬佛法，下令正月十五的晚上在宫中和寺院"燃灯表佛"。此后，元宵燃灯的习俗从宫廷传到民间，每至正月十五，家家户户点燃花灯，市井灯火通明，街上行人络绎不绝，直至宵禁。

魏晋南北朝时，元宵节燃灯逐渐成为一种风气。梁简文帝写过一篇《列灯赋》，记载了当时的盛况："南油俱满，西漆争燃。苏征安息，蜡出龙川。斜晖交映，倒影澄鲜。"描绘了当时宫廷里过元宵节张灯结彩的盛况。

隋炀帝时，十分重视元宵节，每年正月十五举行隆重的晚会，以招待万国来宾和使节。据《隋书·音乐志》记载："每岁正月，万国来朝，留至十五日，于端门外，建国门内，绵亘八里，列为戏场。百官起棚夹路，从昏达旦，以纵观之，至晦而罢。"可见元宵节热闹非凡的场景。

唐朝时期，元宵节的庆祝活动更加盛大。唐玄宗曾令上元佳节连续张灯三夜，一时之间蔚然成风。到了中唐时期，元宵节的规模达到最大，长安的灯市规模空前盛大，据说燃灯五万盏，且花灯样式丰富，还出现了较大的灯楼、灯轮和灯树等，是真正的"火树银花不夜天"。中唐以后，元宵节更是演变成全民性的狂欢节日。唐代诗人崔液在《上元夜六首·其一》中写道："玉漏银壶且莫催，铁关金锁彻明开。谁家见月能闲坐，何处闻灯不看来？"张祜的《正月十五夜灯》写道："千门开锁万灯明，正月中旬动帝京。三百内人连袖舞，一时天上著词声。"

到了宋朝，朝堂内外都极为重视元宵节。唐朝规定灯会时间是三天，即"上元前后各一日"，而宋太祖下令在十六日后加两日，将灯节延长至五天。元宵节期间，灯会盛景空前，据《东京梦华录》记载："灯山上彩，金碧相射，锦绣交辉。"现代元宵节的应节食品是"元宵"，元宵雏形源自于宋代的"浮元子"，是因为这种糯米小圆子煮熟时会在水面上浮浮沉沉，故最初的名字叫作"浮元子"。宋朝郑望之在《膳夫录》中记载："汴中节食，上元油锤。"吕原明在《岁时杂记》中提道："京人以绿豆粉为科斗羹，煮糯为丸，糖为臛，谓之圆子盐豉。捻头杂肉煮汤，谓之盐豉汤，又如人日造蚕，皆上元节食也。"后来逐渐演化为元宵，也叫元宝、汤圆，是以白糖、玫瑰、芝麻、豆沙、黄桂、核桃仁、果仁、枣泥等为馅，用糯米粉包成圆形，可荤可素，风味各异，可汤煮、油炸、蒸食。元宵节吃元宵，是取其圆形，寓意着全家人团圆、吉利、美满之意。

宋朝灯会还衍生出一项新的风俗——猜灯谜，又叫打灯谜，是元宵节后增加的一项活动。

灯谜是由谜语发展而来的。元宵赏灯之时，将谜面写在灯上，烛光映照得以显现，陈列在路边的竹架子上，以供来往的行人驻足猜度，所以叫作灯谜。彩头往往是一些漂亮的装饰物或者精美的花灯。《武林旧事》记载："以绢灯剪写诗词，时寓讥笑，及画人物，藏头隐语，及旧京讽语，戏弄行人。"这项娱乐活动受到了社会各阶层人士的喜爱，流传至今，如今每逢元宵节，人们还是会举办、参加猜灯谜的活动。

明清时期，灯会不再通宵达旦，往往二更天就结束了，但是元宵节足足从初八延长至十七，有十天之久。明朝元宵节不仅在夜晚举行灯会，白天也相当热闹，出现了一种特别的集市，叫作"灯市"。刘侗、于奕正《帝京景物略》记载当时的北京："灯市者，朝逮夕，市；而夕逮朝，灯也。市在东华门，东亘二里。市之日，省直之商旅，夷蛮闽貊之珍异、三代八朝之骨董、五等四民之服用物，皆集。衢三行，市四列，所称九市开场，货随队分，人不得顾，车不能旋，阛城溢郭，旁流百廛也。"白天是集市，晚上是灯会，各地的奇异特产、历代的珍贵古董乃至各种生活用品都汇聚于此，灯市人山人海，热闹非凡。此时元宵节还会进行盛大的烟火表演，烟花名目繁多，"烟火则以架以盒，架高且丈，盒层至五，其所藏械：寿带、葡萄架、珍珠帘、长明塔等"。明朝资料每每记载元宵节的游人，总是呈现出一派欢腾的景象，如唐伯虎《元宵》诗所云："有灯无月不娱人，有月无灯不算春。春到人间人似玉，灯烧月下月如银。"古代还留存下来很多的名人字画，例如明代的《上元灯彩图》就生动地绘出了当时上元节日南京秦淮河灯会上欢腾游玩的繁盛情景，不难看出元宵佳节人潮如织的热闹。

清代的烟花种类更加丰富，烟花制作工艺也更加精巧，潘荣陛《帝京岁时纪胜》记载："烟火花炮之制，京师极尽工巧。有锦盒一具内装成数出故事者，人物像生，翎毛花草，曲尽妆颜之妙。"烟花点燃后，能够先后燃放出不同的人物故事，栩栩如生。富察敦崇《燕京岁时记》中记载的花炮名目有线穿牡丹、水浇莲、金盘落月、葡萄架、二踢脚、飞天十响、五鬼闹判儿、天地灯等近二十种名目。"富室豪门，争相购买，银花火树，光彩照人，车马喧阗，笙歌聒耳。"

此外，因为地域广阔，各地区在传统元宵的日常活动上又发展出很多独具特色的娱乐活动，例如耍龙灯、舞狮子、踩高跷、划旱船、扭秧歌、打太平鼓等。

## 文化意义

元宵节不仅是庆祝团圆的节日，在古代也是一个足够浪漫的节日。封建社会，男女交往并不完全自由，但因元宵灯会的传统，元宵节在封建的传统社会中成为一个特别的日子。节日期间，未婚的年轻女孩们得到允准后，可以结伴出来游玩，赏花灯之时正好是一个互相认识的好机会，未婚男女可以穿过花灯在人群中寻找自己的心悦之人，不少人也选择在这一日与心上人相约游玩。

在有些地区，还有未婚女性在元宵夜偷摘葱或菜的传统习俗，俗称"偷挽葱，嫁好尪""偷挽菜，嫁好婿"，即未婚的女孩，要在元宵之夜到菜园里偷摘葱或青菜，期待未来婚姻幸福，家庭美满。

不少文人墨客由此感怀，写下脍炙人口的篇章，欧阳修在《生查子》中写道："去年元夜时，花市灯如昼。月上柳梢头，人约黄昏后。"辛弃疾《青玉案》写道："众里寻他千百度，蓦然回首，那人却在，灯火阑珊处。"描写传统元宵节时有情人相会的情节，在戏曲中也有诸多表现，例如传统戏曲《陈三五娘》讲述的就是陈三和五娘在元宵节赏花灯相遇而一见钟情的故事，《破镜重圆》中乐昌公主与徐德言在元宵夜破镜重圆，《春灯谜》中宇文彦和影娘在元宵定情。由此一来，说元宵节也是中国的"情人节"并非讹误。

# 元宵节里忆高桩

● 朱仲祥

每年春节丰富多彩的民俗文化活动，是夹江父老乡亲们的最爱，也是我挥之不去的乡愁。"高桩彩绘"就是其中的保留节目之一，也是人们每年春节之后津津乐道的话题。

高桩彩绘是峨眉山下特有的一种传统民间造型表演艺术。这一传统的民俗表演，反映了故乡人对传统民俗文化活动的需求，是巴蜀文化大花园中的一朵奇葩。

高桩彩绘是一种空间造型艺术。它把各种造型的演员（一般都是小孩）高悬、支撑在空中，构成立体精彩的艺术画面，营造出奇特惊险、不可思议的视觉艺术效果。如一台名为《踏伞》的高桩，女演员装扮成剧中人物，凌空站在撑开的油纸伞上，摇摇欲坠，很是惊险奇特；再如一台《活捉王魁》的高桩，那扮成穆桂英的女孩站在鬼卒手持的狭窄立牌上，看着真让人提心吊胆。当然，我还见过更刺激的，就是让演员置身在刀锋之上摆造型，也令人感到不可思议。这些风格各异，惊、险、奇、美的造型，让观众看得津津有味，叹为观止。夹江的父老乡亲，就是通过这种表演方式，鲜明地展示自己的审美和爱憎。

高桩彩绘的造型内容，取材于中国传统戏剧和历史小说中的精彩场面，而故乡人喜爱的川剧故事是其中的首选。单是一部与故乡峨眉山有关的《白蛇传》，就能够衍生出"水漫金山""船舟借伞""断桥相会""盗灵芝"等不同的高桩造型。此外,《水浒传》中的"十字坡",《封神榜》中的"哪吒闹海",《说岳全传》中的"朱仙镇"等,都是高桩彩绘造型的惯熟题材。

　　夹江高桩彩绘,将戏剧情节中的精彩场面,由真人表演定型为立体画面伫立于空中,既神秘又真实,静中有动,动中有静,深受人们的喜爱。因此,每逢元宵,家乡的民众社团就要举办高桩彩绘表演。表演时,夹江城和周边的一些乡镇,人头攒动,盛况空前。人们早早地就等候在街道两旁,翘首以待。每当运载着一台台造型奇特美观、被装饰得五光十色的高桩彩绘的车队缓缓驶来,人群中就会发出阵阵喝彩,伴随着礼花升空,锣鼓喧天,元宵节的热闹气氛被推向高潮。

　　高桩彩绘绑扎技艺,是夹江、峨眉山一带民间长期以来开展各项节日文化活动的结晶,展示了人们的聪明才智和艺术水准。

　　夹江高桩彩绘历史悠久,在川内,特别是乐山市内颇负盛名,在中国民俗文化大花园中独树一帜。它由清末夹江乡间的"平台""地会"民俗表演逐步演变而来,至今已有一百多年的历史。在故乡,平台、地会和高桩,原是三种不同的民俗表演形式,后来人们逐渐用高桩取代了平台和地会,但保留了它们的精华部分。高桩彩绘的早期,是在八人抬的方桌上表演,称作"高桩平台",行话叫"会墩",相当于演戏的舞台。那时受制作材料、表演道具和器材等条件的限制,整个造型只能固定在面积一平方米左右的大方桌上,因此只有人物造型,没有相应的背景衬托。而且当时只能采用人工抬的方式,抬的人走累了,就会停下来歇会儿再走,虽然没有声、光、电等科技手段,却独有一份古朴。

　　随着社会的发展和进步,夹江高桩彩绘也在不断推陈出新。故乡的高桩彩绘表演的改变首先体现在运输方式上。从20世纪70年代开始,由原来人工抬着造型走,逐渐变为用手扶拖拉机载着走,行走更加平稳,宽敞的平台也给了民间艺人们更大的发挥空间。后来,又过渡到用农用货车或载重平板车运载。平台变大了,造型内容更加丰富多彩,场面更加壮观恢宏。特别是利用声、光、电等先进技术,使夹江高桩彩绘绑扎技艺制作更加完美、精湛,形体表演从静止到动感,从无声到有声,从无照明到有灯光布景。

搭建平台和绑扎手段的改变,也给艺术创作提供了更大的自由。在节目取材上,除了传统的戏曲经典场景故事,艺人们还大胆采用一些反映现代生活的内容,将传统艺术赋予时代气息。

总之,运载方式的改变,绑扎技艺和艺术创作方式的改变,使夹江高桩彩绘更具稳固性、安全性,也更具有艺术性。

高桩彩绘在追求惊、险、奇、巧、美等艺术魅力的过程中,非常讲求力学原理,使其达到惊而不险、奇中有巧的效果,这是艺术和力学的完美统一,其奥妙就在于民间艺人高超的绑扎技艺。我的父老乡亲们,就是通过奇巧大胆的艺术构思和精巧娴熟的绑扎技艺,把看似不可能的空间立体画面,展示给节日里逛庙会的人们。

大俗即大雅,大美藏于民间。这些艺人们,都是民间艺术的传承者和创造者。长期以来,他们都在追求美、创造美,表现在高桩彩绘上,则是将表演者通过服装、道具、化妆等艺术造型,使其成为传统戏曲或现实生活中的典型人物。对参演者的挑选,有三个主要标准:一是年龄、个头要相宜,不能太大、太高,否则不好支撑;二是要身体结实,性格坚韧,能够在支架上坚持一个多小时(如果加上绑扎的过程,时间就会更长);三是外形要与所饰演的角色接近。因为年龄等条件相对苛刻,一个小孩最多只能参加两次表演。听说我有一次成了表演的候选人,被母亲一口回绝了,理由是我身体不好,怕坚持不下来。那些平日里一起玩的小伙伴,一上戏装就变了个样,特别是扮作小生、花旦的,美得不行,让人羡慕。

元宵节当天，小演员"腾空"于"会墩"之上，成为万众瞩目的焦点。他们或站在指尖上，或吊于刀尖下，以示其险；将人物立于转动轮上，或立于飞带之中，或扮演动物，绘声绘色，以示其奇；演员的服装道具制作精良，加之整体造型大方、协调，以示其美；整台高桩造型藏其机关，隐其锐角，暗藏滑轮、录音等道具，使观众迷惑不解。

观看高桩彩绘的人们总会暗自琢磨，他们是怎么做到的？后来探访高桩绑扎老人，我才略知一二。其中的奥秘，就在于支撑演员的一根根铁棍上。这些铁棍不长，但足以支撑表演的孩子们。铁棍一头固定在平台上，一头绑扎在演员腰间，这看似很危险，实则牢靠安全。这些起到固定作用的铁棍，被戏服和道具巧妙地挡住了，一般人看不出来。不过，过去用人工抬着走时，也出现过失误，抬的人因不堪负重将演员颠下了平台，露出了里面的铁棍机关。近年来采用汽车运载的方式沿街慢行，这种掩饰的效果就更到家，一般外行人更不容易看出名堂。

近年来，故乡夹江的高桩艺人们，还把灯会和杂技的一些技法运用到高桩彩绘中来，所使用的也不仅是铁棍和布条，还有光学、电学等科技手段，参与制作的人也年轻化了。故乡的新老两代人一起努力，让这一民俗艺术彰显出了更加迷人的魅力。

# 灯与烟花依旧时

● 张静

上元夜,上元节,旧历年万家狂欢的最后时刻。

往年,我总要倚在窗台看烟花。那烟花,是我从未见过的繁盛和瑰丽:黄色如菊,天女散花一般垂落;殷红的,似梅花朵朵,又似云蒸霞蔚;蓝色的,如海上的碧波,泛出层层涟漪;偶尔还有几缕紫色的,如细碎婆娑的兰花,纷纷扬扬地从天空漫不经心地垂落。

夜空下,这些可爱的精灵,一会儿似点点繁星从银河滑落,一会儿似千尺瀑布一泻千里,没多久,楼宇一角,东一块,西一块,到处是烟花声声,五彩缤纷。

这样的烟花一看就是十几年。有一年的元宵夜,放烟花的人很少,小城静悄悄的,偶尔会有零星的烟花和爆竹声,算是有一点年的气氛可以衬这元宵之夜。

给母亲打去了电话,告诉她今天弟弟小手术顺利,让她和父亲勿要挂念。母亲正在庙上,与四婆、五姨和几个婶子一起上香。我可以想象,庙里一定香火缭绕,烛光婆娑,经声不绝。母亲说,村子开始放烟花了,四处噼里啪啦的,庙上人也很多,她给家里所有的孩子都上了一炷香,许了愿。最后,母亲说,蒸了我最爱吃的老鼠馍,明天我弟媳过来时就捎上了。

这样的絮叨,若放在前些年,我是很不耐烦的,甚至还会取笑和反驳她。如今我不再说什么了,随着年纪增长,悲欢离合,酸甜苦辣,经历的事多了,冥冥之中,竟然也与母亲一样,内心偶尔会滋生出几分相信宿命的心绪来。尤其是年过不惑之后,当母亲说去赶庙会,去朝山,我从不阻拦,甚至提前会给母亲一些钱,叮嘱她坐车、住宿要注意安全。后来,看到耳背的婆婆一辈子不烧香、不拜佛、不赶庙会时,竟有几分不太理解。问及婆婆,家里为啥没有供奉土地爷、灶王爷、财神爷等,耳背的婆婆红着脸,笑了笑,说:"一忙就忘了,记不住,也麻烦。"

我不再勉强,原本是随缘的事,婆婆不信,大抵也是对的。

记忆里,小时候,乡下在上元夜是不吃汤圆的,但必须给各路神灵敬献干果和油面馍。油面馍分糖包子和老鼠馍。起初,不大懂得蒸老鼠馍的由来,只觉得样子好看,味道好吃。通常母亲蒸老鼠馍的时候,我总是安静地站在旁边,看她一双巧手,很利索地捏出老鼠的形状,使唤我一声:"红红,去上房把剪子拿来。"

我迈过门槛,一路小跑取来,看她变戏法似的剪出鼻子、耳朵、嘴巴、尾巴,然后挑一些饱满圆实的红豆或绿豆点出眼睛,一下子,老鼠的神气就出来了,白胖胖的,憨态可掬。上锅前最后一道程序,是母亲在老鼠的嘴巴上,粘上用红萝卜切成的细条。

我觉得奇怪,就问母亲:"娘,好好一只老鼠,为啥要用红萝卜封住嘴巴?"

母亲告诉我:"傻孩子,当然是不能让老鼠吃地里的庄稼和粮仓里的粮食。"

"哦,明白了。"

我很喜欢和怀念老鼠馍的馅,有母亲炒的油面、炸猪油籽,加上盐、大葱、黄姜等五香调料,咬一口,浓香扑鼻,唇齿泛香,那是一种无论过去多久都不能轻易丢弃和忘怀的味道。

除此之外,家家户户无论富盈还是贫瘠,都会在自家门前挂起一盏盏红彤彤的灯笼,暮色四合时,灯笼像火一样,将夜空点燃。远远看去，天地之间，一条条灯带，蜿蜒着，伸向无边的夜空，多看几眼，真有唐代卢照邻在《十五夜观灯》里所描写的"接汉疑星落，依楼似月悬"那一番景致。

在乡下，上元夜里，十二岁以下的小孩子，都要挑纸灯笼。灯笼是舅家送的，有圆桶形的、莲花形的、桃子形的，以及各种属相形的，形态逼真，活泛调皮。我外爷会做灯笼，每到正月，都会用上好的竹篾做灯笼给我，竹篾做的灯笼粗细宽窄均匀，柔软且捆扎结实，任我上蹿下跳都完好无损。不像别的伙伴的灯笼，没玩几下就被扯裂或者碰烂了，还有的，风一吹，蜡烛就倒了，几下便烧成了一团火，故而他们总往我的灯笼跟前凑，一脸的羡慕和眼馋。

外爷走后，两个舅舅在外工作，灯笼技艺自然失传了，等到我的儿子出生后，每年初六，我从老家回城时，母亲必须差我弟弟去镇上，专门找那种用丝绸或者彩色塑料做的、不易损坏的灯笼给我儿子。儿子当然高兴了，像宝贝一般抱在怀里，一脸的满足和兴奋。不过，我总觉得，少了原浆纸做出的灯笼那份淳朴和温热的气息。

如今，孩子们都大了，挑灯笼的快乐从他们，也从我的生活里彻底褪远了，仿佛那是很久远的事情了。倒是每每看到那一抹红之后，内心深处一种期盼汹涌而来，那是关于岁月稳妥和安宁的期盼，如这渐次而来的爆竹和烟花声一样，一年一年，不会和时光，和人间，和我，失了约定。

上元节后，是节气惊蛰了，枯木逢春，春天的色泽一日日加重。忽而想起我的好友曹文生说："一个人，逃不出惊蛰，也逃不出春天。"从其中，我读到一种淡淡的乡愁，如旧时的上元节一样，朴素着，也美好着。

❧ 清 黄钺 《京華春熙》之《春旛剪彩》

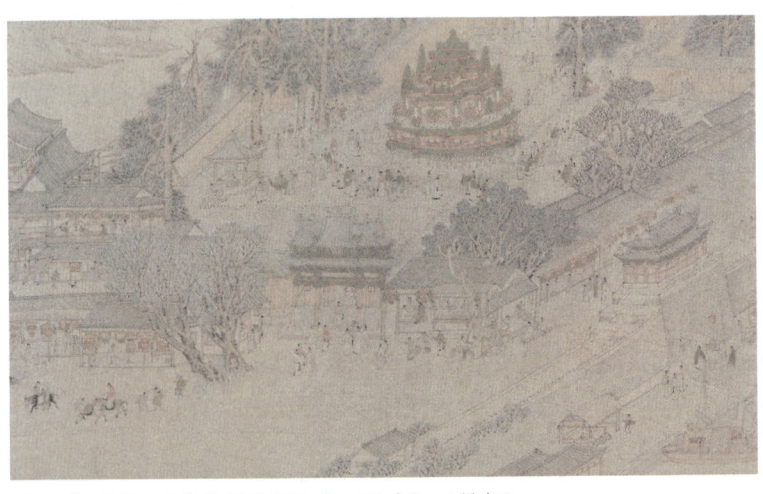

❧ 明 吴彬 《岁华纪胜图》之《元夜》（局部）

# 元宵记忆

● 任随平

关于元宵节,最易出现在人们脑海中的是"逛庙会""采花灯",然而,元宵之于我的记忆,最深刻的便是踩高跷了。

那时候,不论是在村庄,还是在小镇,踩高跷作为元宵节的重头节目,是人们相当重视的。高跷的彩排与演出地点如若在村庄,一般是安排在村庄的核心位置,要么是整个村庄的空闲场所,要么是村庄的中心——巨大的公共场院。演出当天,人们会早早地起床,结伴而行来到场院中,领头的"团长"开始安排工作任务,上了年纪的长者坐在木凳上交谈,看着年轻人忙活,必要时指点一二。我们这些小孩子,便趁机在草垛之间穿梭追逐,嬉戏打闹,有调皮的,穿梭在高跷之间,惹得大人们一阵责怪。不过,就在我们玩闹的空当,高跷很快就装扮结束,接下来便是等待演出了。

演出的场面非常盛大。首先是"接高跷",这"接"的仪式形同"接社火",人们在孩子王的带领下,到每家每户收集油饼、花卷、麻花,不论有啥吃食,不管是多是少,只要给了就行,大家就图个吉祥。除了这些,富裕人家还会装几个暖锅,供大伙演出完毕后一起饱食一顿。其实,更重要的是感受集体的温暖与快乐。

等这些收拾停当,大伙分成两队,一队是演出组,一队是迎接组。演出组由高跷队员和服务人员组成，迎接组队伍庞大，关键的人物是仪程官。仪程官手摇蒲扇，身着袍衣，走在迎接队伍的最前面，紧接着的是锣鼓。正式迎接是在两队见面之后，锣鼓喧天，炮声如雷，仪程官将蒲扇在空中向后一摇，锣鼓停止，仪程官高声诵诗，每诵一句，锣鼓就有节奏地伴奏一阵，诵诗一般有四句，或者六句，对仗工整，内容句句喜庆，或与节目有关，或与场景有关，或与仪程官眼见有关，不是机械背诵，而是随机应变，由仪程官即兴发挥，语言诙谐幽默，常常引人捧腹大笑。一次诵诗完毕，双方队伍前行一段，好热闹者便再次回首聚集，高声呼喊要求诵诗，仪程官不得已再次作揖诵诗，众人再次高声欢呼，热闹非凡。就这样边走边闹，将高跷队迎进演出场地。

正式演出的时候，男女老少围在场地四周，表演者按照剧情装扮，按照顺序次第出场，向观众微笑示意并热情表演，时不时向众人招手，姿势滑稽，表情幽默，孩子们哈哈大笑，老人们掩面而笑，年轻的妇女们则面带羞赧，相互扯着衣角，扭作一团。

待到演出结束，人们已是满心欢喜，或三三两两坐在场院边上闲聊，或领着孩子回家去。而节日的喜庆与快乐却永远地留在了人们的心里，那样真切，那样恒久。

🪷 唐 周昉 《人物卷》卷一

🪷 唐 周昉 《人物卷》卷二

# 清明节

qīng míng jié

## 概说

清明是二十四节气之一,也是二十四节气中唯一一个演化为节日的,又称踏青节、行清节、三月节、祭祖节等。清明节是在每年的4月5日前后,从太阳到达黄经15。时开始,总的来说是在公历4月4、5日或者6日中的一日。2006年5月20日,中华人民共和国文化和旅游部申报的清明节经国务院批准列入第一批国家级非物质文化遗产名录。

## ● 渊源

关于"清明"这一名称的由来,古人记载得十分详细。《月令七十二候集解》:"三月节……物至此时,皆以洁齐而清明矣。"《历书》中说:"春分后十五日,斗指丁,为清明,时万物皆洁齐而清明,盖时当气清景明,万物皆显,因此得名。"按《岁时百问》的说法:"万物生长此时,皆清洁而明净。故谓之清明。"古人认为,清明时节,春回大地,处处生命力旺盛,大自然清净而明亮,万事万物都重新显现出来,所以叫作清明,选入二十四节气之一。

而清明节作为一个节日则是由寒食节引申而来的。相传春秋时期,晋国公子重耳因为骊姬之乱被迫逃亡,逃亡期间,介子推曾经割下自己大腿上的肉给公子重耳充饥,重耳即赫赫有名的晋文公。晋文公复国后,并没有给介子推赏赐,于是介子推携母隐居山林。此后,无论晋文公如何邀请,介子推都不为所动。晋文公便令人放火烧山,逼介子推出山,然而万万没想到,介子推在熊熊大火中抱木而死。晋文公感到非常哀伤、后悔,为了纪念介子推,下令这一天全国不得举火。寒食节禁火的习俗据说来源于此。《荆楚岁时记》中记载荆楚地区有"禁火三日,造饧大麦粥"的习俗。

但真正的寒食起源,其实与大众印象中的介子推毫无关系,它起源于上古时代的一项旧习——改火。古代钻木取火,每个季节用其适合的木材取火,因此四季变化时便需要改火。《周礼》中有记载:"仲春以木铎修火禁于国中。"这是由于北方气候寒冷,三月初春时期气温上升,正处在改火的季节,在新火未到之时禁止生火。传统的寒食节时间相当长,据《后汉书》记载:"太原一郡……士民每冬辄一月寒食。"两汉时期的《周礼》中记载当时有"司炬"的官职,上古时期人们生活在丛林里,对火有天然的敬畏,仲春气候干燥,人们保存的火种容易引发森林火灾,并且春雷也会带来火的肆虐,古人为了保护自己的家园,在这个季节往往要进行隆重的祭祀活动,把上一年传下来的火种全部熄灭,然后重新钻燧取出新火,作为新一年生产与生活的起点,这就叫"改火"。在这期间,人们必须食用早已准备好的熟食或者冷食度日。很多地方对这项制度的执行非常严苛,但吃冷食对健康不利,所以这项制度逐渐被废除。汉代的寒食节,很多地方要禁火一个月,到了唐代,寒食节变成三天。

唐朝之后,寒食节在人们生活中的地位逐渐下降。到了宋元时期,清明节的地位上升,进而取代寒食节。所以尽管清明节历史悠久,但是扫墓的传统实际上是在唐宋时形成的。据《唐会要》记载:"二十四年二月二十一敕:'寒食、清明四日为假'。"清明节规定假期则是为了让官员们回乡扫墓,不耽误职责。此后这项习俗一直沿袭下来,玄宗时将寒食节扫墓的习俗纳入了五礼。清明时节,族人结伴而行,祭拜共同的先祖。杜牧笔下的"清明时节雨纷纷,路上行人欲断魂",将清明节的景象形象地刻画出来。每逢清明时分,江南总是细雨飘飞,略带凉意的春雨,更给行人增添一缕哀思。"扫墓"顾名思义,即清扫祖先的坟墓。一年过去了,祖先坟墓上杂草丛生,落叶成堆,后人将其清扫,以免祖先的坟墓被毁坏。人们还习惯用砖块或者土块压纸钱于坟上。然后,族人给祖先供奉祭品,烧纸钱、纸叠成的包袱和金元宝等,借以表达对祖先的纪念和尊敬,也诉说着对亲人的思念。白居易的《寒食野望吟》中便描写了扫墓的场景:"风吹旷野纸钱飞,古墓累累春草绿。棠梨花映白杨树,尽是死生别离处。"清明节后,漫山遍野白幡飘飘,是属于中国人清明节的独有景观。

唐宋时期,清明节逐渐发展出了踏青这一习俗。清明节处在春意正浓的时节，万物焕发出勃勃生机，正是郊游的大好时光。在这个时候扫墓、踏青，不仅是对逝去先人的缅怀，也不乏赏春光的意味在其中。于是人们携家带口，在扫墓之余，在山乡野间游乐一番。踏青这项节令性的民俗活动，起源于远古农耕祭祀的迎春习俗。这些习俗有的发展成为立春的习俗，例如鞭春牛、养春蚕等，有的就分化至清明等节气活动，例如踏青。踏青习俗历史悠久，民间一直保持着清明踏青的习惯，迎春郊游于野外已经成了一种风俗，直到今天也深受人们喜爱。踏青风俗至唐宋尤盛。据《旧唐书》记载："大历二年二月壬午，幸昆明池踏青。"可见，踏青春游的习俗早已流行。

除了扫墓，清明节还有荡秋千、打马球、蹴鞠等娱乐活动。坐在秋千上的姑娘们凌空而起，裙摆飘飘，像极了天上的仙女。贵族妇女骑在驴上打马球，呈现一片热闹欢愉的景象。

清明节并不像端午节、元宵节那样有特定的几乎全国统一的节日食物，各地食俗差异很大，范围最广、历史最悠久的还是南方的青团。清明节时，中国南方部分地区有吃青团的风俗，且各地对青团的叫法不一样，有清明饼、清明粑、艾叶粑粑、艾糍、艾叶糍粑、艾粄、艾草糕、清明团子、艾草青团等，大部分都是用艾草或鼠曲草榨汁和糯米粉做的。而在闽南地区，每逢清明节会做一些糕、粿和米粽，最著名的叫作菠菠粿。在浙江湖州等地，人们清明前后吃的东西都很讲究，吃藕是希望蚕吐的丝又长又好，吃发芽豆是博得"发家"的口彩，吃马兰头等时鲜蔬菜，是取其"青"字，以合"清明"之"青"。

## 文化意义

　　中国传统节日里既是节日又是节气的只有清明。清明节既融合了中国人重视家庭、亲情的理念，也是放松身心感受自然的好时节。在时间的流变中，清明节融合了寒食节、上巳节的一些习俗。在这天，我们为祖先扫墓，缅怀先人，慎终追远。与此同时，清明时节，正值春暖花开，春和景明，是出游踏青的好日子。"春水碧于天，画船听雨眠"，春意盎然，勃勃生机，游人沉醉于春花春雨的美景中，感受自然的和谐美好。不仅如此，清明节的意义更在于告诉我们珍惜眼下的生活和身边的亲朋好友。逝者已逝，唯有将对亲人的思念化成前行的动力，勇敢地面向未来，不负可贵的年华，才是对亲人最好的宽慰。

# 岁岁清明，今又清明

李秋生

春分多日，清明已不远。想想又该上坟祭扫、缅怀先人，总不免心意沉沉，思绪纷纷……

一

2008年清明节的前一天下午，我正在上班，忽然弟弟打电话说要回家上坟，我问不是明天吗？弟弟说明天是"阳公祭"，不上。我正匆忙准备回家，这时母亲来电话说不用回去了，她已经去上过了。听后，心中很是不安。

因为杜牧的一首《清明》，从晚唐起清明节就变得有些悲悲戚戚。其实，上坟大多不是悲伤的事，更多的是缅怀先人，汇报一下家里的情况，温馨而轻松。在孩子们眼里无异于踏青和游戏，故而说说笑笑、跑跑跳跳也无妨，更被看作人丁兴旺的好事。

伯父、父亲在世的时候，清明、中秋、年三十上坟都是他们操办，我和小辈们只是跟从：拤着圈盘，点上一炷香，提着酒瓶，跟在他们的身后。沿一条沟畔小径来到坟地后，小辈们有的抢着去压坟头纸，有的忙着在柳枝上挂鞭炮。伯父、父亲边摆好祭品，便燃起纸钱。待纸钱烧透成灰，他们便招呼一声，于是大家一起跪在地上，给先人磕上三个头，仪式就结束了。

那时自己年轻，有长辈在，所以一切也

不往心里去，对上坟仪式的流程也不太懂。自从父辈过世后，这一切自然成了我这个"长子长孙"的使命。开始时不大适应，有时就记不起来。在母亲提醒过几次后，只好将上坟日子记在笔记本上防止忘记。但对民间的一些风俗习惯，仍搞不清楚，像"七月十五十四上"啊，"一月不上两次坟"啊，什么"阳公祭"之类，等等。这次就是。

去上坟的路上，我和弟弟默默地走在前面，就像从前的父辈；一帮侄子跟在后边，边跑边采着田垄上的野花，就像从前的我们……

"飘飘何所似，天地一沙鸥。"想想人类不就是这样吗？不过是自然界的匆匆过客，生生死死，来来去去；一代代地繁衍生息，就像在进行一场没有终点的接力，老的老去后，接力棒就传到你的手上。上坟就是对接力者的时时提醒：要跑好这一棒，继续传下去……

愿逝者安息，生者幸福！

## 二

2013年清明节，很不寻常！

因为村庄已整体拆迁，所以列祖列宗们的魂灵居所也要迁往新址了。

中国人历来安土重迁，对先人的坟地更是看得神圣而庄重。年近七旬的母亲一改年轻时的爽直泼辣，对这件事的态度变得谨慎而虔敬。从老早就一遍遍问询，反复斟酌迁坟的有关事项，前前后后，大大小小，细致入微，为此常常夜不能寐。

家里的坟共有三座：爷爷奶奶（合葬）的，三爷爷三奶奶（合葬）的，父亲的，都在村子的东坡里，相距不远。

爷爷、三爷爷去世得早，那时我还未出生。三奶奶一直跟二伯父一家生活，我有个朦胧的印象，她大约去世于20世纪70年代初。

奶奶性格爽快开朗，把我们拉扯大，因此我与奶奶感情特别深。她老人家一辈子吸烟喝茶，偶尔抿一口白酒。奶奶1995年农历八月去世，享年九十三岁。

父亲在农机系统工作，工资微薄，为了一家老少的生活，含辛茹苦，奔忙劳碌。待我兄弟仨成家立业，日子稍见宽松时，父亲却突发重症，虽做手术挽救，终究回天乏术，在痛苦中延宕一年后与世长辞，那是2004年的农历四月，年六十一岁。父亲为人处世豪爽耿直、诚实仗义、乐于助人、孝敬长辈，在村子里有极好的口碑。父亲心灵手巧，制造修理、写写画画，皆擅长。父亲性嗜酒且喜食辛辣，每有酒场，往往酩酊，其后生病，恐受此害。父亲一生不易，即将退休安度晚年时，却溘然长逝。每念及此，我辈无不痛惜扼腕！

4月1日，发钱粮，以告知先人。

4月2日，动土。一天细雨纷纷。

4月3日，天气晴暖，东北风稍强。正式迁坟。堂兄弟六人从早到晚，在母亲指挥下一切按既定计划来办，一步步稳当顺利，至19点左右，圆满完成。

新的坟址位于村子正东4里左右的一片空旷的田野里，四周麦田与杨柳环绕，远离村庄和喧嚣的公路，实在是一块难得的僻静地。墓地是开发区统一规划建设的崔、宋、王、邵、吴、杨六个村子的公墓。一样的规制，显得很是整齐、肃穆……

4月4日，清明节，是上坟的日子。四邻八村，男女老少，熙来攘往。在各家各户的活动结束后，7点钟，村里举行集体仪式：发钱粮，放鞭炮，以纪念坟地乔迁成功，告慰先人在天之灵，祈求神灵护佑众生……

沧海桑田，在活着的人完成了一次家乡的变迁之后，逝者也进行了一次魂灵的迁移。

而今，生者与逝者各得其所，愿阴阳两界永世安宁！

## 三

伯母伯父一年前先后去世，2020年的清明节便有四座坟。

八年的时间，墓地里一排排小松树，都已是丈把高，郁郁苍苍，更显肃穆。午饭一过，便有车陆续向墓地驶来。接着，缕缕青烟升腾，鞭炮声也接二连三地响起来。祭扫的人们或三五一帮，或八九成群，聚拢在各自先人的墓碑前，压纸、燃香、烧钱、告慰、祭酒、叩首、燃放鞭炮，一切循着从前的规矩，虔诚认真。

我们兄弟也一样，按先祖辈后父辈的顺序依次上坟。每一座都毕恭毕敬，每一步都细心周到……待伯父伯母坟前的纸钱燃尽最后一缕火苗，我们站起身，拍拍身上的灰土，心里便觉几分轻松。

环顾四周，来来去去的人们，多是原来的左邻右舍、街里街坊。递烟打火、寒暄问候间，留意到他们中多是两鬓染霜的半百者，鲜有年轻人的身影。

是啊，看看我们一家不也如此吗？来上坟的我们堂兄弟六个，皆是知天命之年。下一代子侄辈们共九人，全都没有来——四个侄女，不兴上，没来。儿子加四个侄子：两个上班，一个在北京，一个在苏州；两个读高中，一个高二，一个高三；一个上大学，在章丘。

想想，这就是现实。

如今，年轻人要么在外地工作，要么在外地求学，在家的也往往为生计四处奔忙，他们很难再像我们和前辈人那样，一辈子生活在家乡，一切循规蹈矩，有时间和路途上的便利。

随着村庄拆迁，特别是土地流转，祖祖辈辈以种地为生的农民逐渐变成城镇居民。没有了土地，人们也没有了牵绊，成了无根的浮萍。那下一代呢？下下一代呢？他们注定会走得更远、回得更少，乡土观念逐渐淡化，"故乡"最终成了祖辈们歌谣中的传说和档案里那个没有温度的"籍贯"填项。

本家的上一辈人，而今只有母亲一人。虽年近耄耋，但身体尚健。从年轻就为子女操心受累一辈子的她，正享受着新时代的美好时光。孙男娣女尽心行孝，不敢怠慢，以图让她老人家晚年过得幸福舒心。

四

岁岁清明，今又清明。

……

愿未来一切安好！

# 端午节

duān wǔ jié

## 概说

端午节是每年的农历五月初五,它的别名有很多,又称端阳节、五月节、龙舟节、重午节、重五节、天中节等。端午节与春节、清明节、中秋节并称为中国四大传统节日。端午节文化在世界上影响广泛,世界上一些国家和地区也有庆贺端午的活动。2006年5月,国务院将其列入首批国家级非物质文化遗产名录。

老民俗

048

## ● 渊源

端午节是中国古老的传统节日,过端午的习俗由来已久,约始于春秋战国之际,距今已有2000多年的历史。最初的起源并无资料可考,只留下众多传说。一说源于纪念屈原。南朝梁吴均在《续齐谐记》中详细阐述了粽子的起源,宗懔在《荆楚岁时记》中提到过划龙舟风俗的由来,都是为了纪念屈原,所以中华人民共和国成立后曾把端午节定名为"诗人节",诗人就是屈原。另一说源于龙图腾崇拜。闻一多《端午考》对此有详细考证:第一,端午节这个古老的节日,远在屈原去世以前就已经存在;第二,端午节吃粽子和赛龙舟这两个主要活动,都与龙相关。闻一多先生认为,端午节是古代吴越地区一个以龙为图腾的部落举行图腾祭的节日,或者说是一个关于龙的节日。还有一说源于古代恶日。汉代《史记》《风俗通义》《论衡》等书中都有"不举五月子"之俗的记载。古代民间认为五月是"恶月""毒月",这个月的五日为"恶日",会发生各种不好的事情。所以,这天人们要喝雄黄酒、贴符、插艾叶等,来驱除邪气,并且人们还避讳"端五"的说法,称之为"端午"。

在众多传说中,屈原的爱国主义形象深入人心,因此这个版本的传说流传最广。

汉朝时端午节文化得到了快速发展,在儒家思想的影响下,南北方思想和文化也进行了融合,因此南北地区端午节的风俗习惯也逐渐统一。不仅如此,朝廷为了方便过节,正式确定每年农历的五月初五为端午节。但是,汉代时人们将五月初五视作"恶日",认为这一天是五毒最为猖獗的一天,而且当时有"不举五月子"的习俗,即认为五月初五这天生孩子是不吉利的。比如王充就在《论衡》当中解释道："夫正月岁始，五月盛阳，子以（此月）生，精炽热烈，厌胜父母，父母不堪，将受其患。"这个记载也多出现于《后汉书》等汉代史书当中，因此可以确定时人确实将五月初五看作不吉利的日子，并且会进行各种辟邪的活动，如"避五毒""躲端午"等，也因此形成了端午节的许多习俗，例如南方地区会喝雄黄酒。这一习俗也体现在戏曲小说中，例如《白蛇传》。还有佩彩丝避瘟，以五色丝系臂等习俗，说是可以避兵灾，不得疫病，发展到后世，民间多用五色线系在小儿胳臂上，男左女右，称为"端午索"或"长寿线"。端午节还有洗草药水的习俗，西汉末年的《大戴礼记》中已有相关记载。

端午节最大的习俗就是吃粽子，在传说中，这个习俗是为了纪念屈原而形成的，这一说法最早见于南朝梁吴均的神话志怪小说《续齐谐记》。传说爱国诗人屈原怀揣着亡国的巨大悲痛，于五月五日投汨罗江而死，人们纷纷用竹筒装米，投入江中，以使鱼虾不损伤他的躯体。以后，每到这一天，人们就将装米的竹筒投入江中祭奠屈原，表示对屈原的崇敬与怀念。从此，粽子逐渐成为端午节的传统食品。但实际上，吃粽子的习俗在西周时期就有了。汉代许慎的《说文解字》记载，"粽"字本作"糉"，将之解释为"芦叶裹米也"。西晋新平太守周处所写的《风土记》，则明确提到了"角黍"一词："仲夏端五，方伯协极。享用角黍，龟鳞顺德。"千百年来，屈原的爱国事迹深深印刻在每一代中国人的心中，直至今日，民间群众还是愿意相信屈原与粽子的传说，这不仅代表了一种习俗传承，更是对屈原爱国精神的崇拜，这种崇拜世世代代影响着这片土地上的人们。

魏晋南北朝时期，端午节习俗中出现了斗草这一民间游戏。斗草作为端午民俗，起源已不可考，最早的文献记载见于魏晋南北朝时期，据梁朝人宗懔在《荆楚岁时记》中云："五月五日，四民并踏百草，又有斗百草之戏。"唐朝后，斗草逐渐成为妇女和儿童的游戏，如崔颢在《王家少妇》一诗中说："闲来斗百草，度日不成妆。"

唐宋时期，端午节的习俗逐渐多了起来，并基本定型。比如赛龙舟的习俗，竞渡以划船者之间的较量为内容，双方的竞争在古代象征着阴阳二气的争锋。龙舟竞渡的原始意义，在于顺应时令，后至隋唐确定为纪念屈原。《荆楚岁时记》："按五月五日竞渡，俗为屈原投汨罗日，伤其死所，故命舟楫以拯之。舸舟取其轻利，谓之'飞凫'，一自以为'水车'，一自以为'水马'。"《隋书·地理志》："屈原以五月望日赴汨罗，土人追到洞庭不见，湖大船小，莫得济者，乃歌曰：'何由得渡湖！'因尔鼓棹争归，竞会亭上，习以相传，为竞渡之戏。"此后，竞渡习俗的风气越来越浓厚，成了端午的保留节目。唐朝诗人刘禹锡的《竞渡曲》："灵均何年歌已矣，哀谣振楫从此起。杨桴击节雷阗阗，乱流齐进声轰然。蛟龙得雨鬐鬣动，蝼蚁饮形影联。"可见当年盛况。这项传统习俗后来逐渐增加了禳灾祈福的信仰传统，《武陵竞渡略》："划船不独禳灾，且以卜岁。俗相传歌'花船赢了得时年'。"唐宋时，还有送"五日贺礼"的传统，端午节亲友之间除了送粽子之外，还会以扇子、香囊为节日礼。宋朝时，端午节还传入辽、金两国，出现了拜天、射柳及击鞠等民俗活动。

端午节在明朝时还被称为"女儿节"，人们从五月初一开始，至初五日，给女孩子戴上石榴花。新嫁女在端午前要回娘家，称为"躲端午"。

# 文化意义

习俗是社会现实的写照，是人们生活实践的产物，不仅随着自然环境的变化应运而生，而且与社会环境相适应。古代人们过端午节，最初是出于一种行为上的驱邪避害。到了战国时期，伟大的诗人屈原，痛惜楚国黑暗的现实和腐朽的统治，而他的美政理想也无法实现，于是便以自投汨罗江的方式表达自己的爱国之情。屈原的不幸遭遇得到人们的同情，后人为了纪念屈原的爱国忠贞之情，发展出竞渡习俗，并赋予其拯救屈原、为之招魂的丰富内涵，丰富了端午爱国主义这一文化内涵。赛龙舟、吃粽子的风俗让民众对屈原的崇敬与赞扬之情有了具体的寄托，代代传承下来，使屈原精神成为我们民族爱国精神的代表。

将五月视为"恶月"并创造出消毒驱虫的习俗，反映了古代国人对于自然规律的认识和应对环境变化的聪明才智。随着时代的发展，端午节中迷信的成分在减弱，而对生活有益的习俗则被保留下来。现代的龙舟竞赛，锣鼓喧天，热闹非凡，观众的欢呼呐喊声不绝于耳，具有很强的观赏性、娱乐性。龙舟竞渡比的不仅仅是划船的技能，同时也是对团队合作精神的考验，具有放松身心、促进民众情感交流、增强凝聚力的社会效应。粽子作为端午节的象征，成为中国传统节日食物的一大标志。人们在浓厚的节日氛围中迎接炎炎夏日的到来。

# 风吹艾蒲香

虞燕

坐在箩筐里像坐小舢板,晃来荡去。太阳愈发热情,将无数根金灿灿的线抛下来,我有点儿蔫,抬头望母亲,一抹水红色正从她脸颊洇开,鼻尖沁出的汗细密、晶亮。母亲起了个大早,包好粽子,用大锅蒸熟,一担箩筐一头装粽子和糕点,一头装我跟水果,挑往外婆家。

儿时,觉得去外婆家的路途真是远,箩筐跟摇篮似的,一路摇呀摇,我就在半路睡着了,醒时已在外婆家的院子里,一股辛辣的奇特芳香钻入鼻孔,我用力伸了个懒腰,身体轻盈起来,眼睛骨碌碌转。地上放着艾草和菖蒲,边上的镰刀沾有新鲜的植物汁液。外婆的菜园里就有艾草,跟青皮瓜相邻而居,在阴凉一角自顾自生长。而菜园旁的水塘里,菖蒲如士兵,一株株挺立,英姿矫健。扁而狭长的菖蒲叶子软剑一般,风吹过,飒飒抖动,水塘成了练兵场。外婆移植了几株菖蒲至院墙下,长势奇好,绿油油地招惹人们的眼睛。

外婆抱我到小竹椅上,从堂屋搬出一条斑驳的方凳,随后凳子上多了个蓝边瓷盘,褪去笋壳叶的白米粽玉立其上,白砂糖雪一样撒了一圈儿,咬一口,热乎乎软糯糯,碱水与米香混合的味道漫过舌齿,我毫不客气地吃个精光。吃完才发觉瓷盘旁变戏法似的出现了荔枝干和高粱饴,母亲说,这是你外婆不知道藏了多久给你留的。

外婆头搭蓝白宽条毛巾,穿浅灰斜襟衫,细致地将艾草和菖蒲分成好几份,与母亲一起挂在门和窗上,东屋、西屋、堂屋概莫能外。菖蒲与艾草相依相偎,蒲剑艾旗,浓香四溢,我翕动鼻子直呼太香了,外婆笑眯眯地拍了下木门,蚊虫啊各种坏东西啊都进勿来嘞,囡囡放心住外婆家吧。

院门外突然喧哗起来,隔壁的麻子婆婆声音最响,哎哟,毛脚女婿挑端午担来喽!挑担的年轻人几乎是被左邻右舍前呼后拥着进的院子,婆婆婶子们抻着脖子往担子里瞄,嘴里说着毛脚女婿真客气,脸上的羡慕之色慢慢荡漾开来,像环形扩散的涟漪。英子阿婆叹了口气,还是有女儿好啊,筐子里的大白鹅很配合地"嘎嘎"了一声。英子阿婆生了四个儿子,她总遗憾自己没有女儿命。外婆忙上前招呼,累坏了吧?停下停下,喝口水。有人窃笑,丈母娘心疼了。那个我称为二姨父的年轻人掩不住眉梢的喜色,忙不迭掏出一把糖,分给我和在场的几个小孩,而后接过他准媳妇也就是我二姨递去的毛巾,胡乱擦了两把,又把扁担放回了肩膀,稳稳挑起,进了堂屋。

端午担里物品真是不少,除了大白鹅,还有大黄鱼、蹄髈、粽子、米团、各色糕饼等。外婆菜园里的时蔬每每会"参与"到一年中的各个节日,端午便是茭白、黄瓜、豌豆、蒲瓜,那日的午饭自是可想而知的丰盛。外婆让我们围坐于大圆桌恣意享用,自己则系着围裙忙进忙出,那些细碎又古远的端午习俗只有她能操持。

银灰色锡壶摆上了桌,一只白瓷酒盅相伴于旁,那是外公在世时常用的酒盅。外婆双手托起锡壶,把浅黄色液体从壶嘴倒进酒盅,酒盅一下就满了。原以为外婆要坐下来跟我们一起吃饭了,未承想,她竟站着端起酒盅,一口喝了。我有点儿发怔,外婆平日里虽会喝点儿黄酒,但都是一小口一小口抿,从没像这样豪饮啊。未等我回过神,她已鼓着腮帮子快速离开饭桌,朝屋子的角落喷了一口,另一个角落也一口,转回来,继续含浅黄色液体于口中,"噗噗"地喷向插于门窗的艾草和菖蒲,艾草和菖蒲微微抖了一下,似乎抖出了更多的香气,轻轻松松就压住了酒味。

才知道锡壶里装的可不是黄酒,而是加了雄黄的烧酒,外婆说,雄黄酒洒一洒,家里就很干净了。说干净两字时声音特别轻,表情有点儿诡秘。难道本来不干净吗?外婆一直把屋子收拾得很清洁呀。二姨父递给我一块花生酥,眨眨眼说,外婆的意思是这个雄黄呀,能杀菌杀虫,还能解毒、驱秽、避瘟。我听得半懂不懂,我只知道电视里,雄黄酒能让白娘子现原形,从大美人变成大白蛇,很是恐怖。我也想学外婆那样,嘴含雄黄烧酒喷死那些蛇虫,外婆一把揽过锡壶,眉间的皱纹快速跳了一下,囡囡不可以学,万一咽下去会要了你小命的。随后外婆却又倒了一点儿出来,手指蘸了蘸抹在我前囟门上,边抹边念了一句什么,大概是保佑、长生之类的话。

外婆总算坐了下来,母亲给她倒了一点儿黄酒,这回真是黄酒了,外婆轻抿几口,夹了几筷子素菜(外婆常年吃素),便起身说饱了,上午吃的粽子还没消化呢。她快步走出屋门,回来时手里端了竹匾,边走路边用手翻里面的蚕豆,蚕豆颗颗饱满,没了新鲜时的嫩绿色,而是旧旧的古朴的绿,晒了一上午,摸上去热烘烘的。蚕豆当然也是外婆自己种的,春天时留一些,晒干后专门用来炒端午蚕豆。在岛上,小孩在端午都要吃炒蚕豆,老话说过,炒蚕豆就是"炒虫蚁",吃几颗就不会被蚊虫叮咬了。

外婆又在灶间忙开了,灶灰堆还有未熄灭的火星,用烧火棍挑起,加点儿柴,"呼呼"吹气,很快,火就烧起来了。大铁锅里倒入沙子,炒热,再加入粗盐一起炒,最后放蚕豆,用铲子反复地铲,"嗤嚓嗤嚓",白色热气不断上蹿,包裹住外婆的半个身子,她后背的浅灰对襟衫湿了一大块,像不小心被谁泼了水。终于,"嗤嚓"声中夹杂了一连串的"哔剥哔剥",那是蚕豆壳开裂的声音,蚕豆的香肆意跳了出来,到处撒欢。

起锅,将炒熟的蚕豆倒入筛子,筛掉细沙,外婆选一部分装进搪瓷碗，吹了又吹，确认不烫了才递给我。拈一颗丢进嘴里，咬掉壳，"噗"地吐出去，蚕豆肉"嘎嘣"脆，嚼得满口香。隔壁家的小孩倚在门框上，轻呼我名字，我赶紧抓了两把炒蚕豆揣兜里，欲出去玩，外婆连忙叫住了我，从房里拿出一个四四方方的小东西，黄色，棉布做的四角小包，比大衣上的纽扣大不了多少，用红绳系着。外婆将它挂在我脖子上，像戴一条项链那样。我掂了掂，很轻，里面是什么呢？

后来发现，其他小孩也有，大家小心翼翼地将自己的"平安符"摊于手心，比谁的更大一点儿，谁的更重一点儿，我们并不懂那到底是什么，却莫名觉得它神秘而应致以敬虔之心。

相较之下，香袋的外观要漂亮多了，且鼓鼓囊囊的，老令人有拆开一观的欲望。傍晚时分，外婆坐在廊檐下，身旁方凳上的家笸篮满满当当，布料鲜艳，五彩线一小束一小束，繁华得让人移不开眼。待阳光轻手轻脚地全体挪出了院子，外婆的香袋也制成了，桃红绸缎，形状颇像粽子，收口处垂下一颗墨绿色的珠子。不知道外婆在里面装了什么，香气丝丝缕缕飘出来，淡淡的，很好闻，据说可以"驱五毒"。外婆还在我的右手腕系上了五彩线，岛上称五彩线为长命线，以祈求压邪避毒，长命百岁。长命线最好一直戴到七夕那日，剪下，扔到屋顶，让喜鹊衔去给牛郎织女搭鹊桥。

端午的天似乎黑得尤其慢，从浅灰、深灰再到漆黑简直费了好大的劲儿，我等着用艾草叶泡澡呢。外婆说，天黑了泡最管用，泡过之后全身皮肤香香滑滑，不会得皮肤病，蚊虫也绕道飞。洗净的新鲜艾叶加大量水，在大锅里煮沸，晾成温水后，倒入大木盆。外婆将光溜溜的我浸入水中，不停地撩水，在我身上轻拍，仿佛暖风吹拂，我都快睡着了。

不知过了多久，我被抱到了西屋外婆的床上。外婆拿一把蒲扇在我身旁摇呀摇，夏夜的风从窗户轻轻吹进来，艾草和菖蒲的香气亦不管不顾地飘了进来，很快，我就进入了梦乡。

# 端午的记忆

陈理华

千百年来,端午的记忆从没被人们淡忘过。在古代,端午节的真正意义是辟邪。因为端午节的日期是农历五月初五,正是仲夏时节。这个时节,气温上升,蚊虫开始繁衍和肆虐,各种有害的细菌也开始泛滥。有着丰富生活经验的古人认识到初夏是一个疾病高发期。因此,他们说五月是充满瘟疫之气的"恶月",意为不吉利。

于是,人们选定五月初五这么一个容易记忆的"重五"日作为节日,采取一系列行之有效的措施来保护健康,关爱生命。

菖蒲、艾蒿其味芳香,具有巫术和药用的双重价值,故而古人用菖蒲、艾蒿来辟邪和保健,并逐渐形成一种习俗。

吃粽子,实际也是趋吉避凶的寓意。民间用来煮粽子的水其实与雄黄酒一样都有着驱除毒虫侵犯的作用。粽子熟了后,村妇都要把煮粽子的水泼洒在墙角、门边,认为这样可以杀虫,防止虫蛇爬到家里来。

端午燃烧艾草也是留存至今的风俗之一。捆扎成人体形状的艾蒿,叫"艾人"。晒干后,端午这天早上拿来燃烧,举着冒着青烟的"艾人",把自己家每个房间里熏一遍,立时满屋子都是艾草燃烧后的清香。这是一种最原始的杀虫和清新空气的方法。在乡村,夜间也有人点艾草来驱除蚊子。

过去,人们选取五种动物作为代表,称作五毒。这五毒是:老虎、蝎子、蜈蚣、蛤蟆、蛇。这些毒虫，或吃人，或毒害人，它们都是威胁人类健康的毒物。为了驱逐这些危险的家伙，人们把雄黄酒和煮粽子的水一起喷洒在墙壁、床头，或是涂抹在儿童额头上，以此来防止夏季毒虫到处乱钻，危害健康。

中国人有一种思维习惯，那就是"以毒攻毒"。于是，人们用雄黄酒在孩子额头上写"王"字，代表老虎，希望借助老虎的威力，驱除危害孩子健康的各种危险。传说画五毒图可以辟邪，于是人们就在妇女和孩子戴的兜肚上画五毒图，用来保护妇女和孩子。

除了写"王"字和戴画有五毒图的兜肚，家长还会在孩子手腕上缠五色的彩线，脖子上挂一个装满香料的香囊来辟邪，因为孩子是最易受到五毒毒害的人群，是最需要保护的。

端午节期间，亲戚朋友之间还要互送礼物。因为端午是个不吉利的日子，人们往往用送礼物的方式来表示对亲戚朋友的关心和慰问，并祝其健康。

既然是互赠礼物，当然就离不开粽子。在我们这里，送粽子是有讲究的，粽子只能是母亲送给女儿，若是父母不在了，就由兄弟送。女儿出嫁这年的端午，母亲包好的粽子，名为"送子"，祝新人早生贵子，另有为女儿祈求幸福之意。这年的粽子还要女儿回娘家来放下锅。这样做，一来表示女儿对娘家的不舍，二来代表着娘家人对女儿的重视和珍爱。

而晚辈送给长辈的礼物，则是节饼，这种饼十块一筒，用牛皮纸卷成，正面贴上一块代表喜庆与吉利的红纸，用细绳捆好后，一筒筒圆圆的节饼，代表着和谐、美满、团圆、幸福……

长辈给晚辈（未成年的孩子）则是送红兜肚，上面用花线绣着五毒图，旁边还可随意地绣上一些花草来点缀。祝福他们吉祥如意，健康成长！

看龙舟是端午节少不了的大活动。吃过午饭，大人小孩换上新衣，到南蒲溪去看龙舟。

汉晋之际，民间将凭吊伟大爱国诗人屈原的活动与端午节融合起来，并赋予龙舟竞渡以拯救屈原、为屈原招魂等内涵。其实，端午节是古代自称为"龙子"的吴越人祭龙的"龙子节"，这一天，他们要划着龙舟，把用竹筒或树叶装裹的食物投入江中祭龙，然后竞渡作乐。

在小湖河看龙舟又与别处的不同。端午节这天，当地有个盛大的活动，那就是小湖河的赛龙舟。当地的男女老少会早早地吃过午饭，换上新衣，然后，呼朋唤友，扶老携幼，一拨拨赶往小湖河畔，看一年一度的龙舟赛。

游人如织的河岸上，那些卖杨梅、桃、杏的小贩早已占据有利地形，摆开了阵势。一些嘴馋的客人，特别是小孩子，小心翼翼地从衣兜摸出早被自己的手捏得有些汗湿的钞票，前去购买。一些行善之人，也会在这天早早泡上几大桶产于自家的水仙茶供人饮用。此时，河岸上早已人头攒动，热闹非凡。当人们一次次寻找龙舟时，只有岸上的杨柳，低垂着头，在微风中无声地摇曳着，在水中摆弄着自己俏丽的倒影。

一群又一群小鸟飞过天空，它们叽叽喳喳地落下一地脆鸣后，隐隐地就有鼓声破空而来。那两只红色的龙舟，在千呼万唤中显露身影，远远地让人看到了它们神秘的身影！人群开始骚动起来，有人大叫："来了！来了！"听到叫声，许多人踮起脚尖，抻着脖子向对岸望去。果真，期望已久的两条龙舟已在碧波荡漾的河面上，悠闲自在地游着。确切地说，这龙舟，是从尹宅村来的。它们从尹宅村前那条河顺流而下，斜斜地拐进小湖河的下游。只见龙舟在大河中间停了一会儿，做完一些简单的仪式后，锣鼓就铺天盖地地响起来了，龙舟也就正式地从下游划了上来。

小时候，难免有些疑惑。为什么要在小湖河划龙舟？而不在其他河流？这划龙舟活动始于何年？可是当时问遍了所有老人，却没人知道，也没有人能说得清。可能也正是如此，这不知始于何年何月的划龙舟活动，才给人一种"江畔何人初见月，江月何年初照人"般的神秘与美丽。

后来才在一位博学多识的老者那里听说：小湖河有一个叫蛤蟆林的地方，远古时曾沉过一艘船。一船的生命和货物顷刻间从这个世界上消失了。从那以后，为了这条河道的清吉，为了悼念那些不幸的亡灵，为了表示对河神的敬畏，更为了祈求明年的风调雨顺，人们才开始举办划龙舟活动。龙舟是从尹宅村门前那条叫作玉溪的河里下水，而后从小湖河段向上游到蛤蟆林后再折回。那些划龙舟的汉子，都是村子里身强力壮且会水的，划龙舟之前必须沐浴更衣，出门时家家户户要点燃香烛，焚烧黄纸，祈求平安。

在我们这儿看龙舟也有许多与别处不同的习俗。首先，这一场声势浩大的划龙舟的活动经费，据说是从添丁的人家和那些有钱又愿意出钱的人那儿集资的；其次，还有一个让小孩子最垂涎的风俗，那就是当龙舟划得热火朝天时，会有一桶桶冒着热气，伴着瘦肉、葱花，泛着油香的添丁线面，被眉开眼笑的主人挑到河边。送线面的人，还会把碗筷也一起用大大的竹篮送来。所谓添丁面，就是娶了新媳妇或生了胖小子的人家，会在这一年的划龙舟会上，煮上一大锅细如发丝的线面，挑到河边，让来看龙舟的人尽情地吃，直吃得一个个肚子圆圆滚滚的，带着说不尽的惬意满足而归！

在端午节这天出尽风头的两只龙舟，平时只是默默无闻地被放在尹宅村庙前楼上，待到端午前几天，会有专门的人，将它们抬出来浇上水。看看有没有漏水的地方，如果有就要及时地修补，以确保在端午这天的下午能下水。

后来有一些年头，划龙舟没有如期举行了，那古老的龙舟也荒废了，最后连龙舟的影子也找不到了。近年来，传统习俗的回归，才使得小湖河划龙舟再次传承下去。

说到端午吃粽子，其实还有一个目的是消炎解暑。因为当地的粽子，都是用一种洋香树烧制的碱浸米做成的，这种碱具有消炎解暑的作用。

除了粽子外，还要吃鸭蛋，这鸭蛋必是放在煮粽子的锅里一起煮熟的。寓意是生活圆满、顺利顺心。

端午时还要到山上采杨梅,这也被山民赋予特殊意义。这天,大家都要吃上几个山杨梅,说是吃了能祛毒和强身。大概是因为杨梅有杀菌利尿的功效吧。

端午这天人人都要洗澡,无论大人还是小孩,都要用艾草、菖蒲烧的水来洗澡,既要洗去身上的尘垢,也要除去晦气,驱毒抑疮。药草是村民在端午节前外出采来的,而端午采药草也是这里不变的风俗之一。药草包含艾蒿、菖蒲、夏枯草、益母草等。其中夏枯草一到夏天就枯萎了,得赶在五月初采下,一旦有发烧的就可拿出来熬汤用。益母草不仅能治愈女性疾病,还是一种非常便宜的美容护肤品,其做法是用固体的米浆把切得碎碎的益母草裹住,放在炭火中烧成灰,再用清水或蜂蜜调成液体涂在脸上,能美白皮肤。村民们都说,这种草在端午这天的午时采摘,其药性才最好。另外还有一种叫作午时草的,也要在午时采下。五月采来的药草之中以艾蒿、菖蒲最为突出,使用得也最广泛。因为这两种植物都有强烈的芳香,可以止痛,如为外伤止血消炎或缓解女人痛经等,无论是内服还是外敷,效果都非常好。

在我们这里,端午从五月初一就开始了。这天的清早,家家户户不仅门上要挂上象征着保平安的蒲剑,早餐还要吃上一碗田螺,说是吃田螺对眼睛有利,五月初一吃田螺眼睛就会明亮,不仅目光如炬,一年到头都不会有眼疾发生。人们还会用艾草做糕或粿来吃,其目的是防止生病,让身体健康。

像剑一样的菖蒲,除了挂在门上辟邪外,也可用来泡酒。李时珍在《本草纲目》里写着:"菖蒲酒,治三十六风,一十二痹,通血脉,治骨痿,久服耳目聪明。"菖蒲是具有防疫和保健作用的。所以在民间,有的人身上发痛时,就拿菖蒲来熬汤吃。

端午的所有吃食,在辟邪之外,更多是为了养生,村民认为有了健康的体魄,才好对付繁重的生活与频频出现在人们面前的各种灾害。

中国很多地方只过一个端午节,而在小湖河这一带却要过三个端午节,我们这也不叫"端午节",而叫"五月节"。农历五月初五是正端午,也叫作大端午，五月十三也是端午节，五月二十五还是端午节。

端午节里粽子是主角，包粽子自然也算是一个大工程。包粽子这天，妇女早早地就起来了，把包粽子的糯米用水洗净，放入适量的碱。将早就洗好的粽叶与备好的馅放在一旁，然后开始包粽子。包好的粽子放在大锅里煮，煮得满屋子雾气腾腾，香味弥漫，让人感觉温暖又温馨。

初六这天，村里的老太太还要到奈何桥去烧香、诵经。她们一律穿着缀有花纹的古装衣服，头戴各种花饰，手捧经盆，盆上放着几个粽子，从桥头走向桥尾，边走边念着经文，走到桥的中央就开始向河里丢粽子。

这丢到河里的粽子，一说是让伟大的诗人屈原吃，还有一种说法是让河里的鱼虾吃，鱼虾吃了粽子就不会去吃屈原的尸体。

到了五月十三，民间说这是关公磨刀日，当地人也要用包粽子来纪念这位侠肝义胆的英雄，不过这是一个小节，其隆重程度不能与大端午相比，所以我们叫它小端午，依旧包粽子，吃粽子。村民边吃粽子边说着关公磨刀上天堂之类的话，祈祷着上天能降雨，这样田地就不会干旱。这天，天若是降下雨来，村民们则说是关公磨刀时洒下来的水；若这天没有雨，大家心里就惶惶的，说是不好了，今年要大旱了。人们为了提醒关公在这天磨刀，便通过做粽子、烧香的方式来祭拜关公。

五月十三过后，就是五月二十五的末端午了，这个节日，也是勤劳俭朴的村民用来祈求农业丰收、风调雨顺、去邪祟、禳灾异的。

中国习惯追求人与社会、人与人以及人与自然之间的和谐，还要通过各种方式来祈求自然界内部的和谐。端午节的种种习俗就很好地体现了这点。

端午 元 佚名 《天中佳景图》

壹 岁时节日里的民俗

# 七夕节

qī xī jié

## 概说

七月初七为七夕节,也被称为女儿节、少女节、乞巧节。七夕节起源于汉朝,已有约两千年的历史,被喻为『中国的情人节』,是以女性为主的节日。

## ● 渊源

爱情是民间经久不衰的话题。牛郎织女的传说,给七夕节增添了浪漫的色彩。传说有一个放牛郎,幼年丧父,饱受兄嫂的欺负,但好在有一头忠诚的老牛为伴。老牛告诉牛郎,天上的七仙女要到河里去洗澡,只要拿走织女的衣裳就能娶到织女做妻子。一天,牛郎真的遇到了降临人间的七仙女。牛郎和七仙女中最年轻漂亮的织女相遇、相知,过上了男耕女织的恩爱生活,并且育有一子一女。后来,老牛将要死去的时候,嘱咐牛郎将它的皮剥下来,以后遇到危急时刻,可以帮得上忙。牛郎织女的生活甜甜蜜蜜,可惜好景不长,玉皇大帝和王母娘娘知道织女与凡人结婚后大发雷霆,七月初七这天,王母娘娘带领天兵天将前往人间,天神趁牛郎不在家时,将织女带回天庭。牛郎到家后找不到织女,赶紧披上牛皮带着两个孩子去寻找织女。在牛皮的帮助之下,牛郎越飞越快,穿云破雾,银河已在不远处清晰可见,就在牛郎要追上织女的时候,王母娘娘用簪子朝着银河一划,平静的银河瞬时变得波涛汹涌,巨浪滔天,牛郎再也无法飞过去了。牛郎织女两两相隔,含情凝视,却不得相见。玉皇大帝和王母娘娘为牛郎织女真挚的爱情所触动,允许他们每年七月初七相会一次。喜鹊被他们坚贞美好的爱情所打动,于是在这天展翅高飞,在天河之上搭起了一座鹊桥。从此,牛郎织女每年只能在农历七月七日夜晚于鹊桥相会。

七夕节众多风俗中较为知名的是"乞巧"活动。《西京杂记》记载:"汉彩女常以七月七日穿七孔针于开襟楼,俱以习之。"在汉高祖时期,宫女会在七月七日穿七孔针庆祝节日,这一习俗后来演变为"乞巧"。乞巧的方式主要有穿针乞巧、蜘蛛结网乞巧、生豆芽乞巧、浮巧针乞巧等。相传织女是一位心灵手巧的仙女，她擅长针线活，能织出美丽的锦缎。天下的妇女们渴望能有织女一般精湛的技艺，于是在七月七日，妇女通过穿针引线的活动向织女祈求能够有一双巧手。《荆楚岁时记》中载："七月七日为牵牛织女聚会之夜。是夕人家妇女，结彩缕，穿七孔针，陈酒脯、瓜果于庭中以乞巧。"妇女们在月光的照耀下穿七孔针。针线代表着缝纫技艺，是古时妇女的必备技能。

东汉崔寔《四民月令》中载："七月七日曝经书，设酒脯时果，散香粉于筵上，祈请于河鼓（即牛郎）织女，言此二星神当会。"人们在庭院中摆放瓜果，祭拜牛郎织女。如果有蜘蛛在瓜果上结网，象征着织女的降临，叫作"喜蛛应巧"。古代对"乞巧"这个活动很重视，要张灯结彩，摆瓜果，妇女儿童穿戴整齐。这种习俗在汉代时就已经出现了。那时有一种乞巧专用针，有七个针孔，名为"七窍针"，女子们比赛穿彩线，穿得越快则表明越心灵手巧。到了唐代，这种乞巧活动在皇宫中也很盛行。宋代还出现了在街上专门卖乞巧果的现象。

在七夕节的美好寓意和浪漫氛围下，魏晋南北朝时期，七夕还衍生出了乞子、乞禄、乞寿、乞姻缘的习俗。《风土记》云："七月七日，其夜洒扫于庭，露施几筵，设酒脯时果，散香粉，于河鼓织女乞富乞寿，无子乞子，唯得乞一，不得兼求，三年乃得言之，颇有受其祚者。"《东京梦华录·七夕》载："以绿豆、小豆、小麦于磁器内，以水浸之，生芽数寸，以红蓝彩缕束之，谓之'种生'。"种生体现的是求子的观念。

"浮巧针"就是将针漂浮在水面，在阳光的照射下，观察它影子的形状，以此占卜。这种活动大概是在元明清时期开始盛行。据《清嘉录》记载，在七月七日这一天上午，将一盆水在太阳下曝晒，等到水面凝结成薄薄的一层膜的时候，就将平时缝衣服或绣花时用的针投入盆中，看水中针的影子是什么样的。如果水底的针影成云物花朵的形状，或是像针一样细长，就说明这个女子乞得巧，这是表示织女赐给她一根灵巧的绣花针，可以织出完美的图案；如果针影如槌，就说明这个女子是个拙妇。清朝时，宫廷中用松针代替缝衣针，称为"掷花针"。

七夕节流传着晒书和曝衣的风俗。《世说新语》中记载了七夕节晒书的一个小故事，七月七日这天人人皆晒书，而大才子郝隆在这天的大中午，跑到太阳底下袒胸露腹地躺着。人们问他缘故，他傲然地说："我晒书。"郝隆的行为既是对世俗晒书行为的不屑，另一方面也是标榜自己腹有诗书，晒肚皮即是在晒书。

有关牛郎织女爱情故事的诗句在民间广为流传，如汉代著名的诗篇《迢迢牵牛星》："迢迢牵牛星，皎皎河汉女。纤纤擢素手，札札弄机杼。终日不成章，泣涕零如雨。河汉清且浅，相去复几许。盈盈一水间，脉脉不得语。"据说唐玄宗和杨贵妃在华清宫的长生殿度过七夕之夜时，杨贵妃感叹牛郎织女的真挚感情，同时也表达出对君王的宠爱能否长久的忧虑。白居易在《长恨歌》中所写的"七月七日长生殿，夜半无人私语时。在天愿作比翼鸟，在地愿为连理枝"，作为象征爱情的经典诗句在后世长久流传。

七夕节还有独特的饮食风俗，不同地区风俗不同，其中多以饺子、面条、油果子等作为此节日的食物，称为吃"巧食"。有的地方在这一天吃云面，此面得用露水制成，据说吃它能心灵手巧。许多糕点铺，还会在七夕时制作酥糖，把酥糖做成织女的样子，称为"巧人""巧酥"，出售时则称"送巧人"，至今仍有地区保留此风俗。

## 文化意义

七夕牛郎织女的神话在中国流传约两千年,它以凝重、悲壮、雄浑为底色调的叙述,以曲折动人的情节和浪漫幻想的手法,描绘了牛郎和织女忠贞不渝的爱情故事,在中国神话史上留下浓墨重彩的一笔。他们的名字家喻户晓,他们的故事代代传颂。随着时代的演变,在流传过程中,人们从不同的方面对之加以丰富完善和演绎,使它由一则简单的神话发展成为一个情节完整、婉转悱恻的民间传说故事,从而跻身中国古代"四大民间传说"之列。这个故事不仅成为中国古代爱情婚姻的美谈,同时也充分反映了不离不弃、忠贞不贰的爱情观和勤俭持家的中华民族传统美德。在当前西方文化的冲击下,弘扬这则传说所倡导的追求美好生活和坚贞爱情的婚姻爱情观,具有重要的现实意义。而在七夕文化中的乞巧、祈福活动,体现了中华民族勤劳智慧、自强不息、勇于创造的精神。这种文化精神作为一种内在思想源泉,在历史上起到推动社会发展的作用。文化精神具有强大的凝聚力和向心力,它是一个民族崇高生命价值的体现。

# 人间七月七

虞燕

院子里,奶奶三五下就生着了煤球炉,摇着蒲扇说,今日七月七,牛郎织女要在天上相会喽。周遭的薄雾尚未完全褪去,若有似无地浮着,恍若有谁拖着轻纱在空中玩耍。心想,这日子果然不一般,仙气缭绕呢。

问奶奶天上到底怎么个情景,她卖起了关子,只说等晚上了自己去听吧。正想纠缠,小芬她们在矮墙外喊开了,去摘槿树叶啦,等太阳出来就摘不到露水叶了。

槿树个头低矮却青翠繁密,在岛上比较常见,路边、田埂边、屋前院后、菜园子的篱笆旁,身影处处可见。到秋天,它们会开花,淡紫色或粉红色,状如喇叭,一副素淡家常的模样。不起眼的槿树自有它一年一度的辉煌期,每年七夕一大早,就有姑娘婶子等挎着竹篮子拎着小铅桶,争相采摘槿树叶。树叶以沾有露水的嫩叶为佳,娇滴滴,鲜灵灵,能揉搓出更多的汁液。小孩们爱凑热闹,跟在大人屁股后面,不时踮起脚尖揪下几片叶子,装进塑料袋。没东西装的,干脆塞进衣裤兜里,好像摘下来的不是树叶,是钞票。小芬机灵,一手将裙摆捏起,另一只手快速摘树叶,摘下的叶子被裙摆牢牢兜住,满满当当的。她一走路,树叶发出窸窸窣窣声,看我没摘几片,大方地送了我一半。

采摘来的槿树叶冲洗一遍后,浸泡于清

水中，可以分多个脸盆泡。傍晚时分，每户人家的院子都热闹起来，大人小孩开始捞起槿树叶不停地揉搓，盆里的清水变得黏稠而稚绿，细白的泡沫你推我搡挤破了头，去掉碎渣即可濯发。当年并未觉得用槿树叶洗头发有什么特别，只知道每年七夕都得这样，且只有女性才享有此福利，无论垂髫幼女、豆蔻少女、中年妇人，白发老媪一律散开发丝，哗啦哗啦用槿树叶的"汁水"洗头。洗完之后，头发顺滑如丝，亮得像打了蜡，更有一股淡淡的清香，那是植物特有的香气。怪不得奶奶说"七夕槿叶洗次头，一年到头勿会臭"呢。

老人们总会讲起岛上的一种传说，七月初七，牛郎挑着担子到鹊桥跟织女相会，担子一头是他们的孩子，另一头则是牛郎积攒了一年的饭碗，织女边洗碗边诉说相思之苦，泪水从鹊桥上飘落，洒在了凡间的槿树叶上。七夕那天，用槿树叶洗头，不仅可以得到织女的保佑，未婚女子还能尽快找到如意郎君。

用槿树叶洗头，数小芬最起劲儿，人家洗一两遍，她非得洗三遍，一头浓密的长发亮滑得苍蝇都可以在上面溜冰。大伙打趣道，小芬这是急切地想找如意郎君呢！平日里，她对戏比较着迷，时不时地走个移步、碎步之类，张口便是相公、小姐、丫鬟，还披上纱巾哼哼唧唧扭来扭去。大人们说她早熟，我们却觉得蛮好玩，还屁颠屁颠地给她"搭戏"。

小芬才不在意别人怎么说，转身就去洗那块三角形状的石头，用来捣指甲花。七月七，染豆蔻。对小女孩而言，这可比找到如意郎君有诱惑多了。指甲花又叫凤仙花，我家院子里就有，是妈妈专门种的，粉红、大红、紫色、粉紫，开得热热闹闹。我和小芬挑颜色最艳的摘，一瓣一瓣落进缺了口的大碗里，待红红紫紫盛满一大碗，加入白矾和一种叫"瓜子海"的卵形草叶，用那块三角形石头轻轻捣成糊状。恨不得立马包在指甲上，奶奶却把那碗凤仙花糊藏了起来，说晚上才能用。为什么要等到晚上呢？奶奶指了指天上说："能看到牛郎织女星时包指甲，许的愿最灵。"

夕阳遁去，远处，山的轮廓变得茸茸的。隔壁院子里传来清脆的笑声，如铃铛声在空中飘荡。和小芬贴在墙边偷瞄，只见院子里放了一张小圆桌，桌上摆有西瓜、葡萄、花生、瓜子等，几名少女围坐在一起，说说笑笑。她们发育得刚刚好的身子被漂亮裙子包裹着，用槿树叶洗过的头发披在肩头，透着一股清香。

她家是新搬来的，不甚熟悉，所以当那个邻居姐姐发现并邀请两个小小的"偷窥者"一起过去坐时，我有点儿难为情。但小芬可不，大大方方地坐上去了。姐姐和她的朋友们不时抬头，说着快了快了，忍不住问，在等什么呀？她们嘻嘻一笑，齐声答道，等月亮，等星星。

天黑下来是一忽儿的事，星星亮得晃眼睛。姐姐们兴奋起来，站起身仰起头，手指着星空的同个方向低呼，织女星，织女星！可以拜织女了！七夕要拜织女，我第一次听说。想到奶奶拜菩萨，不是跪蒲团就是双手合十念念有词，姐姐们却重新坐下，若无其事地吃着水果，偶尔朝着织女星方向默默看一会儿。我和小芬有些蒙，瞧瞧这个看看那个，又不好意思问，邻居姐姐猜出了我俩的心思，轻拍着胸口说，这叫默默祈祷，织女是仙女，我们的心事，她都会知道的哦。那我也要祈祷呀！想到这儿，我轻轻咳嗽了下，尽力坐得端正，准备跟着姐姐们学，奶奶却在这时喊我，让我回去包指甲。

奶奶已准备好叶子和缝被子的棉线，捣成浆的凤仙花正闪动着神秘冶艳的光泽。至今都不知道那是什么树的叶子，宽宽的韧韧的，舀起一小勺凤仙花覆于指甲上后，用此树叶包住，一片包一个指头，然后用棉线扎好，乍一看，活像每个指头上都长出了个小粽子。奶奶给我包完一只手，又给小芬包，月光下，她的老花镜一闪一闪，像故事里下凡来试探人心的神秘老婆婆。奶奶边包指甲边讲牛郎织女的传说，依旧从牛郎藏起织女的衣物讲起。这个故事我以前听过，也是奶奶讲的，但我仍然听得出神。弟弟和阿波不知道什么时候凑过来的，阿波还插了句，说他家的那头水牛搞不好也是头神牛呢。我们故意顺着他说，是啊，搞不好你还是牛郎呢。奶奶包指甲的动作顿住，乐得老花镜滑到了下巴上。

弟弟和阿波伸出黑乎乎的手，跟奶奶讨要指甲花，也想包两个指头玩玩，奶奶竟答应了，说七夕涂了指甲花，女的不会发红眼病，男的会扪河鲫鱼。奇怪，为什么是扪河鲫鱼？我们是海岛，应该会捕黄鱼捕马鲛鱼捕梭子蟹才对嘛，奶奶推了推老花镜，答："老话就是这样讲的，老话都有它的道理在。"

那老话还说，现在许愿最灵。我跟小芬抢着说出自己的愿望，小芬说，想成为戏里那样的美人，会弹琴作画，最好还有个乖巧的丫鬟，我说要遨游世界，去埃及看金字塔，去日本赏樱花，去……奶奶打断了我们，说道："许愿说出来就不灵了，要在心里头默念才行。"小芬反应快，迅速双手合十，朝织女星方向拜了三下，边拜边嘀咕，刚刚我们说的都不算，重新来过……她的每个手指都包得鼓鼓囊囊，看上去特别滑稽，我笑得有点儿过头，差点儿从小凳子上滚下来，又生生憋住，怕惊动了正相会的牛郎织女。

奶奶说过，七夕晚上，躲到葡萄架下或茄子地里，运气好的话，能听到牛郎织女讲悄悄话，还能听到织女的洗碗声。那会儿我家院子还没种葡萄，但在房屋西面，妈妈开了一片地，种黄瓜、西红柿和茄子。茄子长得好，细长的亮紫色的，垂得绰约多姿，白天看去尤其惹眼。星光下的菜地有着另一番模样，混沌、静美，令人不忍心走进去。不过，我和小芬是顾不得了，我俩顶着同一面米筛子，悄悄在茄子地里蹲下，岛上有这样的说法，头顶米筛子就不会被发现偷听了。两人几乎是屏息凝神地听着，不一会儿，小芬悄声问，你有听到什么吗？回答她的是啪的一声，我被蚊子咬了。小芬用手肘捅了下我，示意我小声点，可别暴露了。

听到了什么呢？听到了风拂过叶子的簌簌声，听到了玉米的生长声，听到了夏虫的鸣叫，听到了河水的流动声，听到了远处或不远处的说话声，轻微的，黏糊的，不确定的，不断变幻的，像很多条大小不一的鱼在黑夜里游来游去,身旁的空气轻盈地流淌起来,我的头发、我的小碎花裙子随之飘扬……

等我们从茄子地返回,隔壁院子的姐姐们还在继续,说话声和轻笑声不时地传过来,细碎的,柔软的,欣欣然的。我一直想,姐姐们都祈祷了些什么呢?

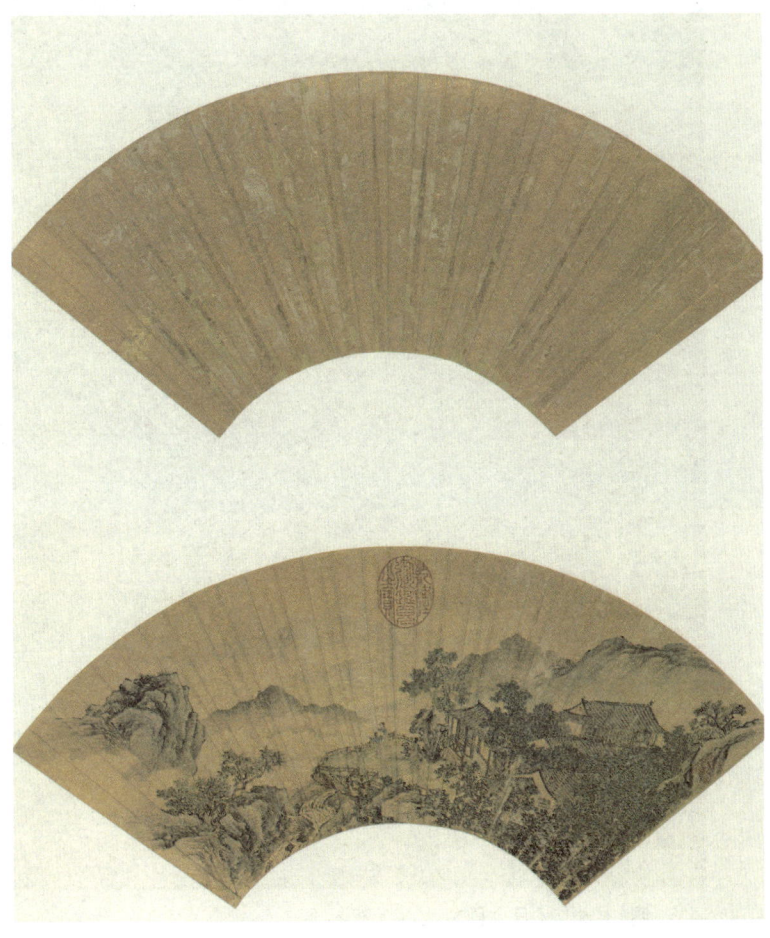

❀ 明 唐寅 《乞巧图》

明 吴彬 《月令图》之《元夜》卷

壹　岁时节日里的民俗

# 中元节

zhōng yuán jié

## 概说。

中元节,农历七月十五,道教称为中元节,佛教称为盂兰盆节,民间俗称『鬼节』,也叫『七月半』。这是佛教和道教共同拥有的一个节日。节日习俗主要有祭祖、放河灯、祀亡魂、焚纸锭、祭祀土地等。『七月半』往往从七月十三就开始了,持续到七月十五。古代民间流传着『七月半,鬼乱窜』的说法,七月半,日落后要尽量避免出家门,以免碰到鬼魂作祟。

## ● 渊源

中元节源于古代在"七月半"农作物丰收时举行的秋尝祭祖活动。远古时期，人们的生产力低下，认知有限，将农事的丰收寄托于神灵的庇佑。因此，在春夏秋冬都会祭祀先祖和自然。秋天是收获的季节，人们用收获的果实向先祖献祭，一方面是表达对先祖的敬畏，另一方面也祈求先祖保佑。这种对先祖的祭祀发展到东汉后，随着道教"三元说"的兴起，"天官上元赐福，地官中元赦罪，水官下元解厄"，"中元"之名逐渐兴起。

中元节之所以叫"鬼节"，是因为传说这一日地官会打开地狱之门，放出全部鬼魂。关于中元节的起源，民间流传着这样一个典故。

中元节也称盂兰盆节，与《盂兰盆经》中记载的"目连救母"的故事有关。目连看到母亲处于饿鬼道中，便给母亲送饭，但是食物还没入口，就化为火炭。目连大喊大叫，急忙求见佛祖。佛祖说："你母亲的罪孽深重，不是你一人能够化解的，需要集合十方僧众之力，七月十五这天，你要为处于困厄之中的七代父母备好百味五果放置于盆中，供养十方高僧。"佛祖吩咐众僧祝愿目连的七代父母进入禅定，然后受食。在佛祖的指引下，目连的母亲终于摆脱了饿鬼的苦难。目连向佛祖请求礼佛的孝顺子弟也应当奉盂兰盆供养，佛祖赞同。佛教中的盂兰盆节由此而来，每年七月十五佛教徒都会举办盛大的盂兰盆会供奉佛祖、僧人，久而久之，就形成了中元节的风俗。

中元节在古代是相当重要的一个节日，在民间体现在人们尤为重视对亡魂的祭祀仪式，不少人会在七月初一开始为亡灵供奉亡灵符，一直到七月末，才送亡灵归阴结束。中元节奉施佛僧之功，祭野鬼之俗，早在南北朝时期就很流行。北齐人颜之推的《颜氏家训》记："及七月半，孟兰盆望于汝也。"这是江北的情形。南朝梁人宗懔《荆楚岁时记》说："七月十五日，僧尼道俗悉营盆供诸佛。"这是江南的情形。可见大江南北之俗。关于中元节习俗，南宋陆游《老学庵笔记》卷七、孟元老《东京梦华录》均有记载。但在最初，道、佛习俗有别，后传至民间，重点就变成了祭祀祖先，不讲究鬼、佛、道的区分。

祭祀的规则是在中元节当天，一般用酒肉、水果、糖饼等祭品供奉祭祀活动，用来慰藉在世间游荡的孤魂野鬼，并且祈求在世之人的平安顺利、吉祥安宁。有些信仰浓厚的地方也会举办得较为隆重，甚至请来僧、道诵经作法超度亡魂。也有人会在超度亡魂的同时，为那些孤魂野鬼和为国战死沙场的英雄们祭祀。

农历七月十五，又称为"送羊节"。羊在我国的习俗文化里通常象征着吉祥，在我国华北地区一些地方至今还保留着舅舅给小外甥送活羊的习俗，据说此风俗与沉香救母的传说有关。三圣母爱上了汉代士子刘彦昌，并生下了儿子沉香。二郎神为了维护天规，将三圣母压禁在华山下，沉香劈山救母后，要追杀舅舅二郎神，二郎神为了弥补自己的过错，每年的农历七月十五都要给沉香送一对活羊，因三圣母名为杨秀英，"羊"音同"杨"。从此民间便有了舅舅送外甥活羊的习俗。

平日祭拜先人时，在供桌上摆上供品，一般不动先人的牌位。到"七月半"祭祖时，则把先人的牌位都请出来，虔诚地放到专门用作祭拜的供桌上，在牌位前插上香烛，每日供奉茶饭，直到七月三十日再归位。有先人遗像的，也要请出挂起来。祭拜时，依照辈分和长幼次序，给每位先人磕头，口中念念有词以示祷告，来保佑自己和家人平安幸福。在江西、湖南的一些地区，中元节往往是比清明节或重阳节更重要的祭祖日。

淳朴的人们认为，中元节顺由上元而来，虽是鬼节，但也应该张灯，为鬼庆祝节日。不过中元张灯和上元张灯是有区别的，上元张灯是在陆地，中元张灯则是在水里。人属阳，鬼属阴；陆为阳，水为阴。水下神秘昏黑，使人想到传说中的幽冥地狱，鬼魂就在那里沉沦。河灯也叫"荷花灯"。河灯一般是在底座上放灯盏或蜡烛，中元夜放在江河湖海之中，任其漂泛。放河灯的目的，是普度水中的落水鬼和其他孤魂野鬼。中元放灯的习俗具体从何时开始并没有确切的记载，但是根据史料可以知道，在宋代时这样的习俗已经存在了。宋人吴自牧在《梦粱录》中记载："七月十五日……后殿赐钱，差内侍往龙山放江灯万盏。"可能是因为阴阳相隔，从阴间还阳时的路途太黑暗，因此百姓们要给鬼魂放灯明路，表达在世的人们对已经死去的亲人依旧铭记在心的理念。如今的放河灯，已经演变成为娱乐的活动项目了。

被称为鬼节的中元节，对于人们来说，这一天也有一些禁忌的习俗需要注意。如晚上睡觉的时候不要在床头挂风铃，因为风铃容易招来鬼魂；中元节这天晚上尽量不要出门；不要偷吃祭品，不要踩踏纸钱等。当然有些禁忌是在后来的演变中附会的，不具备科学性，但也表达了人们对祖先的敬重。

## 文化意义

中元节是一个有着丰富文化内涵的传统节日，承载了丰富多彩的民俗文化，在祭祖的背后体现的是人们对先人的怀念与追忆，其核心思想是孝道文化的延伸。即使现在人们早就认识到没有鬼神的存在，但还是会在这一天对先祖进行祭祀，以求祖先的保佑，这是一种对自然、对生命的敬畏，对先人、对万物的感恩。当然，中元节也有一些陋习和封建迷信行为是不值得提倡的，如会对环境造成污染的烧纸钱和燃放鞭炮等，因此，应该倡导人们通过网上祭奠的方式来传承民间习俗，弘扬传统文化。

# 中元节散记

刘善民

阴历七月十五中元节，又称七月半或七月望。节名的由来源于道、佛两教，其内容又包含着浓重的儒家色彩，此节盛行于民间。相传每年的这天，阎王爷打开地狱之门，让鬼魂走出地狱，游荡民间，享受民间血食，七月底才关闭鬼门，因此，民间称之为"鬼节"。这段时间，人们上坟烧纸，祭祀先人，分散在不同地方的人不约而同地回家祭祖，这也是一次家人团圆的机会。

晨，早早到路旁的超市买了冥币和供品，与弟、表弟先到流班寨村给姑和姑父烧纸，后再回本村祭祖。

因滹沱河泄洪，小桥被水淹没，没有恢复交通，只好绕行北堤至流满市场再西拐才到了流班寨村，行路轨迹几乎画了个整圆。该村的公墓在上方台南侧。上方台也称先春台，是古饶邑十景之一，原为龙母庙，坐落在北齐村（今大齐村）东南方，北临滹沱河，始于唐，兴于明。

姑的坟在公墓的东南角，坟前是一块空地，散落着许多大小不等的青砖，应该是当年上方台的老砖，算来也有几百年了。拿在手里掂量一番，依然厚重坚硬。

按照祭祀的程序，表弟将饼干、蛋糕、水果等食品供在坟的阳面，又用木棍在地上画个"十"字和圆圈，圈的西南方留一个小口。用火把纸点燃，将冥币、"金条""元宝"等一点一点地烧起来。

纸火熊熊，表弟念念叨叨："爹、娘，来拿钱吧。现在不比从前了，日子好过啦！你们在那里愿意买什么就买什么，不用挂念我；我的女儿已经大学毕业了，准备报考研究生，很有出息；我也搬进了新楼，日子一天比一天幸福。"

我们在一旁也随声附和。记得姑活着的时候总是念叨："攒点钱，买一吨煤，给儿子烧砖盖新房。"到死这个愿望也没实现。而今，表弟在城里安了家，住上了高楼大厦，怎能不告知娘亲？

这是阴阳两界的心灵沟通。

纸灰像黑色的蝴蝶在空中飞舞。抬头北望，不远处有一个红砖砌就的小屋，一人高，宽、长一米有余，三面砖，向南敞口。趋前，看到里面有几根断香和少许干巴点心。表弟说，那是个小庙，是几个老太太垒的，几年前就有，没什么香火。

我想，上方台也好，眼前的小庙也罢，都是老百姓对美好生活的企盼，是善良的愿望，是一种精神寄托。只是随着时代的变迁，人们更相信科学，相信真理，相信自己勤劳的双手和脚下这片肥沃的土地。环顾四周，梨园、葡萄园、蔬菜大棚成方连片，香味缭绕着，散发着……

明永乐二十年，本县北齐村人刘俊，受封为湖广布政使，乘船沿大运河南行，一根粗大的圆木漂浮在河中，不离航船。他认定有木相随乃龙母保佑，是在提示他身为高官，要不忘乡亲，让神木保佑家乡父老。于是，决定重修家乡的龙母庙。"扩址十五亩，兴土木，筑高台。"有文载："台上北部有正殿观音庙，二层楼高，殿内中间是千手观音坐像，东西两边泥塑十八罗汉。正殿南边建有龙母庙，半人高的龙母塑像坐在中间，金黄色，手拿梳子梳头。木头底座下面有'一眼井'，用一个大水瓮代替。龙母坐像左右各有女童侍立，还有一端茶女子跪在前面……厢门外东西两侧有两通龟驮石碑。"

民间传说，石碑是北齐村刘二风从洞庭湖花一夜时间用胳膊夹运回来的，这显然是演义，但刘二风确有其人。北齐村刘族有三个分支，即龙八、永六、龙十。刘二风属龙八支。从北齐村迁出的东刘庄、西刘庄、南北善、北马等村的刘姓，都系龙八支，与刘二风同为一支。据说，他与窦尔敦是结义兄弟，武艺超群，力大无比，至今村子里仍有许多关于他的传说。

老人们说，上方台有一眼井，名"平地井"。井水面始终与地面相平，水弯腰可取，冬暖夏凉。台的东南角有一个花池，池内花草用井水浇灌，每逢早春，花草先芳，由此得名"先春台"。明朝饶阳文人石经世有诗："谁命高台作上方？五云深处建龙堂。只缘早失东皇面，独占春风第一芳。"缘于此台灵验，每逢天旱，老百姓在这里焚香求雨，祈拜神仙。

儿时常听老人们说，在他们朦胧的记忆里，该庙即使破败，但仍有两个和尚，大和尚叫正顺，二和尚叫正心。后来小和尚跑了，大和尚死在庙里。

我们小时候也常到那里去玩。古庙就剩一块土疙瘩和破砖烂瓦，杂草丛生；零零散散长着一些很丑的老柳树，树杈上偶尔站着一只猫头鹰，眼睛直勾勾地望着来人，很瘆人；有块斜躺着的石碑，半埋在土里，碑上模模糊糊刻有花纹。莫非那就是传说中"刘二风夹来的石碑"？我们有时骑在上面玩耍。夜晚废墟上有火光闪烁，据说是多年在此居住的"狐狸大仙"的灯。那"狐狸大仙"常常和人开玩笑，村上某人走夜路经过这里，在路旁撒了一泡尿，被"狐狸大仙"迷住，围着土台转了一圈又一圈，鸡叫三遍才清醒过来。

千百年的沧桑巨变中，滹沱河几经改道，上方台杳无踪迹，已变成一片坟场。那里坟头相连，陆陆续续有不少前来祭祀的乡亲。我问一位老者，"庙台"是如何变成墓地的？他笑着说："从什么时候开始埋人，我也说不清。人们主要是图这里地势高，洪水不容易上去。并且，将先人安葬在这庙台之上，也许是想图个吉祥吧。"

烧完纸，表弟忽然问："东边是不是也有个什么台？"他在湖城居住，回来的次数要少一些。

"瞭望台。"我猛然想起，东边不远处刚建了一个瞭望台，也称瞭望塔，系大尹村镇政府所建。那里没有香火，也没有神仙，是饶阳县科技农业的一个窗口。塔有两层楼，一楼是展厅，展示饶阳县科技农业的发展历程和农业成果；二楼是培训室；顶部设有平台，站在上面，饶阳东大洼的设施农业一览无余。此台建成之后，吸引了大批外地游客、商户到此参观。这能让人轻松望远的平台，完善了当地农业观光旅游的功能，代表着现代化农业的飞跃和提升，既实用，又浪漫，也彰显着农民观念的突破和更新。表弟说，过几天一定专门来一趟，到平台上体验体验。

今年四月份，和几个朋友陪同中华诗词学会的两名诗人到此采风，曾登上平台。那一望无际的塑料大棚，就像白色的海洋，大棚下是一个个五彩斑斓的世界，各种瓜果、蔬菜争芳斗艳，香气袭人，不愧是"京南第一大菜园"。著名诗人褚宝增教授当场赋诗《参观大尹村温室基地》："莫谈当初只一棚，而今十万并排横。江山无法分成片，滚滚车轮向北京。"

当地有一则笑话广为流传。某年天旱，有人在上方台小庙焚香求雨，龙母娘娘便派两个随从到这一带查看旱情。随从回去报告，说的确旱得不轻。龙母娘娘不信，亲自俯身观看，误将塑料大棚看成水面，训斥道："饶阳地面一片白茫茫，哪里缺水？"人们说，难怪旱情不减，龙母娘娘老了，眼神不行了。好在现在滹沱河恢复了生态供水，地下水位正陆续升高，农民不再祈求龙母娘娘了。

回去的路上，我们驱车徜徉在滹沱河北堤，绿树红花，果香扑鼻。新时代，新农村，成就非常的美丽家园。回望上方台、瞭望台，我不禁联想：正值中元节，阴阳两界大门敞开，地下的亲人或许也在瞭望人间呢。

# 家祭

陈理华

农历七月十五,道教称为中元节,佛教称为盂兰节,民间称鬼节或七月半。在一些乡村里,鬼节的隆重程度不亚于春节。

闽北农家里,大门进去后是下廊,两边各一间房,中间是天井,上一两级台阶,便能看到两排各三五间房,中间一大厅,大厅间有照壁,家祭就在这里进行。大厅照壁放的是佛桌,正中是神龛,里面供奉着祖宗牌位,左右对称地安放着蜡台,中间是一个古色古香的香炉。大厅的后面叫后阁,也有人叫后堂,是厨房所在地。气派人家还有两进两厅或三进三厅。

每年的农历七月十五,家家户户都要在大厅里举行隆重肃穆的家祭仪式,一丝儿也马虎不得。据说农历七月的上半个月地府的大门会打开,有主的先灵就会溯源归家。在乡村,从前请祖宗都是从初一开始,而现在,一般人家都是从初十那天才请出祖宗牌位。讲究的人还会拿上香、纸到村口去把祖先接回家。

祭祀的仪式是这样的:先在供桌上点亮油灯或蜡烛,然后上香,香点燃,举到大门口,对天拜三拜;接着在大门两边各插上一支香,转身到供桌上拜三拜,插上一支香,最后一炷香是点给灶神的;再折转回到供桌前烧黄纸、白纸。

七月半那天,供桌上的糕点、水果、菜肴之丰盛,总让人念念不忘。糕点里有自己家里用糯米做的龟子粿，其形似一只乌龟，鸡蛋般大小，每个龟子粿都趴在一片四方形的箬叶或芭蕉叶上，用的菜馅或豆沙馅，根据主人的口味来选择；还有用黑黑的生铁鳌子蒸出的一笼年糕或九层糕，切一块四方形或长方形，正中贴一块红纸，用盘装着放在供桌上；还有一锅早米粿，做成后，搓成三条粿猪，装一盘；再搓一盘粿丸子，如鹌鹑蛋大小，也放在供桌上；面食还有包子、水饺、线面、煎饼……

水果有苹果、葡萄、梨、石榴、莲蓬、西瓜。本地人说西瓜是阴间的蹄髈，是不可少的。西瓜要在十四这天上桌，不像其他水果一开始祭祖时就放在供桌上了。到了十四下午还要拿刀从瓜顶切下一小片，以见到红瓤为好，好让祖先品尝。切下的一小片青瓜皮，不能丢，烧纸时还要派上用场。因为烧纸都是在户外进行，这一片青瓜皮是用来插香烛的。

祭祀这些天里，每餐要先端上两碗尖尖的米饭。蔬菜中，空心菜和茄子也必不可少。荤菜数量不限，有多大能力就办多少菜来，但有一点，鱼一定不能上供桌，否则生下的子孙会变得呆傻。若是家里极想生女孩，也可破例上干目鱼……

在祖宗"吃饭"前后，都要烧一些黄纸、白纸，当然也要记得在供桌上摆上茶和酒。祭祀的菜不能馊掉，若是让祖宗吃渍菜，将来生下的子女就会很"酸"，也就是那种一说话就翻脸的主儿。

一般而言，初一到十三这几天里，供桌上要有两碗素菜，荤菜一两个就够了。十四这天是关键，一定要办得丰盛，各家依自身财力而办。到了这天，主妇们可忙了，一大早就要把一碗一碗菜煮好，再一碗碗恭恭敬敬地摆放在正对着神龛的大桌子上，佛桌上四方都放着盅儿和筷子。厨房里腾腾地冒着菜肴的香气，神案上忽明忽暗的烛火，还有幽幽地亮着火头的香，一切都那么神秘，神秘得让人在说话和走路时都轻轻的，有种让人窒息的恐惧感。

吃饭时，要有人到桌上敬酒，请祖先吃菜。到了十四日下午，在祖宗们酒过三巡、菜过五味后,要把写有各位祖宗姓名的金银票放在供桌上,用筷子压着,先让祖宗看。夕阳西下,家家户户开始烧纸钱给祖宗。一捆捆的纸用箩筐装着,先放大厅里,点上香,告诉祖宗一声:"各位祖先,去领钱了。"然后在家门口不远的空地上,把纸一堆堆分好,每堆纸上放一张写有名字的金银票,有钱的子孙还要买上一些金银财宝之类的东西放在上面一起烧。烧纸给祖宗时,子孙一定要在场,有的人怕钱被恶鬼抢了,还要拿上刀棍之类的武器,等到纸完全烧化,才把灰扫了倒进小溪流里去。

第二天,也就是真正的七月十五,早早地做了饭,让祖宗吃饱后,再在大门口或大厅里烧一些纸钱,送祖先出门。对祖宗说,带上这些钱,去龙王会上游玩吧!想吃什么,想要什么就买,别省着。如此,祭祀仪式才算结束。据说七月十五这天是阴间的龙王会,得了钱财的鬼神都会去那里赶集,十分热闹。

过了七月十四,第二天起来,村子边上的芭蕉叶全都被撕破了。传说这是无主之鬼觉得没脸见人,撕去遮面或躲在那儿哭泣时给弄坏的。十五这天,送走了自家的祖先,善男信女会到寺庙去诵经念佛,烧纸钱超度传说中的孤魂野鬼。有的人会趁着夜色降临时,带几样酒菜到十字路口祭奠游荡的鬼魂……

祭祀,是中国的传统仪式,它是国人对逝世先人的一种纪念,更是一种心理的慰藉。家祭仪式有着让我们缅怀先贤、传承忠孝、教化后人的作用。所以,过鬼节这种习俗一直在沿袭着。因为在这份绵长的亲情里,家祭寄托着中华儿女对祖先的思念之情与对美好生活的向往。

# 中秋节

zhōng qiū jié

## 概说。

中秋节，也称祭月节、端正月、月光诞、月夕、秋节、仲秋节、拜月节、月娘节、月亮节、团圆节等，为每年的农历八月十五，是中国传统节日。中秋节由上古时代秋夕祭月演变而来，是古人崇拜天象的遗痕。中秋节自古便有祭月、赏月、吃月饼、看花灯、赏桂花、饮桂花酒等民俗，流传至今，经久不息。2006年5月20日，国务院将其列入首批国家级非物质文化遗产名录。

## ● 渊源

中秋节起源于先民对月亮的崇拜。在远古时期，人们对自然怀有深深的敬畏与感激。聪明智慧的古人在生活中注意到月亮的阴晴圆缺影响着农业的生产，对于月亮的神秘力量感到敬畏。因而，形成了祭拜月神的习俗，以此祈求五谷丰登、吉祥平安，后来逐渐演变成赏月的习俗。另外，中秋节的形成还与"秋祀"有关。中秋正逢收获的季节，勤劳的人们为了表示对土地神的感谢，有"秋社"的活动，并由此衍生出一系列相关风俗。

从古至今，与月亮有关的神话故事不胜枚举，人们丰富的想象力给中秋节增添了浪漫的气息。嫦娥奔月、天狗食月的传说妇孺皆知，脍炙人口。传说后羿向西王母求得不死之药，妻子嫦娥趁其不在家的时候偷吃了仙药，吃完仙药的嫦娥身体变得非常轻盈，独自一人飞到月亮上去了，从此住在了月宫。人们似乎觉得嫦娥一个人居住在清冷的月宫中太过孤单，后来又在月宫的传说之中加入了玉兔捣药以及受到惩罚在月宫中常年砍桂树的吴刚。

"中秋"一词出现较早，先秦文献中已有记载。《周礼》："中秋，献良裘，王乃行羽物。"南朝《荆楚岁时记》："秋分以牲祠社，其供帐盛于仲秋之月。"这一时期，已有一些中秋活动，但尚未形成节日。

中秋节形成于唐宋时期。唐朝的《诸山记》《武夷山记》《酉阳杂俎》中记有八月十五集会宴饮、赏月等活动。据《酉阳杂俎》记载："长庆中，有人玩八月十五夜月，光属于林中如匹布。其人寻视之，见一金背蛤蟆，疑是月中者。工部员外郎张周封尝说此事，忘人姓名。"可见当时中秋赏月习俗的流行。宋朝时，赏月习俗更盛，已在民间普及。孟元老在《东京梦华录》中说："中秋夜，贵家结饰台榭，民间争占酒楼玩月。"

中秋节吃月饼的习俗，据说也起源于唐朝。唐初，大将军李靖率军征讨匈奴，打了胜仗，在八月十五这天班师回朝。朝廷设宴为其庆祝，这时有经商的吐鲁番人向唐朝皇帝献饼祝贺。唐高祖李渊接过饼，指着空中的明月说："应将胡饼邀蟾蜍。"这里的蟾蜍是指月亮，高祖说完之后，将饼分给群臣食用。从此以后，胡饼就在长安流传开了，后来又改叫月饼。

到了明清时期，过中秋节的风俗愈加普及，其地位也愈加重要。

农历八月正值收获的季节，瓜果飘香。源于对月亮的崇拜心理，在中秋节这天，人们通常要用月饼、瓜果供奉月亮。月亮的神秘色彩，再加上中秋节团圆的寓意，衍生出中秋以月亮占卜、偷瓜送子的习俗。妇女们出游偷瓜，表达出人们对于求子的迫切心态和朴素心愿。

嫦娥玉兔的神话传说家喻户晓，玉兔的形象给民间习俗注入了新鲜素材。"兔儿爷"是北京的地方传统手工艺品，"爷"是对尊者的称呼，八月十五，北京地区有供奉"兔儿爷"的习俗，其中泥塑的"兔儿爷"较为常见。"兔儿爷"的造型多样，甚至还有身着金盔铁甲、英姿飒爽的武士形象。后来随着月亮崇拜的世俗化，"兔儿爷"渐渐变成了深受儿童们喜爱的中秋节玩具，被列入北京非物质文化遗产名录。

八月十五前后正值钱塘江涨潮最汹涌之时，钱塘自古繁华，钱塘江波涛汹涌，浪击河堤，蔚为壮观，每年都有来自世界各地的游客前往杭州观潮。唐朝刘禹锡《浪淘沙》云："八月涛声吼地来，头高数丈触山回。须臾却入海门去，卷起沙堆似雪堆。"钱塘江似喇叭状，河岸向内逐渐收紧，潮水来时，涛声震天，猛烈地拍击河堤，激起浪花阵阵，犹如卷起千堆雪，令人赞叹不已。

中秋节这天少不了夜晚赏月吃月饼的习俗。与家人朋友对酒当歌，弹琴赋诗，别有一番趣味。月饼是中秋节的节令食物,在唐代就有关于中秋节吃月饼的记载,而宋代文人的诗句中多将月饼称为"金饼"。苏舜钦的《中秋松江新桥对月和柳令之作》云:"云头艳艳开金饼,水面沈沈卧彩虹。"明清时期,中秋节吃月饼成为普遍的习俗。各地有着不同风味的月饼。随着烘焙技术的发展,人们的创意越来越多,月饼的种类和花样也愈加丰富,口味有咸的、甜的,馅料有五仁的、荤的、蛋黄的,五花八门,种类有苏式月饼、广式月饼、冰皮月饼等。月饼的花纹、图案也各具特色。

## 文化意义

祭月,在中国是一种十分古老的习俗。《礼记》中便有"秋暮夕月"的记载,祭月赏月,托月追思,表达了人们的美好祝愿。祭月的风俗有很多,有的向月亮跪拜、有的供奉月光神马,还有的以木雕月姑为祭拜对象,人们将它们放在月出的方位,摆供案,上贡品,轮流祭拜。明代《帝京景物略》中详细记载了祭月的习俗,包括当时市面出售的月光纸和老年妇女传唱的颂词,"八月十五月正圆,西瓜月饼敬老天,敬得老天心喜欢,一年四季保平安"。

如今,中秋节吃月饼、赏月的习俗依然盛行不衰。在中秋佳节,伴着沁人心脾的桂花香,家人们围坐在一起,分享节日的喜悦,互诉衷肠,赏明月,吃月饼,其乐融融。月亮的圆象征着家庭的团圆,而远在他乡不能赶回家的游子,望着圆圆的月亮,思念故乡和家人。

清 董邦达 《绘御笔中秋帖子诗》

# 中秋快乐

张静

进入九月,白日更短了,短得一些藏在心间的小情绪来不及说与自己或者想听的人。忽而,白露和中秋这两个令我倍感亲切的节气,就像亲姊妹一般结伴而至。当我在日历上一眼瞅见它们时,心里有一点小惊慌,然而更多则是一份急切的心情,想安静坐下来,留下一点笔墨,以不辜负这又一个悄然而来的中秋。

其实,在我身处的不大的小城里,关于中秋节的讯息早就有了。大抵是处暑过后吧,各大超市里,包装精美的月饼一盒一盒摆放在醒目的过道或者柜台上。礼盒上,圆圆的月亮,金黄的桂花,翩跹的嫦娥,仿若将中秋节所有美好的尘缘一一呈现出来。可是,我依然闻不到月饼清甜的香气,也没有任何想吃或者购买的欲望。真正念及这圆圆的月饼,还是前几日偶然在永康老师的微信里,看见他说,想吃月饼了,这才想起中秋真的马上要来了。心里也在期盼着,再回一次老屋,给父母送上我亲自买回去的月饼,再一次坐在他们身边,慰藉思乡之情。这心思随着不惑过后愈来愈重,也愈来愈疼。

再过两天,就是开学的日子。这个时间点,令我打心眼里不快,也不想想,娃娃们进校没两天就中秋节了,中秋节是阖家团圆的日子,谁不知,谁不晓呢?孩子们背井离乡来到陌生的地方,即将面对一个人的中秋，该有多少寂寞和孤独？后来，才发现我的担心是多余的，尤其是新生开学那日，满校园里彩旗飘飘，人头攒动，一帮十八九岁的青春男女被家人们前后簇拥着，一番手脚忙乱之后，他们会潇洒地和父母挥手告别。而那些家长们，个个嘴里叮咛着，脸上挂满不舍，甚至眼角湿湿地走出了校园。

开学第一夜，我和同事一起去女生公寓查看。起初，宿舍里弥散着拘束和陌生的气息，从四面八方来的孩子们一个个面无表情地坐在各自床上，埋头只顾翻看自己的手机。我环顾四下，白净的墙，簇新的被褥，簇新的床单，透着一股新气象，也透着一份活力。到底是孩子，到底是叽叽喳喳的年龄，只一会儿，这种陌生和拘束被活泛一点的女孩最先打破，宿舍里开始七嘴八舌说笑起来，问你家远近，她家姊妹，我所担心的孤独和感伤，遁形而去。接下来，又闻她们提议，若是入学教育能早些结束，中秋那天，定要找上老乡，结伴去转转美丽的小城，看看小城的山，小城的水，还有小城的草木和繁华。待我转身离开时，她们已俨然是一对姐妹。不由感叹，原来，这青春独有的气象，就是这般简单无邪，无须掩藏，无须戒备。我相信，那一颗颗心，定然是敞亮亮的，像阳台上那扇干净的窗户。一时间，我的心里也热乎起来。我自然知道，这个中秋，这一帮初来乍到的孩子们不会孤独了，心里长长舒了一口气。而孤单的，或许是我，抑或，他们的父母。

从新校区回到家里，吃了晚饭，给母亲打了电话，问了冷暖，问了安康，提及中秋时，母亲竟然淡淡的，似乎那自古以来浓得化不开的月色与自己无关。她老人家只一个劲儿喜滋滋地告诉我，家里一亩大的桃园刚刚摘完桃子，卖得不错。随后，又在电话那头絮絮叨叨说，这桃园还是得她和父亲亲自打理才不被糟践，前两年让弟媳侍弄着，她不会修剪，不会打药，可惜地里的肥了。今年没让插手，桃子结得粉嘟嘟、圆乎乎的，来园子看桃论价的四川客人当下就全订了，明年，还要自己上手，争取卖更好的价。

❀ 清 张廷彦 《中秋佳庆》（局部）

壹 岁时节日里的民俗

母亲兀自说了一会儿，才想起马上中秋节了。我给她老人家打的电话一定是和这个团圆的节日有关。没等我开口，她先安慰我说，月饼一定要给她买，别太甜腻了，有点吃不惯。不过，即便不吃，也要给天上的嫦娥献一份的。母亲说这些的时候，语气淡淡的。从声音里，我听得出她的平和与沉静。怎不是？从我呱呱坠地开始，岁月在母亲额头上写下的中秋光晕一年比一年多，从早年的贫穷到晚年的安泰，有多少夙愿，不在月色里，不在月饼里，而在那漫长的时光深处，在从早到晚的一粥一饭，一锄一禾里。父亲和母亲，揣着乡下人简单的梦想，一生劳顿，一生奔波，又哪里顾得了月亮的诗意和风雅？记得儿时，月儿圆时，正是父母最忙碌的时候。月色里，他们的身影在玉米田里，在豆子地里，成为一道朦胧的水墨，填满了我贫瘠的年少时光。我还记得，在月色里，节俭的婆舍不得花钱买月饼。有一回，刚工作的四叔买了几个回来，婆舍不得吃，掰开分给孙儿孙女们，她自己一边分，一边仔细端详。完了很自信地告诉我们："我以为有多金贵呢，等明年过八月十五，婆做给你们吃，花那冤枉钱干啥，只要费些时间和心思，肯定能做出来的。"后来，婆真的说到做到了。不过，通常必须要等到母亲、父亲、叔叔、婶娘们从地里回来才能开吃。

暮色四合，厨房的案板上飘来婆做好的月饼香气，白生生的皮，一层层，酥酥的，月饼四周，婆还会用红帖子匀称点上几个小圆点，红红的，很是惹眼好看。起初，我不大留意，也不大深究。后来渐渐长大，终于懂得，那几个红红的小圆点，其实就是婆的一份愿望，这愿望，定然和红火日子有关。

以后的日子里，无论在哪里，我会记得小院的月色，记得月色里的亲人。他们和这经年的旧月色一起，早已深深烙在我骨骼、肌肤，还有心窝里。尽管，我可敬的婆永远看不到了。可亲的母亲，也在这月色里渐渐老去。月色明亮与否，她依然不曾关注。她所注重的是，月色深深，秋意深深，这日子便又凉了几分。

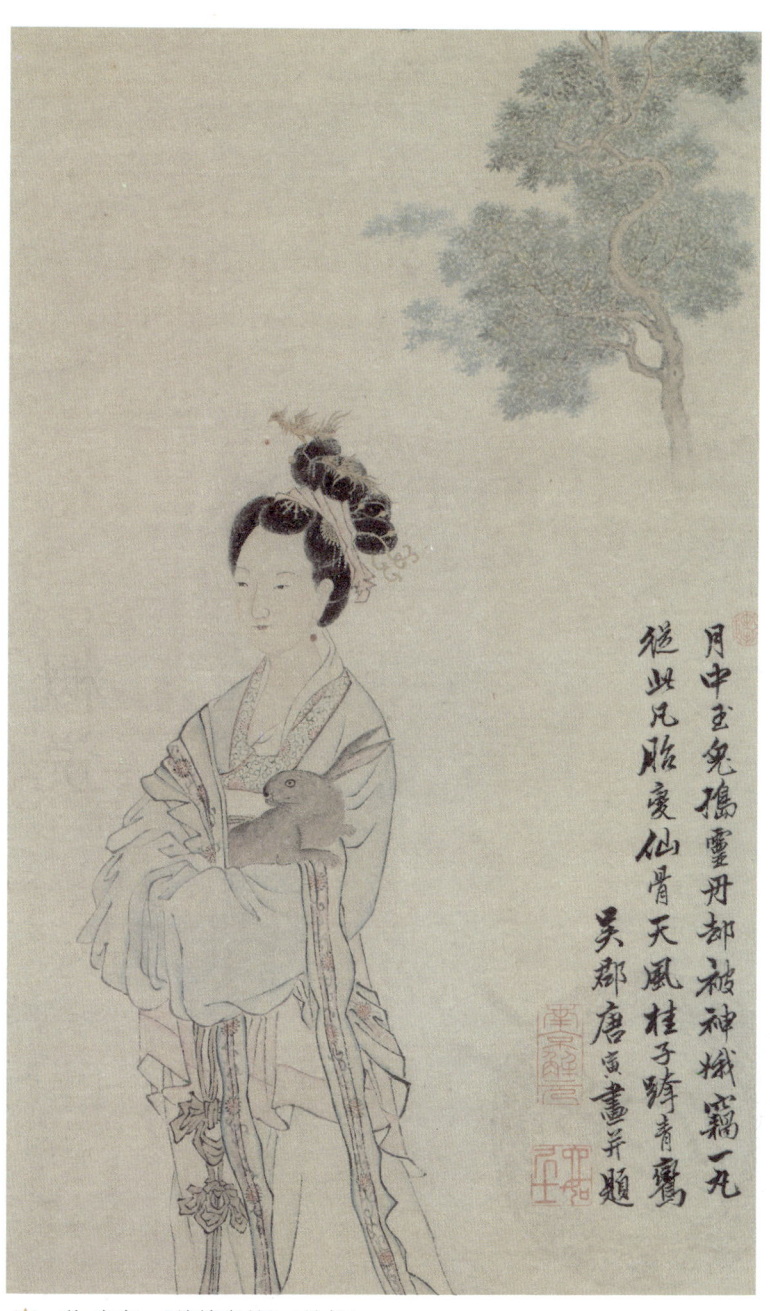

月中玉兔擣靈丹 却被神娥竊一丸
從此凡胎變仙骨 天風桂子降青鸞
吳郡唐寅畫并題

明 唐寅 《嫦娥奔月》（局部）

# 冬至

dōng zhì

## 概说

冬至是二十四节气中的倒数第三个节气,处在年尾,也是民间祭祀的一个传统日期,是「四时八节」之一,它兼具自然和人文的特性,在我国民间有着重要的意义。古人向来有「冬至大如年」的说法,这足以表明它崇高的地位。冬至日一般在每年公历12月21、22或23日,这天太阳黄经达270°,太阳光直射南回归线,是北半球一年中离太阳最远的日子,天气格外寒冷,因此称为「冬至」。

## ● 渊源

冬至有着悠久的历史，据文献记载，其起源于黄帝时期。《史记》载："黄帝得宝鼎宛朐，问于鬼臾区。鬼臾区对曰：'帝得宝鼎神策，是岁己酉朔旦冬至，得天之纪，终而复始。'于是黄帝迎日推策，后率二十岁复朔旦冬至，凡二十推，三百八十年。黄帝仙登于天。"黄帝在宛朐城得到宝鼎问鬼臾区，他回答说："您得到宝鼎这一年己酉日的月朔是冬至节，从此进入天纪，终而复始，循环不止。"于是黄帝迎着日影，用神策推算，推出以后大约每二十年重复出现月朔黎明时为冬至节。《尚书》中也有类似的记载，上古时期，尧帝命令和叔居住在北方，观察并确定冬至的日期，再根据当地情况准备冬天储存粮食的事务。由此可知，在上古时期就已经确定了冬至的日期了。

冬至源于古代的星象文化。据前秦典籍《鹖冠子》记载："斗柄指东，天下皆春；斗柄指南，天下皆夏；斗柄指西，天下皆秋；斗柄指北，天下皆冬。"二十四节气最初是根据北斗七星的斗柄指向制定的。汉武帝时，已采用土圭测日影法在黄河流域测定"二十四节气"，《太初历》将其收入并作为指导中原地区农事的历法补充。

汉朝时期，冬至变成了一个固定的节日，叫作冬节。《荆楚岁时记》中就有关于冬节的记载："去冬节一百五日，即有疾风甚雨，谓之寒食。"这句话是在说明寒食节的日期，不过从侧面反映出当时冬至已有了确定的日期，并且名字叫作冬节。《汉书》中则有了更加详尽的记载，冬至在汉朝甚至还成了法定节假日，官员在这天可以准备祭祀的节日习俗。

魏晋南北朝之际，对冬至则越来越重视，《颜氏家训》说："南人冬至、岁首，不诣丧家。"六朝时期，冬至日有拜父母的习俗，这个习惯和我们现在春节期间拜年的习俗有些相似。另外还出现了送鞋袜的习俗，一般会送给亲近的师长，从三国魏曹植《冬至献袜颂表》一文中也可以得到证明："伏见旧仪，国家冬至，献履贡袜，所以迎福践长。"唐代段成式在《酉阳杂俎》中说："北朝妇女，常以冬至日进履袜及靴。"但是在民间可能并不流行这个习俗，没有见到民间记载。

唐朝时期，冬至的习俗就已经基本确定了。从在唐朝求法的日本僧人圆仁的《入唐求法巡礼行记》中可以看出，当时关于冬至的习俗有"致贺礼""拜官""互相礼拜"，百官在这一天都要进宫与皇帝一同庆祝。《旧唐书》中记载："凡冬至，大陈设如元正之仪。其异者，无诸州表奏祥瑞贡献。凡元正、冬至大会之明日，百官、朝集使等皆诣东宫庆贺。"这些冬至传统习俗都与我们现在的冬至日习俗相差甚远，反而更趋向于春节，在唐朝一些诗人的笔触中也可以明显看出这一点，例如杜甫的《冬至》："年年至日长为客，忽忽穷愁泥杀人。"白居易《邯郸冬至夜思家》："邯郸驿里逢冬至，抱膝灯前影伴身。想得家中夜深坐，还应说著远行人。"关于冬至思乡的描写，从侧面反映出冬至具有团圆的意义，更加与春节的文化特征不谋而合。

在宋代，人们对冬至比之前更加重视，根据《岁时广记》的记载："冬至既号亚岁，俗人遂以冬至前之夜为冬除，大率多仿岁除故事而略差焉"，说明宋人已经把冬至当成仅次于过年的节日了，明朝朱廷焕所编纂的《增补武林旧事》记载，"南宋过冬至节更盛于北宋，都人最重一年贺冬，车马皆华整、鲜好。五鼓已填拥杂沓于九街，妇人小儿服饰华丽，往来如云。岳祠、城隍诸庙烧香的人更盛"。在吃的方面，宋人也有了固定的食物，"冬馄饨、年馎饦"，在这一天，他们吃馄饨，有破除混沌、变聪明之意，在北方则大多习惯吃饺子。

明清以来，冬至节的影响日渐缩小，但上上下下仍视为节日，一些地方还是像过年一样度节。清初《帝京岁时纪胜》曰："长至南郊大祀，次旦百官进表朝贺，为国大典。绅耆庶士，奔走往来，家置一簿，题名满幅。传自正统己巳之变，此礼顿废。然在京仕宦流寓极多，尚皆拜贺。预日为冬夜，祀祖羹饭之外，以细肉馅包角儿奉献。谚所谓'冬至馄饨夏至面'之遗意也。"再看清末《燕京岁时记》"冬至"条的记叙："冬至郊天令节，百官呈递贺表。民间不为节，惟食馄饨而已。"至于冬至互相拜贺的习俗，至明清时期就大大被简化了。

# 文化意义

传统的冬至日习俗流传到今天的已经特别少了，但有一项还依旧保留在现代人的生活习惯里，就是吃饺子。

相传饺子的由来与医圣张仲景有关。当年，张仲景从长沙告老还乡时，正值冬天，寒风刺骨，雪花纷飞，在归乡途中，张仲景看到很多穷苦的百姓无家可归，他们面黄肌瘦、衣不蔽体，冬日的寒冷甚至把他们的耳朵都冻烂了，张仲景看在眼里，心里不忍。

回到家中后，他日夜挂念那群耳朵生了冻疮的百姓，医者的本性驱使他要有所作为，于是经过研制，他研究出了一个可以御寒的食疗方剂，名字叫作"祛寒娇耳汤"。是将羊肉和一些驱寒的药材放在大锅里一起熬煮，煮熟后捞出切碎裹成馅，再用面皮包上放进原汤煮熟就完成了，因为制作出的成品样子很像耳朵，又是为了防止耳朵被冻烂，所以取名为"祛寒娇耳汤"。

方子研制出后他主动舍药为穷人治病，赠送祛寒娇耳汤，人们吃了娇耳，喝了汤，两耳生热，很快耳朵就治好了，并且再也不生冻疮。张仲景去世后，这项习俗并没有消亡，人们为了纪念张仲景，每年冬至日的时候都要包一顿饺子。在张仲景的故乡南阳有歌谣：冬至不端饺子碗，冻掉耳朵没人管。洛阳也有类似的歌谣：冬至那天吃扁食（饺子的别称），不冻耳朵不冻脸。

张仲景为穷苦百姓研制娇耳汤，并免费施送；百姓知恩图报，为了纪念张仲景，自发在冬至包饺子。这项习俗流传至今，难道只是因为吃了饺子不冻耳朵吗？张仲景高尚的医德对后世产生了积极影响，一直被人们记在心中，赢得了从古至今人们的无限敬仰，并且代代相传。

# 冬至帖

● 张静

小时候，只晓得冬至来时要吃饺子，至于为何要吃，曾问过婆和母亲，她们也不知，但总是将那句"冬至饺子夏至面"当圣旨一般挂在嘴上念叨。直到上学了，自然常识老师讲到，这种习俗是为纪念"医圣"张仲景冬至舍药留下的。相传医圣张仲景从长沙辞官返乡时，正是冬季，他看到河南家乡的乡亲面黄肌瘦，饥寒交迫，不少人的耳朵都冻烂了，便差弟子在南阳东关搭起医棚，支起大锅，把羊肉和驱寒药材放在锅里熬煮后捞出来切碎，包成耳朵样的"娇耳"，煮熟后连汤水一起分给来求药的人，冻伤的耳朵过了几日都好了。后来，人们学着医圣制作的"娇耳"，包成食物，称作"饺子"，除了不忘医圣之恩，更多是缅怀。

我依然记得母亲最早包饺子的情形。早饭后，她裹着臃肿的棉衣，头戴果绿的围巾，在厨房里忙碌着，案板上的白色瓷盆里，脆生生的萝卜丁，滑润润的粉条，软绵绵的豆腐块，红是红，绿是绿，白是白，馋得人直流口水。

最喜欢看母亲包饺子的姿态。一小团面疙瘩，一条很短的擀面杖，在母亲两只手里很是灵巧地来回碾一圈，那圆圆的、薄薄的饺子皮就匀称地平摊在案板上了，然后，母亲把一大勺调好的饺子馅塞满里面，捏紧，一只只圆鼓鼓的饺子整整齐齐地排列起来,像一弯清秀玉润的月牙。

饺子包完了,母亲给锅里添上水,坐在灶台旁,拿出火柴轻轻一擦,点燃引火用的软麦秆放进灶膛的风口,填上玉米秆或其他柴草,用嘴巴吹几下,风箱来回拉动中,红红的火苗噼里啪啦跳跃着,映得母亲满脸通红……一丝丝的炊烟穿过锅灶,顺着烟囱逸向空中,一股子萝卜饺子的清香从锅盖的缝隙里溢出来。

毫不夸张地说,吃到饺子的感觉是幸福而美好的。因为那个时候,乡下人的一日三餐总是清苦而节俭,平日里,只有麦收前后,舅婆送端午,亲戚串门或者旧历年时,母亲才会在厨房里花些心思和工夫,做一顿臊子面,烙几张煎饼,或者烹一锅烩菜,炒两盘肉菜,招待亲戚,顺便我们也能跟着打个牙祭。至于吃饺子,更是少得可怜,故而对冬至的饺子是充满向往和期待的,就算日子过得再苦,母亲总不忘在冬至时想法儿包上一顿饺子。"宁穷一年,不穷一节",是从母亲嘴里说出来的。我深知,那一只只胖嘟嘟的饺子在锅里翻滚,活像母亲对贫瘠日子满怀的蓬勃希望。

在乡下,数九寒冬是从冬至开始的。这一天,白日最短,夜晚最长,北风最冽,把天空肃杀得昏昏沉沉,偶尔几只喜鹊在枝头和屋檐下叽叽喳喳叫着,不等人靠近,便呼啦一下,扑棱着翅膀飞走了。早饭后,我爷和三爷靠在南墙的玉米秆旁晒太阳,风一阵接着一阵吹,吹得脸蛋、耳朵和手生疼。他俩相互打趣地说,看着太阳出来了,咋这么冷,这风吹到脸上,像被扇耳光的感觉。晒了一会儿,抽了一杆旱烟,又朝地里走去,田野深处,也冷冰冰、空荡荡的,只有麦子和油菜紧紧搂抱着大地,不声不响地沉睡着……

冬至夜是安静的,也是温暖的。若是一个人在村子里行走,从一些人家窗户的缝隙里,准会听到唠嗑声、嬉闹声或者鼾声。最响亮的是巧儿家,她和我同岁,她家辈分高,我得唤她三姑。不用说,她两个姐姐正在给她织棉手套和袜子,花花绿绿的毛线,钩成一朵梅花，连五个手指头都织出来，戴在手上舒适漂亮又暖和。不像我和大多数伙伴，只有母亲缝的棉布袖筒，写字时，手腕暖和了，手指头裸露在外，冻肿后像发酵的面团，又疼又痒，只待夜晚，早早钻到热炕上，揉着搓着，头一歪，进入梦乡……

我爷当然睡不着了，他将我们拽醒来，一遍遍念叨关于冬至的话题，比如"一九二九不出手，三九四九冰上走，五九六九看河柳，七九八九燕归来"等，好多呢，记不全了。成人后，时而想起，眼前总会浮现屋檐下的冰条、窗前的飞雪、饺子的馋香，以及缩在袖筒里通红的手，一瞬间，心莫名的温暖和怅然。

不知不觉，又一年冬至日，夜晚醒来，院子里，风吹起桐树上残存的几片叶子，哗啦啦响。推窗往外看，城市褪掉喧嚣的外衣，只有风嗖嗖地钻进来。不觉两手抱在胸前，仰起头，好大一团月，沉寂着，冷澈地悬在楼宇之间，使冬至夜愈发清宁安详。

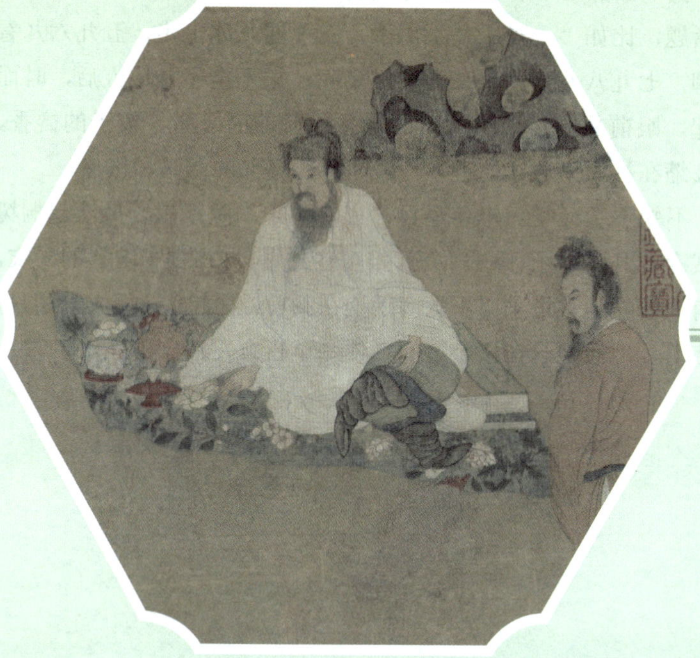

# 贰

饮食文化里的民俗

# 面条

miàn tiáo

## 概说

面条是中国的传统食品，它的历史悠久，形状大致为长条形，品类多样，多以小麦等谷物为原材料制作，制作方法更是五花八门，有削、擀、拨、擦、压、拉、漏等，制作出的种类有刀削面、竹升面、板面、挂面等。不同地方的特色面条也不尽相同，我国受制于气候因素，农业上呈现南稻北麦的分布状态，故北方的面食尤为独树一帜。

## ● 渊源

面条在东汉被称为"煮饼""汤饼""索饼""水溲饼",魏晋时总称为"汤饼",南北朝时期,它又被叫作"水引""馎饦",根据资料记载,此时的汤饼是放在手上撕成面片的,比起面条来更像是面片汤。发展到唐朝时,面条的形状才最终演化为我们后世所看到的长条状态,细而薄,这种面叫作"岁岁面"。

到了宋代,"面条"的名称才最终被确立,品种也更丰富,出现了"索面"和"湿面",并且出现了各种风味独特的面,炒面、拌面、煎面和各种浇头面。孟元老《东京梦华录》中就有大量"食店"挂有"面"字的招牌。随后至明清时期,面条的发展已经极为成熟,各个地区受当地自然人文环境的影响,形成了具有独特风味的面条,并逐渐出现五大名面:四川担担面、两广伊府面、北方炸酱面、山西刀削面及武汉热干面。

几千年来,随着历史的发展,面条已经不再简单作为果腹之物,而是在生活习惯潜移默化的影响下被赋予了文化意义,形成独特的民间风俗。其中最为典型的就是长寿面,生日时会吃此面,因面条细长的形态寓意着长命百岁,据说这个传统来自汉武帝。有一次,汉武帝与几个近侍闲聊长寿之道。一个人说:"人的脸长,寿缘就长。"另一个人接着道:"人中长一寸,可活一百岁。"东方朔闻言笑道:"怪不得彭祖骨瘦如柴,人中倒有八寸。"汉武帝不信:"哪有这等怪模样的人?"东方朔说:"脸长就长寿,人瘦脸就长,可知彭祖一定是瘦子了。人中长一寸,可活一百岁,彭祖活了八百岁,想必他的人中有八寸长了。"汉武帝当即哈哈大笑,赞东方朔巧辩。此事传到宫外后，竟有人将东方朔的滑稽之词当了真，而且把"脸"讹传为"面"，将"瘦"讹传为"寿"。于是，"脸长人瘦"变成了"面长人寿"，并由此演绎成"吃的面条越长，人的寿命越长"。还有人特意将面条切成了八寸长的宽心面，表示对长寿的祈愿。

长寿面的吃法也独有一套讲究，吃面时要一次吃一整条面，不能用筷子夹断，也不能在吃的时候咬断。逐渐地，吃长寿面不再局限于出生那日，而是每一年生辰都会有这个习俗。据说这个习俗来自于南北朝的北齐文宣帝高洋，他喜得儿子，以汤饼（面条）大宴群臣。那时添子得孙当以"汤饼筵"招待亲朋好友。这个习俗流传到民间，人们纷纷效仿，渐成风尚，此后，每人过生日都要来上一碗热腾腾的生辰面。唐朝时期，这种习俗已经非常普遍，《新唐书·后妃传》记载："玄宗皇后王氏……以爱弛，不自安。承间泣曰：'陛下独不念阿忠脱紫半臂易斗面为生日汤饼耶？'帝悯然动容。"这段话反映出唐代人过生日已吃"汤饼"。"汤饼"在唐代仍泛指一切汤煮面食，但"生日汤饼"应为细而长的面条，寓意长寿。喜庆活动中最有名的面食是"红绫饼"，原为唐代宫廷御膳，后因在曲江宴会中赐进士食用而流传广泛。

有的地方将吃面条引申为一种时令季节习俗。这种习俗在古代很常见，例如在元代已有了"二月二，龙抬头"吃龙须面的记载，传说"龙抬头"预示着天将要下雨，人们为祈求新的一年风调雨顺，五谷丰登，"此日饭食皆以龙名"，而龙抬起头的整体的样子状如面条，所以这一天吃的面条又叫作龙须面。清代《帝京岁时纪胜》记载了北京会在夏至日吃过水面的传统，"冬至饺子夏至面"这句耳熟能详的谚语说的就是这个节俗。

民间也还有吃喜面的习俗，喜面又叫作"试刀"，意思是新婚后的第三日，新娘会亲自下厨做一碗面条，分给家中长辈亲戚吃，以表示家庭和睦，面条因其形状细长的特点，也代表着祝福新人长长久久。

## 文化意义

  人们最初发明面条这种食物是为了果腹，因为它易于保存，所以面条很快在主食的领域占据了一席之地。随着经济社会的发展，人们在追求填饱肚子的基础上寻找风味的变化，于是各种各样的面条开始诞生。

  面条在与人们相伴的日子里，是围坐一桌吃饭的欢腾热闹，是吉祥团圆气氛中不可或缺的一环。久而久之，人们对面条赋予了另一种情感，将它给年迈的长辈食用就叫作"长寿面"，希望他们无灾无难、松鹤长春；将它给孩子吃，是期盼孩子平安长大的"生辰面"；将它给新婚夫妻吃，是希望他们能够家庭和睦、幸福美满。总而言之，面条在我们生活中寓意丰富，它不仅仅是中国人贺寿的象征，更是我们美食文化与饮食智慧的体现。

# 面条

陈理华

面条吃起来滑润适口，味道鲜美，可谓男女老少皆宜。加之南方种麦较少，故而面粉也显得尤为珍贵。

勤劳聪慧的闽北人喜欢通过面条来表达心里的一种美好意愿。所以千万别小看一碗普通的面条，它在人们生活中扮演的角色可重要着呢！为什么这样说呢？因为面条在闽北人心里代表着长寿、平安、健康、吉祥、团圆。同时看似柔弱的面条还有驱邪、避晦、化凶为吉的功能呢！

在乡村，老人做寿时，不但自家要备上好多的面条，亲朋好友带礼品祝寿时，所带的礼物中也一定要有两斤面条。因为面条长长的，代表着长命百岁！

小孩生日那天也要吃面，生日这天煮一碗线面，意味着孩子能活到头须皆白，也暗指父母希望孩子能长命百岁。

新娘子出嫁，在娘家梳妆时，要煮一碗面，这面必须是由男方放在丁箩里挑来的。煮好后，放在梳妆台的旁边，梳妆好后就要由"交面奶"喂食三口！这是娘家人对她婚姻白头偕老的祝福。新娘子离家后，娘家人还要在一起吃"拦门面"。这拦门面可有意思了，迎亲的队伍到达女方家大门前时，女方家的人就会拿一张桌子，横着拦住大门。这时男方的人和女方的人开始讨价还价，女方说面条八十斤，烟五条，糖十斤！男方的人说，面条六十斤，烟两条，

🌸 制面

糖八斤！女方的人只有觉得可以，才会把桌子搬开，让迎亲的人进入女方的家内。

新娘到了男方家，在酒席上，即使别人桌子上没有面，也要特地为新娘煮上一大碗面，让这一桌的人吃。洞房花烛时，闽北人不是喝交杯酒，而是新娘同新郎一起坐在房间里吃一碗面——面上有两个蛋和一只鸡腿。

客人到来煮一碗面，寓意客人常来常往；家人出门前煮一碗面，也含有盼望早日归来之意；出远门后回家煮一碗面，是取平安团圆之意。

家里添丁，在端午节这天更是要煮两大桶面条挑到河边让看龙舟的人吃。

敬佛、敬神时，也要有面条。平时还可用饭敬神，可到了节日里，就要多一小碗的面条了。

祭祖时，面也是不能少的。让祖宗吃面，是对祖宗的敬仰与绵绵不绝的怀念。

当有人见义勇为做好事时，比如，有小孩落水，你奋不顾身地跳下去救人；老人在路上晕倒，你背着送到医院或送到他家里去，人家给你的感谢就是一大碗面上加两个蛋。

最有趣的是，若是挑粪或倒马桶时将它们不小心打翻在地，一定要煮碗面来吃。村里人认为打翻粪桶是不吉利的事，而吃一碗面就能去掉身上的污浊与霉气。走夜路时受到惊吓，也要用一碗面来压惊，这里的面是祈求吉祥如意的意思。

最可笑的是有不检点的夫妻，跑到野外去行房，若是被人看见了，在村里是最丢脸的事。要夫妻双双送面和蛋到那个人家中去赔礼道歉。这类事在乡民眼里是不吉利和肮脏的，遇上了对自己来说就是晦气。

还有一种被意象了的面条，这是一种看不见又摸不着的面。比如，你到某某家中去，某某却对你不感兴趣，黑着一张脸，那么就说明他是在拿黑面汤给你吃了，也就是在他家里受了冷遇。

黑面就是一种没有去麦麸的面做成的面条，口感很不好。当客人来了，主人对他不是很喜欢，但在礼节上又不能失礼，怎么办呢？就做一碗黑面给他吃，让他心里明白，我不欢迎你！后来，就引申为给人脸色看。

在农村还有一种带有浪漫意义的"面"，是指外出时没带雨具，被突然间而来的雨淋了一身，这个叫作吃线面汤！

面条文化里隐含着民族情结以及节日风俗和人生礼仪。所以，吃面也是在"吃"一种文化。

阳春面

# 中药

zhōng yào

## 概说

中药在中国古籍中通称"本草",有时也叫药石。中药涵盖的内容极其广泛,并不仅仅指药草,还指人们从自然界中发现的可以治疗疾病的药物,有的还需经过二次炮制加工。中药文化在我国有数千年的悠久历史,文化意蕴相当丰富。

## 渊源

我国使用中药的历史极为悠久,《诗经》中有"不可救药"的记述。《庄子·天地》记述:"有虞氏之药疡也。秃而施髢(假发),病而求医。"

在古代,中药的统称,又谓之"草本"。五代韩保升说:"按药有玉石、草木、虫兽,而直云本草者,为诸药中草类最多也。"所以,凡是记载中药的书籍,多称本草。中药的泛指,又称"药石"。药、石都是可以治病的东西,《周书·李弼传》有"药石"的记述:"辉(弼子)常卧疾期年,太祖忧之,日赐钱一千,供其药石之费。"中药这个名称就此确定下来。

"神农尝百草,始作方书以疗民疾",神农尝百草应该是我们听过的最早的中药故事。其实,并不只是神农尝百草,还有上古的伏羲、岐伯,中世的扁鹊、秦和,明代李时珍等很多人,都尝过各种各样的植物和动物。上古人这样做,并不是专门为了治病求药,主要目的是觅食充饥、驯化农作物。我国现存较早的一部重要医学文献是《黄帝内经》,简称《内经》,分为《素问》《灵枢》两书,成书年代约在战国时期。它汇集了古人对于各类疾病的临床经验和理论知识,奠定了医学的体系基础。《黄帝内经》中记有草药的各种药性,如"温凉寒热"及"升降沉浮"等,并指出药之五味:酸、苦、甘、辛、咸,各主其经。战国时期还出现了帛书《五十二病方》,书中记载的关于治病的方剂约有三百个,记录的中药已达二百四十余种。

随着医药科学的发展,秦汉年间出现了《神农本草经》,中药代替巫蛊成为治病的首选,先后出现的名医有扁鹊、华佗等,而且这一时期,本草学已成为医者必修的科目。

唐朝时人们不仅用中药治病，甚至开发了各种养生的吃法。端午节时，不少地区都有饮艾酒、雄黄酒，往门上插菖蒲等与中药有关的习俗，主要是因为古人主张每逢季节变换之际，需要采取一些措施来防止疫病的发生。《荆楚岁时记》中就有记载："正旦，门前作烟火，逐疫。"古代常用熏烧中药的方法来防治疫病，包括艾草、苍术、菖蒲，等等。

明清时期，古人养生的社会氛围更加浓厚。例如一系列养生书籍的流行，冷谦的《修龄要旨》、万全的《养生四要》、尤乘的《寿世青编》，等等。日益盛行的养生文化为中医中药的发展提供了一定的推动力，随着历代人们不断探索，总结出一套较为科学的养生方法。

## 文化意义

我国不少地方有喝完中药倒药渣的习俗，传说此习俗来自孙思邈，在他游医民间之时，途经一个小镇，见到一个老汉将药渣倒在路上，便好奇地问他为什么要这么做，老汉不无感慨，叹了口气，道世道医不精业，自己的病迟迟未能痊愈，只好将药渣倒掉，再也不吃药了。孙思邈听闻询问了老汉的病情，仔细翻看了药渣，辨别药渣中的中药配方，然后给老汉开了新的药方。老汉病愈后才得知给自己开药的人竟然是大名鼎鼎的孙思邈，这件事很快在民间传扬开来。

古人倒药渣，还有期望路人过路踩踏时踩掉病气的意思。古代人民在医疗条件匮乏的时期，保持着对自然的敬畏，对中药的敬畏，充分体现出古人渴望健康长寿的愿望。

# 吃中药的习俗

陈理华

人是靠吃五谷杂粮在这个世界上生存下来的。吃五谷的人总免不了有头疼脑热的时候，若是不幸得了病，就要吃药。民间在吃药时就有一些看似平常，其实很有意思的习俗。

生病看医生，从药店里抓来的中药怎么煎熬，是有一些讲究的。一般中药抓来后，第一服药不能病人自己动手去煎，一定要别人帮着煎。据说，这样的药吃下去就会好得快。

另外，煎好的中药，从锅里舀在碗里时，上面一定要放一把菜刀。为什么呢？

因为古人认为，从天地间长出来的中草药，特别是名贵中药，如人参、茯苓、黄精、枸杞等，它们都是有灵性的植物，把刀压在盛有药汤的碗上是为了防止它的药性跑了。

当然，防止药性跑了只是其一，更深一层的意思是驱邪，也就是用刀来保卫吃药人，愿他吉祥安康。

刀在古代是最好的武器，若有敌人来侵犯，人们往往用它来捍卫自己的生命。于是，这里的刀就有着斩病驱邪之意。也就是说，让病人喝下这刚熬好的压着刀的药汤，就能起到药到病除的作用！人们希望所有健康祝福的愿望，都通过这把压在药汤上的刀来实现。

现在也许很多人已不知道，吃过中药后要把药渣倒在三岔路口上。为什么呢？这跟一个传说有关。传说药王孙思邈有一天去采药时经过一个村庄，看到一户人家随手倒在门口的药渣。

也许是职业习惯吧，孙思邈看到药渣就像猎人看到猎物一样，他停下脚步，蹲了下去，仔细地看着地上的药渣。看着看着，他发现这服药里有一种药配错了。孙思邈明白如果药配得不当，病人服后不但不利于治疗病情，反而还会慢慢地加重病情。

于是，药王就到这户人家询问缘由，这才了解到是一位庸医给开的药方，使得这位病人久治不愈。病人吃过药后，家人随手将剩下的中药渣倒在门外路面上，不想却遇到了孙思邈。后来，经他诊治并重新配药后，病人很快恢复了健康。此事就这样一传十、十传百地传开了。于是，民间纷纷效仿。人们都把喝完的药渣倒在路口最显眼的地方，期望能让懂药理的人看到。若是有幸遇到神医，能上门来给自己配药，那么病就会好得快。故而倒药渣的习惯，直到如今，还有人保留着。

当然，关于倒药渣的习俗，在民间还有一种截然不同的说法。那就是，为了让过路的人从药渣上面踩过去，借别人的福气来把疾病带走，这样，自己的病就能很快地好起来。

明 仇英 《采药》

明 唐寅 《烧药图》卷一

明 唐寅 《烧药图》卷二

# 采茶

cǎi chá

## 概说

中国人发现并食用茶至少有四千多年的历史。《尔雅·释木》：「槚，苦荼也。」荼即后来的茶字。茶是采集后经多道工序加工的冲饮提神饮品，后因为它的功能性引申为蒸发或研磨制成的调匀饮料。饮茶的风靡催生了一个新兴的行业——采茶，我国茶叶分布广泛，各地采茶习惯也不尽相同，因此形成了独具地域特色的采茶习俗。

## 渊源

我国茶叶发现的历史虽然很早,但是将茶作为日常饮品却是在宋朝。两汉之前,人们食用的其实是茶的鲜叶。汉朝时,出现了较为简单的加工方法,食用茶多加配料,类同煮羹。魏晋至隋唐年间,茶的使用有了较大的发展,出现了制茶饼技术。唐朝时陆羽撰写了中国第一部茶学专著《茶经》,他被称为"茶圣"。直到宋朝,茶才真正成了人们日常生活中不可或缺的饮品,上到皇室宗亲,下至贩夫走卒,人人饮茶,饮茶习俗蔚然成风,出门七件事"柴米油盐酱醋茶",正是他们生活的真实写照。

于是在这种广泛的市场需求下,采茶变成一门炙手可热的行当。"桐树发花,茶户大家""千茶万桐,一世不穷""三年桐子五年茶,十年兴个桦栎扒"等民谚,其意思是说,只要种好茶,你就会发财致富,成为大户。

行业从业人员较多,就渐渐演变为一种风俗,尤其清明谷雨前后,春茶开采之前的喊山,是宋代采茶中较为特殊的风俗。喊山,就是在每年的仲春惊蛰那日,官员要与种茶的农户一起上山祭祀茶神,成千上万的茶农抬着祭品,一路敲锣打鼓登上茶山,围着茶山一齐高喊:"茶发芽!"希望借助这惊天动地的鼓声和喊山声,能够催促茶芽惊发。这个习俗在宋代文人的文学作品中多有描述,如北宋欧阳修《和梅公仪尝茶》有"溪山击鼓助雷惊,逗晓灵芽发翠茎"的诗句。苏颂《次韵李公择送新赐龙团与黄学士三绝句》诗:"黄金芽嫩先春发,紫碧团芳出焙来。闻说采时争节候,喊山声动甚惊雷。"张孝祥《枢密端明先生宠分新茶,将以丽句,穆然清风,久矣不作,感叹之余,辄敢属和》诗:"伐山万鼓震春雷,春乡家山挽得回。"

采茶之前的准备别具特色,采茶之时的风俗也有讲究,茶谚说:"前三日早,正三日宝,后三日草。"宋代《北苑别录·采茶》云:"采茶之法,须是侵晨,不可见日,侵晨则夜露未晞,茶芽肥润。见日则为阳气所薄,使芽之膏腴内耗,至受水而不鲜明。"此外《东溪试茶录·采茶》及《大观茶论》等书所记采茶时辰大致相同,这说明宋人已认识到采茶时辰对茶叶的鲜嫩程度及质量有着直接的影响,这是长期生产经验的积累。包括采茶的具体要领、指法,宋代更是特别讲究,甚至有"女采茶,男炒茶"的习语,《北苑别录》说:"盖以指而不以甲,则多温而易损,以甲而不以指,则速断而不柔。"即采茶用指甲掐断而不用手指。《大观茶论》更指出:"虑气汗熏渍,茶不鲜洁。故茶工以新汲水自随,得芽则投诸水。"

每到采茶时节,漫山遍野都是茶歌,"风光只有春三月,处处山头唱采茶"。形成了一种独特的景观。唱采茶歌一般分成三个时间段,上午唱古人,中午唱花名,下午唱爱情。但无论是什么内容的歌词都会与茶叶联系起来,因此产生了一些茶歌的固定曲目,例如《反采茶》《道士采茶》《十二月采茶》,茶歌通常曲调优美动人,歌词大胆质朴,听起来荡气回肠。

在有些地区,采茶时节之后,人们为了祈愿或纪念这一年茶叶的丰收,会举办大型歌舞灯会,叫作"采茶戏"。采茶戏是根据采茶歌发展而来的,是花鼓戏、锣鼓戏的变种之一,算是一种大型的民俗活动,男女老少、载歌载舞,气氛热烈。采茶戏的戏剧性发展程度较低,表现内容多围绕着茶来展开,有借茶、点茶、采茶、炒茶、卖茶与送茶等过程,戏剧的表现主旨是劳动和爱情,深得百姓喜爱,在民间广为流传。

## 文化意义

茶叶在中国历史上始终是经济收入的大宗之一,南北朝时期边界地区就出现了早期的茶马互市,内地商人与藏民开启以茶易物的交易方式,茶叶多是马帮带来的,所以叫作茶马古道。陈观浔在《西藏志》中说:"往昔以此道为正驿,盖开之最早,唐以来皆由此道。"比起唐朝就有的青藏道,明朝开始的茶马贸易规模更加宏大,茶叶交易带来不同民族之间的交流,是民族之间政治文化的碰撞,同时也是友好交流的桥梁。

食茶不仅满足了人们物质需求,也满足了人们的精神需求。倡导食茶、吃茶,符合人类科学、文明发展的趋势;倡导食茶、吃茶,有利于人类身体的健康与生活的和谐幸福。中国人研究茶道,从中探究天地人生的自然哲学,讲究的是以茶会友,会的是茶与社会的精神文明,人与人之间的和谐。茶的味道香馥,意境悠远,象征中庸和平,是世界文明交流互鉴的重要载体。

老民俗

明 钱谷 《惠山煮泉图》（局部）

# 采茶

彭忠富

扬子江心水，蒙顶山上茶。蒙顶茶品质优异，尽人皆知。蒙顶茶产于四川蒙山，这里气候温和，雨量充沛，上面有云雾覆盖，下面有沃土滋养，正是茶树生长的好地方。因为蒙顶茶的声名，带动了方圆数百里的茶叶生产和经营，也使蒙顶山成为茶人心中的圣地。

古时采摘蒙顶茶的仪式极为隆重。每逢春至茶芽萌发，地方官即选择吉日，一般在清明节之前，焚香沐浴，穿起朝服，鸣锣击鼓，燃放鞭炮，率领僚属并全县寺院和尚，朝拜"仙茶"。礼拜后，"官亲督而摘之"。贡茶采摘由于只限于七株，数量甚微，最初采六百叶，后为三百叶、三百五十叶，最后以农历一年三百六十日定数，每年采三百六十叶。因为稀少，蒙山贡茶自然就显得弥足珍贵。

那年从康定回成都，路过蒙顶山脚下，只见公路边全是碧绿的茶园。一棵棵茶树顺着地势起伏整整齐齐地站立在那里，或成行，或成列，一直蔓延到天际，蔚为壮观。至于我们常见的稻子、麦苗或玉米等庄稼，在这里反而难觅影踪。可见蒙山人已经成为地地道道的茶农。

采茶、炒茶、卖茶，这就是他们桃花源般的惬意生活。你看那层层叠叠的茶园中间，那些穿红戴绿的姑娘媳妇们正在忙忙碌碌地采茶，这可是万亩茶园中最好的点缀呢！当然也有男人采茶的，光着紫铜色的上身，露出结实的肌肉，这可比我们想象中的采茶场面粗犷多了。

蒙顶茶虽好，但毕竟只分布在蒙顶山周边，产量有限。其实四川名茶有很多，譬如川西绵竹也产好茶，据《绵竹县志》载："黄茶即老茶，行销松茂等处，邑商采配做边引，县北马跪寺青龙白虎二山茶产甚佳，其汉王场及西山所产亦多。"由上可知，绵竹沿山都可种植茶树，而尤以遵道马跪寺茶山所产茶叶为佳。

县志的记载跟现在绵竹沿山茶园分布状况差不多，绵竹"三溪香茗"就是在川内颇有名声的茶品。提起三溪香茗，人们会想到三溪寺、三箭水、射水河，就会认为三溪香茗产自绵竹土门镇。其实这也不完全正确，三溪香茗茶叶基地除了土门困牛湖周边外，还有遵道马跪山茶园，三溪香茗茶厂老板范锐就是两地茶叶种植生产合作社的理事长。

三溪香茗虽然不如西湖龙井、碧螺春那么有名，但是只采清明前海拔1200米左右茶园的鲜嫩茶芽，再用当地的山泉水沏出来，有一种明媚的鲜绿沁人心脾。

"平原地带不适合种茶树,最好是在海拔500～1300米的地方；要种在深土上，pH值在4.5～5.8之间最好。"范锐觉得孕育茶的自然地貌与酒有说不清楚的天然联系，"茶树喜光又不喜欢曝晒，最好是有点云雾的天气，感觉就像是微微喝醉的模样"。

说这话的时候，抬眼望去，山顶雾气缭绕，山下是朗朗乾坤。此情此景，跟我踏访蒙顶山时所见景致极其相似。做茶就是做文化，三溪香茗一干人等深谙其中之道。每年清明前后，他们都会邀请文朋诗友、茶道人士在土门三溪寺周边茶山上开展寻茶之旅，大家深入茶园之中采茶，看师傅手工炒茶，现场欣赏茶艺表演等。茶厂采茶时，还会邀请三溪寺的僧人们诵经祈福，名曰禅茶，真是好不热闹。

马跪寺两山用青龙、白虎命名，足见此地风水不同凡响。山不

❀ 宋 刘松年 《撵茶图》

❀ 明 唐寅 《斗茶图》

贰 饮食文化里的民俗

在高，有仙则名，马跪寺的得名就很不一般。县志载："隆平寺有僧法净，蜀王秀闻其名而召之，托疾不往。王怒欲加罪，马至此跪不行。后因以名寺。"想那法净和尚必是得道高僧，闲云野鹤一般自由，岂能受你蜀王约束，招之即来挥之即去，那不成了弄臣？蜀王领兵加罪，所行反而全部给法净跪下，实在令人称奇。

朋友老王就在马跪山下住，家里也有数十亩茶园。因为这个缘故，我也得以走近马跪山的茶农，了解他们与茶相伴的生活。立春过后万物勃发，只要连续几个日头，蛰伏了一冬的茶树就开始发芽。好茶贵在及时采，采早了恐香气不足，采迟了又恐香气亦差，因此必须把握好时机。

老王是种茶的行家，到茶山上转一转，就知道该不该采茶了。采茶或许算不上什么精深手艺，但和剪刀剪茶、机械采茶相比，不少高级茶还是得依赖手工摘制。数十亩的茶园，单靠自己根本无法完成，因此老王还得雇佣一些帮手，这在茶乡也是惯例。采茶者多为女性，小则不过十二三岁，老则年逾古稀。也有一些外地人，他们瞅准了这段时间到茶乡揽活干，这就跟那些麦收时节帮人收割的麦客差不多。

清明前的茶青，一叶捧一芽便可采摘，形似麻雀的小嘴微微张开。而待到谷雨时分，则以两叶捧一芽为最佳。姑娘们戴着草帽、腰间系着布袋在茶树之间穿梭着，一手拉住茶树的枝丫，另一手飞快地摘下树上新发的嫩苗和细叶，摘下后迅速地放入挂在腰间的布袋中，不一会儿便装满了，再倒入一旁阴凉处的茶篓。

她们双手在茶树上飞舞着，嫩绿的茶叶就这样被采摘下来，茶园里欢声笑语不断。有人还会乘兴哼起流传数百年的采茶调："三月采茶茶发芽哟，姐妹双双摘细茶。姐一把，妹一把哟，采满茶篓哟就回家……"一人唱，数人和，这便是原生态的无伴奏合唱，整座茶山顿时沸腾起来。

其实采茶也挺辛苦的，根本没有《采茶舞曲》里那样的闲情逸致。采茶必须站着采,双脚站一天后腿便肿得厉害,身体羸弱者根本受不了。青芽中有茶碱,采多了手指就被茶碱染黑,严重时还会开裂,裂口碰到青芽汁很痛。采茶妹每天六点左右上山,待到日暮时,可摘七到十斤茶青,卖给定时前来收茶的茶贩,卖得的钱和茶园主人对半分,一般有一百多块。

从清明节前开始,到四月底结束,整座茶山上都是采茶姑娘们忙碌的身影。采茶歌里春光老,当我们在春日的暖阳下一边聊天,一边品尝三溪香茗,哼着采茶调的时候,有谁想过那些像蜜蜂一样辛苦的采茶妹们呢?

# 茶与祭祀

陈理华

以茶为祭的风俗，在中华祭祀礼仪中根深蒂固。让一杯茶穿越尘寰烟火，穿越宿命轮回，抵达一腔淡然的思念或某种敬畏，这是中华民族独有的风俗。

在我国，无论哪个民族，都在较大程度上保留着以茶祭祀的古老风俗。所以，茶不仅是生活中的一种饮品，还在祭祀中扮演着重要的角色。

老百姓认为日月星辰、风雨雷电、生老病死、庄稼畜禽都是由神灵主宰的，他们在祭天、祭地、祭神、祭佛、祭祖、祭鬼魂时，都离不开清香芬芳的茶叶。在祭祀中，以茶作为祭品，比一般以茶为礼，更虔诚、更讲究一些。

由于茶与宗教关系密切，几乎所有寺庙古刹中都种有茶。规模大的寺院里，还有茶园；小点的也会在庙前或庙后植上几株。记得楮林寺的后堂天井中就有几株古老的菜茶，回龙寺的后园即是一个小茶园。

寺庙所收的茶叶，一是用以款待香客，二是用来敬佛，三是用于自饮。寺院、道观都要按教规制度，每日在佛前、祖前、灵前供奉茶汤。故而"茶禅一味"的习俗，一直流传至今。

在闽北，一些信神拜佛的善男信女，更是把茶看作一种"神物"，用来祭天谢地，拜敬神灵。烧香拜佛的老太太的暗红色经箧里一定有一包自家种的茶叶，以备随时用以祭祀，她期望用一种淳朴如实的情怀来得到神灵最大的庇佑。

民间用茶作祭，一般有这样三种形式：一是在茶碗、茶盏中注以茶水；二是不泡、煮茶，只放以干茶；三是不放茶，只置茶壶、茶盅作象征。

逢年过节，如春节、端午节、中元节、中秋、重阳……几乎所有节日，都得用茶来拜天谢地，以告慰神灵，有保佑平安、寄托未来之意。

在农村建新房时也要用到茶。上梁时正梁的两头各要挂上两个用红线穿着的三角红布袋，里面的七宝中就有一种是茶。因为茶叶历来是吉祥之物，有驱妖除魔的功效，人们就把茶挂在正梁上用以求福贵、吉利。

垒灶时，也要用上五谷、铜钱与茶。人们将它们统一放在一个小罐子里，埋于灶底，以示家里从此人丁兴旺、五谷丰登、财源广进，有香火万年长久之意。

供奉神灵和祭祀祖先时，祭桌上除鸡、鸭、肉各种供品外，一定要置一杯茶和一杯酒，以示祭祀隆重。清明祭祖扫墓时，也要将一杯茶、一杯酒与其他祭品一起摆放于坟前，来祭祀和缅怀长眠地下的先人。

家中老人百年后，在自家大厅里摆了七七四十九天的供桌上，其祭品中更是少不了茶。作为祭品的茶，往往寄托了祭祀者的深深祝愿，表现了晚辈对长辈的一片孝心与深深的怀念之情。一杯茶，让一颗颗曾因失去先人而破碎的心在祭奠中完整了岁月，平静了心情。

建阳小湖一带，老人要撒手人寰时，家里亲人要马上将一大碗茶水放在大门后。传说人死后要被阴间鬼差驱至孟婆亭灌迷魂汤，目的是让死者忘却人间旧事。而老人在自家起身时饮上茶水，一则可以让死者在黄泉路上不口渴，这样到了奈何桥头的孟婆亭，就可少饮或不饮孟婆汤。如此，来世就会是个绝顶聪明的人。同时，当地农村骂人傻时也十分有趣，并不直接骂其傻，而是说："你婆婆茶吃太多了！"这或许也是本地民俗中的另一种趣闻吧。

明 文徵明 《品茶图》（局部）

宋 钱选 《卢仝烹茶图》（局部）

贰 饮食文化里的民俗

山中茅屋是谁家

元 赵原 《陆羽烹茶图》

睡起山齋渴思長　呼童剪取名蔬
枯腸軟麈落磑
龍圑緑活水翻
鎗蟹眼黃耳底
雷鳴輕著顳鼻
端風過細聞
香一甌洗得
双瞳熟飽飲
菖溪雲水鄉
窺班

永作江邨逸
隐清畫
鴻頴

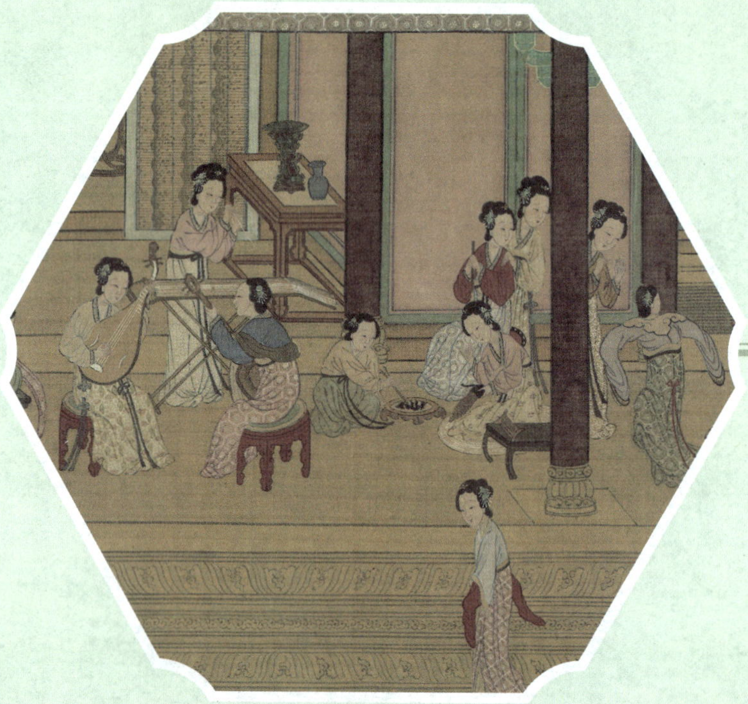

## 叁

人生礼仪中的民俗

# 婚俗

hūn sú

## 概说。

家庭是社会的细胞,夫妻关系是家庭关系中至关重要的一环,是其他人际关系的重要基础。婚姻是人生大事,是迈入人生新阶段的标志和获取新的社会地位的途径。因而,婚姻对个人和社会都意义深远。在中国,关于婚姻的习俗自古有之,婚礼乃人生五礼之一,由此催生了众多各具特色的礼仪风尚,形成一种独特的社会风貌。

## ● 渊源

婚礼，原为"昏"礼，《说文解字》中对"婚"字的解释为："婚，妇家也。《礼》：娶妇以昏时。妇人，阴也，故曰婚。从女从昏，昏亦声。"《礼记》曰："昏礼者将合二姓之好，上以事宗庙，下以继后世，故君子重之。""夫妇者，万世之始也。"将夫妇看作人类伦常的始源。《易·序卦》记载："有天地，然后有万物，有万物，然后有男女，有男女，然后有夫妇，有夫妇，然后有父子，有父子，然后有君臣，有君臣，然后有上下，有上下，然后有礼义，有所错。"将婚礼与人类存续等大事联系起来，这对于一个民族来说是至关重要的。

原始社会族群内部最初是杂乱的群婚。随着社会的发展，婚配的范围受到越来越严格的血缘关系制约，婚姻范围逐渐限定在氏族内部同一辈分的兄弟姐妹，即班辈婚。伴随着母系氏族社会的形成、族群观念的产生，族外婚确定了下来，氏族内部的男子集体出嫁到另一氏族，与异族的女子成婚，但这一时期的婚姻关系仍然是松散的、不稳定的。后来，人们渐渐有了相对固定的配偶，婚姻形态也就发展成对偶婚。

在母系氏族社会中，人们往往"只知其母，不知其父"。从中国早期诗歌和神话中可以窥见一斑。《诗经·商颂·玄鸟》云："天命玄鸟，降而生商。"简狄吞食玄鸟之卵，生下商族的祖先契；周人始祖母姜嫄，践"巨人迹"感而生弃。我们从中可以得知商、周的始祖母而不知始祖父。从现存的女字旁的姓氏中，我们仍然可以看出母系氏族社会的历史痕迹。人类进入父系氏族社会后，血缘关系便按照父系家族来算，婚姻形态渐渐演变为今天的一夫一妻制。

和婚姻密切联系的是婚礼习俗，中国素有"礼仪之邦"的美称，在人生的关键节点上往往有相应的庆祝仪式。婚礼属于"五礼"中的嘉礼，衍生出一系列影响深远的仪式和习俗。

古代婚俗礼仪传承千年，早在商周时期，婚礼就有了完整的流程。其中一个重要原则就是"父母之命，媒妁之言"。《诗经·齐风·南山》云："析薪如之何？匪斧不克。取妻如之何？匪媒不得。"请媒，这一特殊的文化传统延续千年，盛行不衰。在社交范围有限、信息交通不便的古代，媒人作为沟通男女双方的中介、婚姻合法性的见证人，起着不容忽视的作用，贯串着中国传统婚礼流程的始终。

古代婚姻仪式有"三书六礼"之说。"三书"指聘书（双方缔结婚约，纳吉时使用）、礼书（彩礼清单，纳征时使用）和迎亲书（迎娶新娘，即亲迎时使用）。古代婚礼大致分为六个流程，称为"六礼"，分别是纳采、问名、纳吉、纳征、请期、亲迎。

"纳采"也就是现在大家通常所说的"提亲"。男方家庭先请媒人到女方家里表达婚娶的意愿，待到女方家庭同意，男方便提大雁到女方家中求婚，商量婚事。

求婚仪式的下一步便是"问名"，即"合八字"，或者叫"换庚帖"。古人的出生年月日时都用天干地支来表示，一共八个字，故称作"生辰八字"。男方派遣使者询问女方的姓名、籍贯、属相和生辰八字，用以占卜吉凶。在重视阴阳五行和宗法血缘的古代社会，男女双方八字是否契合被认为是给家族带来祸福吉凶的重要依据。民间通婚忌讳生肖相克，如"龙虎两相斗""白马畏青牛"等。在这一流程中，使者同样需要携带大雁作为礼物前往女方家。

男方拿着双方的生辰信息进行占卜，如果结果是"吉"，便携带大雁为礼，将占卜的好结果告诉女方家庭，这就是"纳吉"。纳吉也就相当于现在的"订婚"。如果占卜结果为不吉，八字相克，则意味着男女双方结婚后可能会给家庭带来不利影响，因而双方可以终止婚娶的仪式。

"纳征"也叫纳币。男方用精美的箱子装好彩礼，派仆人、保镖护送至女方家。女方也要给予一定的回礼，通常将男方带来的全部或部分食物送还，或者送与男方一些衣物。这也是六个流程中唯一一个用不到大雁的环节。

"请期"即商定举行婚礼的日期。通常由男方家庭测算出黄道吉日，再告知女方，女方同意后便可确定最终的结婚日期。男方携带的礼物依然是大雁。

"亲迎"是婚礼流程中最重要也是最热闹的环节。前面五项是"亲迎"的准备活动，都是由他人操办，只有到了最后一项，新郎、新娘才能相见，才算是真正完成婚礼的流程，正式结为夫妻。婚礼的这天，男女双方着婚服，梳妆打扮。男方来女方家迎娶女方，吹礼奏乐，宴请亲朋好友。《诗经·国风·桃夭》云："桃之夭夭，灼灼其华。之子于归，宜其室家。"渲染的就是女子出嫁时喜气洋洋的氛围，表达出人们对美好婚姻生活的向往和期盼。

在婚礼中，双方拜堂成亲，行合卺之礼。拜堂之"三拜"指的是"一拜天地，二拜高堂，夫妻对拜"。之后，送入洞房，新郎亲自为新娘掀盖头。《礼记·昏义》记载，夫妇"共牢而食，合卺而酳"。"牢"是指祭祀的牲畜，夫妻共吃一份，是为共牢。"卺"是古代婚礼中用作酒器的瓠。瓠一分为二，男女双方各执一半。"合卺"就是夫妻二人交换酒杯，并不是现代古装电视剧中出演的夫妻相互挽着胳膊而饮喜酒。瓠是带有苦味的，寓意着夫妻二人从此同甘共苦。后来瓠亦可以由酒杯代替。礼毕后，新娘、新郎正式结为夫妻，就可以洞房花烛了。

在六礼的进程中，除了纳征，其他五项活动男方都会用到大雁。之所以以雁为礼，有不同的说法。其一，《仪礼·士昏礼》言"取其顺阴阳往来"之意；其二，大雁随季节变化而按时南渡北归，象征男子不会失时、失信于女子；其三，大雁飞行时往往成行成列，象征着长幼有序，不逾越规矩；其四，婚礼不用死雉，所以使用雁。

中国人重视宗法血缘，希望婚姻得到家族的认可。婚后第三天，新郎须陪新娘回娘家小住，称为"回门"。"六礼"程序结束后，婚后三个月男方带着妻子到家庙中拜见先祖，称为"庙见"，婚礼至此才算正式结束。

婚礼随着社会的发展而逐渐演变，纵观几千年的历史，婚姻六礼自商周时期形成后就一直没有什么大的变化。不过现代的婚姻，在流程上已将古代的六礼简化为订婚和结婚两个主要步骤。

## 文化意义

我国婚俗礼仪历史悠久，具有丰富的文化内涵，是中国传统文化的重要内容。婚礼对于新人来说，既是一种仪式，也是一份承诺，是对人生新的社会角色的认可和接受，也意味着双方要承担相应的社会责任。婚礼的意义在于获得社会的承认和亲人朋友的祝福。古代婚礼流程复杂、礼俗烦琐，既是儒家对人伦观念的重视，也是对婚姻的重视，承载了人们对美好婚姻的祝愿和期盼。

# 闽北婚俗里的茶礼

陈理华

古往今来，茶不仅是一种礼品，还是纯洁、坚贞的化身。因茶树四季常青，象征着天长地久、代代相传，所以在缔结婚姻的每一个过程中，都离不开茶。

喝茶是一种特殊的情感交流方式，洁白的冰糖泡在氤氲的茶水里，似乎可以洞穿喝茶人的内心世界。在闽北，男子在媒人的带领下第一次走进女方家门，一阵寒暄过后，便是让座、上茶了。但这里的上茶却与普通的上茶有一点不同。

当女方父母端来一杯热热的冰糖茶款待男子时，有趣的事就会围绕着这杯茶发生了。接茶时，男子是平静还是慌乱？举止动作是礼貌还是无礼？这些不经意的动作就能让眼尖的父母看出一个人的大体性格。

尤其是在品茶时，女方家长会巧妙地从男子的言谈举止与喝茶时的仪态来揣摩男子的心性。真可谓是茶如人生，人生如茶！一不小心，一桩婚姻就有可能泡汤了。

氤氲的茶香里，或咸或淡的言语中，随着一杯甜茶的下肚，这桩婚事的成功与否已差不多能敲定下来了。女方若看中了男方，在男方起身要离去时，女方家长就会笑容满面地对着男子说："希望有空再来喝喝茶。"男子一听这话，心里立马乐开了花，边向外走，边鞠躬点头。

当相亲男子走到门外时，媒人才会慢吞吞地站起身，提提衣角，摸摸头发，小心地、笑盈盈地征求意见："有空就择个日子到男子家中去看看他的家当？"女方家长则会笑着说："正好我也想到那个村子去看看亲戚朋友！"

值得一提的是，在一场相亲过程中，作为主角的女子是最不重要的人物，她只在大家喝茶的过程中，被父母叫来站在边上看一眼男子，也让男子看一眼，然后就躲开了。

过些日子，当女子在家人的带领下来到男方家里时，男方也要用甜茶来接待他们。这是男女婚姻中关键的一道茶，喝好了，那就是千年修得共枕眠，成就一段佳话，喝不好，也许就再也没有机会一起饮茶了。简简单单地喝过茶后，女方的家人就会以各种理由起身，在男方家里四处走走，这次的喝茶只是个幌子，他们来的真正目的是看男方家底的，又哪能让一杯茶拦住脚步呢？当他们把男方家里里外外看个够后，若是觉得满意，那就皆大欢喜了。

婚事定下后，就是选择良辰吉日来举行婚礼了。婚礼的日子一旦敲定，双方就要开始请书记（帮忙写写记记的乡村有文化的人）写请柬，包喜茶。喜茶是男女双方表达忠贞与纯洁的象征。

据说此风是从唐朝社会"风俗贵茶，茶之名品益众"中演变而来的。当年文成公主下嫁松赞干布时，就带去了邕湖含膏等不少的名茶。自此以后，茶叶不仅成为女子出嫁时的陪嫁品，喝茶也逐渐演变成一种婚礼的特殊形式。

喜日子这天，男方接亲的队伍早早地就来到女方家门前了。这时早就等候着的女方家人就会燃起鞭炮，热闹的响声过后，女方客气地将接亲的客人迎进大厅，让他们坐在大厅的大红圆桌上，一一倒上甜茶，让他们慢慢品尝，等着新娘子梳妆打扮。

接亲队伍中，在一个十几岁小孩挑的丁篓中，最上层的就是两包用红纸包着写有"海誓"和"山盟"的喜茶。一看这字就明白，这是男子在向他心中的女子示爱呢！红烛点亮，主人焚香，然后把丁篓里的喜茶虔诚地放到大厅供桌上供着。

同样，新娘子要出门时，女方也要把两包写有"冰清""玉洁"字样的喜茶放入丁篓，随着嫁妆挑到男方家里。男方同样是把它放在大厅的供桌上供着。

婚礼过后，双方的喜茶在供桌供上一段时间后，就要像宝贝一样地收藏起来。因为村民坚信喜茶是一种很好的药材，能冲去晦气，带来吉祥如意。谁家小孩若是忌讳孕妇，生病发烧了，就要到有喜茶的人家去讨得一点来泡茶让其喝下。他们说喜茶专治这类怪病，也是一种冲喜的方法。

新娘子在男方家刚落座时，男方家中有福气的长辈会马上倒一杯甜茶让新娘子喝，意为新娘子在今后的日子里甜甜蜜蜜。这茶与在新娘子箱笼里放有的一小包茶一样，是用以祈求婚姻美满幸福、恩爱如初的，有情深意厚、健康长寿之意，是千万不能缺的。

一对新人在洞房花烛后的第一个早上，新娘子要向公婆敬一杯甜茶，像电视、电影里演的那样，这天公婆早早起床，穿戴整齐地端坐在大厅的一侧，专等着新娘来敬茶。当满面含羞的新娘从新房里一步步走向大厅，倒上两杯热茶来孝敬公婆时，公婆们虽还没喝，心里却早甜蜜得一塌糊涂了……

如今，在政和杨源乡一带还流传着一种古朴风俗，就是由刚过门的新媳妇邀请当地上了年纪的妇女，在端午节这天来家里品茶。这风俗，展现的是乡民间和睦融洽的淳朴关系。这杯茶也可以说是整个婚俗过程中最后一道茶了。

茶在民间婚礼中的种种习俗，归根结底反映的是中华民族一直以来求吉祥、图吉利的一种文化心态。

古徽州婚嫁用品图

古徽州婚嫁用品图 喜轿

# 请新客与接新娘

陈理华

之前，农村的年轻人结婚，双方父母总喜欢将婚期安排在秋收之后，因为这个时候，稻子等农作物都收获了，家里开春就抓来的小鸡和小鸭，在这个时候也都养得肥肥壮壮的了，连猪栏里的猪也肥得走不动了，可以出栏办婚宴了。

秋收之后是农闲之时，亲戚想来喝酒也有空了，邻居们也有时间来帮忙。当大家喝过喜酒后，至亲的亲人第二年正月是要回请主人家的新人到自己家来做新客的，一般来说，请新客都是由新娘家人来请的。舅舅最大，请新客就由他家请起，这叫"请出厢"。然后是姨妈、伯伯叔叔等亲戚，日子由他们自己商定。

而新郎家族的亲戚也要请新娘的，其礼仪与请新客一样，但是有一点不同，请新娘是"白请"，也就是说没有蹄髈和鸡。一般来说，女方亲戚在请新客时，会在同天或其他好日子也请一下新娘；而新郎家族的人，就只请新娘，不用请新客。

请新客之前，新人要给这家人送一只鸡和一个三斤重的蹄髈。

新客到家里来吃饭这桩事情，在农村是被隆重看待的。新客上门时要由岳父或舅子带去，这一着叫作"看牛"，意为看着他，带着他，不然这个新人找不到北。

新客上门时，新客的红包是挂在冰糖包里一同送到的，如果主人家有未成年的小孩，新客出于"雅席"（就是懂礼貌或大方的意思），也会包一个红包给这家的孩子。这钱是没得退的，小气或没钱也就免了。

新客一上门，主人还要点香，以示对新客的看重。到了别人家里，"看牛"的得带着新客，教新客认人。

所有去做客的人，都要带上一包冰糖去主人家，新客要带的礼物是双份，礼物中还要放上一个红包，这红包叫"串带"，也就是从此我与你们就是连在一起的亲人了。主人家会把礼物收下，然后也要包一个"串带"。早时一般是一元二角四分，代表主人祝福新客要长命百岁，活到一百二十四岁；后来是十二元四角；现在一般会包一百二十四元，其意思相同。另外还有五只蛋，一盘粿子，一个橘子，一只鸡腿，算是回礼。若是新娘，还要另外加一双袜子。

在这天，新客是家里的主客，其余人都是陪客，菜做好了，在厅的正中摆上一桌，新客坐上位，"看牛"的陪在旁边。上菜后，主人会来敬酒。菜到一半，蹄髈上桌时，新客就要下桌去厨房里向正在忙着的主人敬个礼，再敬他们一杯酒，以示感谢之情。随后新客带着主人夫妇的祝福重新上座。中途，别的客人吃饱了可以先下桌，但新客不能这样，新客一定要陪着所有的客人，要等大家都下桌了，他才能下桌。下桌后，还要到厨房去对主人说句辛苦了，现在去吃点东西吧。

主人则会高兴地说，我们早就吃过了……

# 畲民婚俗

陈理华

什么人是畲民？从有关史料上看,"汉武帝时,迁闽越民,虚其地,有匿于深山而迁之未尽者"叫畲民。在建阳,现在还有五个畲族居住村,还有不少是汉畲混住的,比如小湖的下乾村和秦溪村。

畲民一般居住在崇山峻岭里,他们没有自己的文字,但有自己的语言。畲民爱唱歌,不论是在生产生活,还是在婚嫁中,都要唱歌。在建阳漳墩的陈元村和碓后村,至今仍保持着一项淳朴的赛歌活动,每年的三月三和六月六都能在那里看到。

他们的婚俗大体与汉族相同。但在新娘的嫁衣、送亲、迎亲以及新娘子到男家后的情形上却有很大的不同。

先说嫁衣吧,畲族新娘出嫁那天是穿蓝色衣服的,汉族新娘子则是穿红色衣服来代表喜庆。再有就是汉族新娘到婆家时,婆家早已是宾客盈门,热闹非凡,里三层外三层地围着新娘子看。但畲民在新娘子到男方家时,所有人都要躲藏起来,连迎亲的人也不进屋,只余下新娘子站在空落落的大厅里,四处张望,直到开口骂道:"你家绝人种耶？"众人方从躲匿处出来正色道:"正等着你来我们家接人种呢！"多有趣的风俗啊！这一骂一答,把畲民对新媳妇的希望说得明明白白、清清楚楚。

送亲时,汉族父亲在女儿结婚这天是不到女婿家的,只让新娘的一个小兄弟去送亲。但畲民嫁女时，却是由老父亲一路送到男方家里。

相对来说，畲族婚姻比较自由，但在旧时，畲民嫁娶仅限于盘、兰、雷、钟四姓之间，少与周边的汉族通婚。

畲民的婚俗与汉族的不同还在于，女子在出嫁的前夜，要穿上蓝色三条边长衫，披红布，戴金簪，插银钗，挂珍珠，脚穿绣花鞋。这样穿戴整齐做什么呢？这是因为她要"哭嫁"。新娘子在娘家姐妹姑嫂的陪同下，坐在大厅里要一直哭到天亮。当然不是号啕大哭，而是边哭边说父母的养育之恩，说自己舍不得离开这个家。我们这一带的汉族女子出嫁时也哭，但也就是在梳妆时才哭几下的。虽说新娘子哭都是代表着对父母养育之恩的感激和对娘家的不舍，但是畲族女子却要哭上一个晚上。

畲民迎娶新娘一般在天黑后，不点灯、不坐轿，新娘要步行至夫家（亦有新郎、新娘共撑一伞，并肩同行），沿途唱歌不已。当地有首民歌这样形容畲民娶亲的情景："萤火虫，火绿绿，点灯笼，接媳妇！"畲族不用火把，靠的是自己那一双能看穿黑夜的眼睛，借此来点亮婚后生活的路，多有趣，多有深意。他们在迎亲的夜路上也要唱歌，如"苦瓜不生苦瓜籽，苦瓜不开苦瓜花"。这是希望新人今后的生活有着翻天覆地的变化，希望他们再也不用受苦，享受甜蜜生活。

畲族的嫁妆也比较简单，一般为锄头、斗笠、棕衣、线篓、火笼等农具和日常生活用具。首饰和衣服较少，不像汉人，箱几笼，被几床，布几匹，首饰无数，有钱的还要陪嫁丫鬟、田地、房产等，让女儿嫁到男家后一辈子都吃不完，只懂得享福。在畲族，这样的嫁妆寓意着新娘要与新郎共同耕作，有同甘共苦之意，也体现着畲族妇女热爱劳动、热爱生活的本性。畲族在嫁妆上鼓励新人努力劳作，勤劳致富，无言地告诉年轻人，所有幸福的生活，都要靠自己的双手去换取。

乡亲在前去贺喜时，不是拿着贺礼前去，而是以歌代礼。婚俗里唱的歌大都是劝新人怎么处世，夫妻怎么恩爱，怎么劳作，怎么养育子女等，忌唱些不吉利的内容。唱歌的形式有单唱、对唱、合唱，从新娘子进门时开始唱，一直唱到天亮。

❀ 古徽州婚嫁用品图 灯笼

❀ 古徽州婚嫁用品图 喜床

# 乔迁

qiáo qiān

## 概说

乔迁是一种代表祝福的贺语，主要用来恭喜人官职升迁或者搬迁新居。一般是主人选择一个黄道吉日，宴请携礼来祝贺的亲友。千百年来，乔迁渐渐发展成一种礼仪，并产生了众多风俗。在农村地区，建房完成时也会举办乔迁礼。

## ● 渊源

"乔迁"这个词最早来源于《诗经》:"伐木丁丁,鸟鸣嘤嘤。出自幽谷,迁于乔木。"这句诗的意思是砍树的声音铮铮响,林中小鸟嘤嘤鸣叫,鸟儿从深谷之中飞出,迁到高大的树木上去。后人将它引申为搬迁新居,是借鸟儿搬迁到更好的住所来比喻人们搬进高大的新屋。

在古代就有以暖房来庆贺主人乔迁之喜的习俗。早在春秋战国时期,就有相关的典故,如《礼记》中就记载了"赵武暖房"一则史料,赵武就是后世著名的改编故事《赵氏孤儿》的历史原型。赵武成年后,帮助赵氏家族光复,重新开辟府邸居住,他的同僚纷纷携带礼物前来祝贺乔迁之喜,其中有一位叫作张老的长辈,对他说:"美哉,轮焉!美哉,奂焉!歌于斯,哭于斯,聚国族于斯!"赵武回答他:"武也,得歌于斯,哭于斯,聚国族于斯,是全要领以从先大夫于九京也!"这则故事描述了赵武家里暖房的热闹情景,张老的话看似是煞风景,不合时宜,但仔细理解后却是最好的祝福。唐朝诗人王建在他的《宫词一百首》中写过"太仪前日暖房来,嘱向朝阳乞药栽"的诗句,说明唐朝时暖房的习俗已经非常普遍了。南宋吴自牧的《梦粱录》亦载:"或有新搬移来居止之人,则邻人争借动事,遗献汤茶,指引买卖之类,则见睦邻之义,又率钱物,安排酒食,以为之贺,谓之'暖房'。"元明间陶宗仪的《南村辍耕录》和清人李绿园的《歧路灯》也有类似的记载。都是择取良辰吉日搬迁,主人会请邻居喝"认邻酒",寓意与邻居和睦相处,亲戚朋友会带上米面粮油、喜布、画匾等礼品,齐聚一堂,说一番吉祥话以示祝贺,主人会准备饭菜招待来访的客人,这就算暖房的过程了。

　　同样的，有的农村地区会为建成新房而庆贺，也是乔迁习俗之一。明代徐师曾在《文体明辨序说》中对此有相关解说："按上梁文者，工师上梁之致语也。世俗营构宫室，必择吉上梁，亲宾裹面，杂他物称庆，而因以犒匠人，于是匠人之长，以面抛梁而诵此文以祝之。其文首尾皆用俪语，而中陈六诗。诗各三句，以按四方上下，盖俗体也。"上梁时要放爆竹，唱祝福语，是农村乔迁最隆重的一个步骤。上梁时间一到，东家燃放鞭炮。由木匠领头，先把事先钉好框架的两边柱子竖起来。立柱时要唱"立柱歌"："千里来龙结穴真，新地新材样样新。房房发福滔滔起，子孙昌盛万代兴。"柱子竖起来后，木匠师傅左手抓公鸡，右手持斧头剁下鸡头，用鸡血祭大梁，再将一壶酒浇在梁上。然后用绳索从大梁两端将大梁吊上柱顶。梁架好后，两个师傅分别坐在柱顶两端唱"上梁歌"："今日上梁大吉昌，五谷丰登财丁旺。春安夏泰永绸缪，万代兴隆富贵长。"

　　房屋建成后，还有躟院和安灶的仪式。躟院是主人乔迁新居举行的庆贺仪式。农村每逢一家人迁入新庄院后，邻居有躟院祝贺的习俗。这一习俗蕴含有众人踩踏院落、驱邪镇宅，大家同喜同乐、集福纳祥，还有主人借此机会答谢乡亲们为建房出力帮忙的隆情三层意思。通过躟院祝贺，主人才能起居平安。一般新宅建成后，即选择吉日盘锅灶。安灶后，要选择黄道吉日乔迁，有在灶膛点火之俗。届时，燃放鞭炮，主人在灶神前上香化表，祈求灶君保佑全家人丁安康和六畜兴旺，然后在新灶点燃柴火，开始做饭。同时新居期做饭后要将旧宅的灶台拆除，这都是因为一家不能供奉两个灶王爷，自然也不能拥有两个灶台。等所有的流程走完后，就可以宴请亲朋好友来庆贺了，至此，乔迁礼的习俗才算完成。

## 文化意义

乔迁习俗是一项古老的民俗，即便是在传承了千年的今天，有些礼俗仍然没有断绝，这就说明它所代表的含义在人民心目中占据着不可替代的地位。在古代，人们对土地有着不一样的情结，恪守着落叶归根的传统，然而乔迁习俗却与此种思想截然不同，它鼓励人们走出去，寻找更加光明宽阔的未来，在文化意义上，乔迁不仅仅是换更大的屋子，还是人们对美好生活的向往。

乔迁礼仪结束后，新宅子不再是空空洞洞的房子，而成了一个内容齐全、充满人间烟火和温情的家，住进新宅子的人也成了真正的主人。乔迁这一民间习俗至今流传不衰，是因为其仍有存在的意义。旧时，在经济落后、生活贫困的年代，乔迁这一习俗可以帮助主人度过困境，有利于弘扬众人拾柴火焰高、互帮互助生活好的优良传统。即使在今天这个社会发展、生活富裕的年代，主人乔迁新居，亲朋好友、新交故旧、街坊邻居等前来祝贺，踩踩院子，认认家门，可以增进亲朋好友之间的感情，促进邻里之间和睦相处。也可使迁居者尽快适应新的环境，融入新的群体，开始幸福快乐的新生活。

# 乔迁

李秋生

乔迁,这个词出自《诗经·小雅·伐木》:"伐木丁丁,鸟鸣嘤嘤。出自幽谷,迁于乔木。"乔木,高大的树木。乔迁,鸟儿飞离深谷,迁到高大的树木上去。也就是说从阴暗狭窄的山谷之底,忽然跃升到大树之顶,得以饱览明媚宽敞的天地,这的确是令人心花怒放的快事。

距10月28日(农历九月十四)正式搬家已近一月。

从8月24日开始进料装修,到住进来已整整三个月时间。想那时,夏意犹浓,匆匆间,已是叶黄风瑟冬渐近。期间忙里忙外,而今端坐在宽敞明亮的新居,享受着地暖肆意释放的热量,惬意中,不免忆起房子的事。

小时到结婚一直在老家住,真正关心房子还是从1988年开始。这一年,因夫妻分居,我从乡下调进城里,当时单位没有房子,便在附近村里赁得两间民房暂住。恰好房东是老家的一个同姓街坊,论辈分该叫"大姑"。大姑善良贤惠,相处得很是融洽。记得,当时向父亲提起要搬到城里住时,父亲没有阻拦,但从他低微的叹息中,还是感受到他的不舍……那一天,两个弟弟各驾一辆地排车,满载着生活用的橱柜、被褥、锅碗瓢盆,送我进城。从此离开老家,开始了独立生活。到今天我依然忘不了奶奶、父母送出家门时盈盈的泪眼。

在大姑家住了近两年，1990年好不容易在学校要到一间房，从房客摇身变成房主，自是兴奋不已。简单收拾后，便搬了进去。由于老房子长期无人居住，又加年久失修，地面十分潮湿，房顶瓦破箔落，有的地方露着天，只得用塑料布盖住。特别是夏天，每当下雨时，便提心吊胆。像杜甫诗言"雨脚如麻未断绝"，只好将所有的盆盆罐罐对准漏点，叮叮咚咚听雨水的歌唱。最担心的是房顶的瓦片和泥块会塌落下来，于是便将儿子挪到靠墙的"安全"处，自己则两眼紧盯房顶，彻夜不眠。冬天里，为御寒，便用塑料布将后窗封死，屋内则生一蜂窝煤炉，可做饭，顺便取暖。但取暖又谈不上，一丝丝微弱的热乎气实在无法驱走冬的寒湿。也就是在那一年，我和妻子每人买了第一件羽绒服。好在房子的正对面有一厨房，可以做饭；门前有一大梧桐树，可以乘凉；左邻右舍，来来往往，却也乐意融融。尤其是三岁的儿子，走东家，串西家，爬进爬出，甚是自在。

后来，后排的蒋老师搬走了，我们便搬了过去。这一搬可以说是质的飞跃：原来的一间变成了一间半，宽敞了；关键是地基高，不再潮湿；屋顶牢，不再漏雨。还有什么比风雨无忧、睡觉踏实更惬意的呢？房前是一片宽敞的空地，春天里，便种下一架丝瓜，栽上几畦油菜，绿叶油油，花香清幽，蜂蝶翩翩。丝瓜架下，大人们拉呱、聊天、打扑克；孩子们嬉闹、游戏，不亦乐乎。在这里，儿子读完了幼儿园，妻子则利用闲暇时间揽活儿，挣钱贴补家用，生活忙碌而充实。

住楼房，那还是1994年的事。这一年，学校西北角建设的宿舍楼交工。按积分，我分得了3单元2楼202室。当时，县城里住楼房的人还不是很多，能住上楼房，该是很自豪的事，欣悦之情，自不待言。在用瓷砖、地板革铺了地面，粉刷完墙壁后，便择吉日搬进新居。虽是75平方米的房子，砖混结构，也无暖气，但是，对于有过赁房、漏房经历的我们，却是天上人间了，怎能不激动

齐白石画作

不已呢？记得，搬家的当日晚上，一觉到天明，起床一看，居然入户的木门大开——原来是忘了关门。这便也成了日后经常言起的笑谈。自此便开始了"风雨不动安如山"的生活。我在院内上班，极方便；儿子隔一条街上小学；妻子在工厂，来回走马路……虽然做饭取暖还需要烧液化气、煤炭，但温暖方便了许多。

无忧无虑的日子总是过得飞快，转眼间十三年过去了。十三年来，就是住着这套房子，我们的单位先是迁址西关大街西首，后于2006年合并到原城东中学，更名"一中初中部"；妻子则在单位破产后，"下岗再就业"开小卖部若干年；儿子读完小学、初中和高中，2005年考入四川音乐学院成都美术学院。

十多年来，社会发生了翻天覆地的变化，经济大发展带动了房地产业的发展，面积更大、配套更完善、管理更规范的住宅小区如雨后春笋般涌现。于是，原来在同一栋楼上居住的同事开始陆续购置新房，相继搬出。我与妻子虽然也几次起意，或因位置不理想，或因手头不宽裕，便一直坚守在原址，直到2007年。这一年，广饶镇政府在孙武路东建住宅小区，因为我们已经划归广饶一中管理，所以没有我们的份儿；一中盖宿舍楼，又因我们的关系不在一中，也不分给我们。就这样我们成了没人管的"舍孩子"，两头没赶上一头。好在弟弟在广饶镇，由于刚在家翻盖了老房子，便把名额让给了我。2009年5月拿到房钥匙，装修四个月，9月份搬入，自此告别了居住十五年的原广饶镇中心初中家属楼。

新小区的名字叫"惠泽园"。3号楼是南临大街的一栋，我住2单元301室，视野极开阔。100平方米的房子，较之从前已扩大很多。三个卧室，客厅、餐厅，厨卫设计合理，大飘窗采光极好，是养花的好地方。特别是采取地暖式供暖，使冬天形同阳春。天然气顺到家里，一扭开关即可生火做饭，全没有了扛煤气罐、收煤、倒煤灰的苦累脏。全新的家具、电器，衬着风格简洁淡雅的装修，每每使我获得极大满足。同楼道甚至小区里好多亲戚、老同事、老相识，进进出出，迎来送往，欢声笑语，毫无隔阂。你有事，我帮忙，情同一家，无怨无悔。晚饭后或星期天，出小区门向东散步200米就是县政府、法院、检察院新址，向北是一片待建的商务办公区，向南是乐安公园和超市。新颖的建筑，鲜艳的花木，葱郁的植被，粼粼的湖水，壮观的喷泉，是娱乐休闲的绝佳去处。看着霓虹闪烁、流光溢彩，听着铿锵的舞曲、欢声笑语，心想，这辈子就住在惠泽园了。可是仅仅三年，这种想法又一次改变了。

变化起于2010年冬天。在北京工作的儿子，在一次聊天中说起好多同事都在老家买下一套房子，让它升着值，以便而后在北京买房时可以卖掉交首付。并说自己也有此想法，贷款由他来还，也可以增加一点生活压力。我颇犹豫，因为住着的房子刚刚还完贷款。但是妻子一听却极赞同，母子俩一拍即合。第二天，妻子全然不顾我的反对，竟然跑到渤海房地产去定下了一套房子。然后东借西凑，交上了首付，不久完成贷款手续，拉开了还贷的序幕：每月儿子两千，我们一千。2011年一年央行不停地调高存款准备金率，每涨一次我都向妻子发一通牢骚，五六次后妻子也渐生悔意……到了年底交房时，才发现竟然不是妻子想要的那栋楼，鲁莽可见一斑！

房到手了，趁着行市好，便想赶快脱手，就在网上发广告，找中介帮忙，然后，期待，期待……可是这套房子有银行贷款，即便卖掉，还上贷款所剩无几。于是周围的人便出主意干脆卖掉住着的这套，那边装饰一下住新房去。道理如此，但情有不舍。毕竟才三年不到，一切还崭新如初，加上周边环境、邻里关系那样和谐美好，真要卖掉，于心何忍哪！但儿子大了，结婚是需要房子的，买房子钱从何处来呢？几番踌躇后，终于下定决心：卖。信息登出后，便有不少人问询。最后被一年轻人看中买下。

暑假里去了山西榆次儿子女朋友家一趟，与未来亲家会面，也基本敲定了婚期。8月23日返回，24日便着手新房子装修，因为之前与购房人约定的是11月交房。时间紧，任务重，容不得丝毫懈怠。购料上料的同时，定下铺瓷砖的师傅；铺瓷砖的同时，约好木工师傅；做着壁橱吊着顶的时候，又找好刷乳胶漆的师傅。封阳台，做整体厨房，安灯，装推拉门，装洁具，安窗帘，装空调，安热水器……一环接一环，周密紧凑。好在这季节，天气晴好少雨，整天窗户大开，让甲醛尽快发散掉。

10月1日，儿子与女朋友放假回家，此时房子装修进程大半，他们也表达了在北京买房的意向。10月28日，星期天，兄弟几个加上几个老同事和一个单元里的邻居，找来一辆车，一鼓作气，一个上午，就把楼上的东西基本搬完了。

房子搬完了，购房人把款打过来了，儿子在那边也定下房子了。第二天，就把卖房款给儿子汇去交了首付，也算完成了一件大事。

现在住在渤海尚城的新家里，房子大了，上下有电梯，甚是方便。有时便想：要不是妻子"鲁莽"买下这套房子，现在还真成问题。那套房子不卖，拿什么给儿子交首付？如今，尽管提起惠泽园，妻子还是眼眶湿润，尽管每月还要偿还一大笔贷款，一还十五年，但是让儿子在北京有了自己的家，一切都值了！

# 丧葬

sāng　zàng

## 概说

我国丧葬习俗历史悠久，并且规模宏大，以奢华铺张来尽哀荣，是丧葬习俗的一大特色。丧葬礼是随着灵魂不灭观念在原始的埋葬习俗中逐渐形成的，它包括整个丧葬习俗，不仅是一种制度文化，更代表着社会地位，规模越大越能体现出地位的高贵，后来在漫长的岁月更迭中演变成一种具有社会化符号的习俗，在历史的伟大进程当中不断消亡或者增长。

## 渊源

最初的人类，对于丧葬并没有特殊的礼仪制度，而是实行自然葬法。关于丧葬文化最早的记载是《易经》："厚衣之以薪，葬之中野，不封不树。"葬，原意为藏，这是一种区别于"委之于壑"的方式，将死者埋藏于原野之中。藏可能就包含等待灵魂重新回到体内的期待，与灵魂不死观念紧密地结合在一起。世界上埋葬死者最早出现在旧石器时代中晚期，距今数万年之前。而我国埋葬死者的方式在距今八千多年前的山顶洞人时期产生。据考古发掘，当时的人们会自发地放一些死者生前使用过的物品陪葬，这充分说明失去亲人的哀伤让他们主动产生一种祭奠的仪式感。

商周时期，从《周礼》《仪礼》《礼记》等典籍中的记载可以看出，此时丧葬礼的制度已经非常完善了。《士丧礼》中就详细地讲述了治丧的具体过程和仪式，这一过程包含了以下环节：为死者招魂，覆盖衣被，楔齿缀足、吊唁、赠衣、葬日等。这也一定程度上导致了丧礼过于盛大，造成铺张浪费。

随着社会的发展，贫富差距加大，丧葬礼仪根据社会资源分配的多寡也逐渐显现出明显的差距。夏、商、西周和春秋时期是中国奴隶制社会的形成、发展和顶峰阶段，在此期间，人们的贫富差距也越来越大。尤其春秋战国时期，厚葬之风盛行，《墨子》中就批判了这种现象，所谓"棺椁必重、葬埋必厚，衣衾必多，文绣必繁，丘陵必巨；存乎匹夫贱人死者，殆竭家室；乎诸侯死者，虚车府，然后金玉珠玑比乎身，纶组节约，车马藏乎圹……寝而埋之"。这说明当时社会上厚葬成风，死后含珠玉、服文锦、陈牺牲、设明器等铺张行为甚至成为互相攀比的手段。除墨子外，庄子等人也反对厚葬之风，《吕氏春秋》中也提到了墓室豪奢会引来盗墓者的觊觎，这些观点都在社会上有一些影响，不过奢靡之风仍旧是主流，高额的陪葬层出不穷。

秦汉时期，丧礼的规格越来越高，尤其是统治阶级崇尚厚葬，在他们的影响下，社会风气让人向往死后哀荣。《史记》记载："始皇初即位，穿治骊山，及并天下，天下徒送诣七十余万人，穿三泉，下铜而致椁……上具天文，下具地理。"据现代报告显示，秦始皇陵整体呈长方形，共有内外两层夯土，内围墙长约1300米，宽578米，周长3800多米。外围墙2173米，宽974米，周长6294米。是世界上规模最大的墓葬之一。不仅秦始皇对厚葬丧礼情有独钟，就连汉朝时同样如此，《汉书》记载汉成帝："大兴徭役，重增赋敛，征发如雨。""取土东山，与谷同价。"汉朝规定，贡赋三分之一为之修陵，所以他们的陵墓总是规模巨大。同时，汉武帝"罢黜百家，独尊儒术"，儒家思想"事死如生，事亡如存"，幼时孝悌仁义的忠实簇拥者，丧仪上也会极为重视死者的身后荣耀。

汉末时战乱频发，导致众多陵墓被盗，古玩珍宝被抢劫一空，有的墓室被凿开后发生塌陷，墓主曝尸荒野，这就使得魏晋的统治者们开始有意识地保护墓葬，尽量采取薄葬的方式。《晋书》也说："魏武以礼送终之制，袭称之数，繁而无益，俗又过之……汉礼明器甚多，自是皆省矣。"

汉族自古丧葬旧俗讲究重殓厚葬，自汉武帝"罢黜百家，独尊儒术"之后，孝道思想随着儒家文化的覆盖影响至全国，而丧葬文化离不开中国的"孝道"思想。孝敬长辈是中华民族的传统美德，是深入中国人骨髓的观念。《论语》中有子曰："孝弟也者，其为仁之本与！""仁"为儒家的核心思想，孝悌为仁之本。《庄子·养生主》中曰："缘督以为经，可以保身，可以全生，可以养亲，可以尽年。"庄子同样强调"养亲"，倡导人们承担起对父母的责任。

可见孝文化早在先秦时期就已经深入人心。国人对于孝文化的重视，通过丧葬礼仪形象地表现出来。对于中国人来说，丧葬仪式即是对逝去亲人表达哀思的一种方式。丧葬民俗文化主要包括丧服、丧葬程序、下葬方式几部分及这套仪式所体现出来的丧葬观念。

丧服是人们在居丧期间哀悼死者时所穿的衣服。丧服文化其实早有渊源，唐代经学大家孔颖达在《仪礼·丧服》中对丧服制度的形成过程作出如下说明："黄帝之时，朴略尚质，行心丧之礼，终身不变""唐虞之日，淳朴渐亏，虽行心丧，更以三年为限""三王以降，浇伪渐起，故制丧服以表哀情"。《仪礼·丧服》里规定了五等丧服，由重至轻分别是斩衰、齐衰、大功、小功、缌麻，每一等都对应有一定的居丧时间。根据亲属与死者血缘关系亲疏远近的不同，而穿不同规格的丧服。

斩衰：用生的粗麻布制成，不辑边，断处外露，服期三年，是由儿子、未嫁女为父母，妻子为丈夫，长房长孙为祖父母所服的丧服。

齐衰：用生的粗麻布制成，断处辑边。孙男女为祖父母服丧一年，重孙为曾祖父母服丧五个月，玄孙为高祖父母服丧三个月。

大功：用粗熟麻布做成，线比齐衰要细。为伯叔父母、堂兄弟、未嫁堂姊妹服丧九个月。

小功：用较细的熟麻布制成，为从祖父母、堂伯叔父母、未嫁祖姑、堂姑、已嫁堂姊妹、外祖父母、母舅、母姨服丧五个月。

缌麻：用五服中最细的熟麻布做成，为从曾祖父母、族伯叔父母、族兄弟姊妹、表兄弟、岳父母服丧三个月。

儒家推崇守孝三年的礼仪制度。《论语·阳货》中记载了一则孔子和学生宰我关于服丧期的讨论。宰我认为为父母守丧三年的时间太长了。孔子感慨地对宰我说道："子生三年，然后免于父母之怀。夫三年之丧，天下之通丧也。"婴儿从呱呱坠地来到人间开始，至少有三年时间是在父母的怀抱中长大，父母去世守孝三年，这是天下通行的礼仪。正因如此，儒家强调要为双亲守孝三年，以报答幼时三年的养育之恩。血缘关系越亲近，丧服就越粗糙，服丧的时间就越长。血缘关系越疏远则反之。因而从丧服的差异上就能辨别服丧者和逝者血缘关系的远近亲疏。

"丁忧"是中国古代官员服丧回乡的特殊待遇，入朝为官的官员在父母亡故时，要离职返乡，为父母守孝三年，服丧期间要清心寡欲。某个官员在"丁忧"期间，如果朝廷迫切需要而使其仍然任职，则称为"夺情"。"夺情"虽然理由正当，但是出仕的官员容易遭到舆论的强烈批判，被指责为不孝。明代内阁首辅张居正就是在"丁忧"期间被"夺情"，遭到时人诟病。

现代社会的丧服文化较古代的五服有了很大的改变，丧服的颜色以黑白为主。现在的孝衣更为普遍的是头布、黑纱和孝花。服丧期没有严格的规定，由于生活节奏的加快，人们大多完成丧礼仪式就逐渐恢复日常的生活。在举行丧礼时，家属需要披白布、穿丧服，但是在工作生活中，人们不便戴白布，于是用黑纱缠臂代替。此外，家中有人去世，头年春节不能贴红色的对联。

# 文化意义

丧葬礼仪是人生礼仪中关于告别的礼仪。在丧礼中，人们流露出对亲人去世的哀痛。曾子曰："慎终追远，民德归厚矣。"谨慎地对待双亲的去世，追思亲人，有利于社会教化，民心的淳厚。古代的丧葬文化表现出尊卑上下的等级观念，自天子至平民的葬礼，不论是规格上还是影响上都极其悬殊，更何况连死亡的称呼都因社会阶层不同而有区分，葬礼的规模成为身份地位的一种象征。当然丧葬仪式重要的是蕴含着亲人、朋友对死者的追思。子曰："生，事之以礼；死，葬之以礼，祭之以礼。"在父母生前就以礼侍奉，在父母去世后同样以礼送终。儒家文化中的"孝道"观念是中国传统文化的重要组成部分，极具社会教化的意义，历经千年，中国人重视血缘亲情、孝敬长辈的核心思想经久不变。此外，随着文明的进步，丧葬制度不断改革，一些不符合现代社会文明的丧葬习俗逐渐被剔除，薄葬的观念越来越深入人心，丧葬的仪式已经简化诸多流程。

总之，人生礼俗作为一种文化载体，具有深刻的内涵和意义，丰富着民众的生活世界，体现着我国民族文化中对于生命的重视以及人们之间朴素而深厚的情谊。

# 安放

张静

## 一

上小学后,看书和下地干活总很矛盾。比如放学后,打猪草、锄地、拔玉米苗、上化肥、拉大粪等活路,没完没了。可我有时候是借别人的书,有归还期限啊,于是,就躲到婆住的土窑的里间偷着看,代价无非就是回去了被臭骂一顿,或者屁股上挨几下扫帚疙瘩而已。

土窑的里间比较昏暗,主要堆放农家人做饭或烧炕用的柴火以及农具,有个小窗户可以透进来光线。我爷在靠墙边立有一梯子,我通常爬到第六个梯档上,就着一缕光看书。好几回,看累了,从里间出来,把手里捏着针线的婆吓了一跳。其中有一回,婆手里的针线活和平常的不大一样。平常,她不是纳鞋底,就是拧绳子,偶尔还会缝补衣裳。可那一回,她竟然在绣花,一朵梅花、一只喜鹊、一截枝头。她一针一针扎下去,红的花、绿的叶,活泛泛地,在黑布或者白布上跳跃。

我很好奇,就问,婆,你在干啥呀?她笑着告诉我,做老衣啊!哦,老衣,知道了。其实,"老衣"两个字从我唇边滑落的时候,我是真知道的,那时是乡下人死了以后装进棺材时穿的。不过,我就是没见过老衣的模样。于是,好奇心就上来了,我不停地催她,那你赶快做,我想看看。我婆笑着说:"瓜女子,这是细活,得慢些来,做不好,穿着不舒坦。"她说完,又低头忙活了。我还是不能把她手里的一块黑布和老衣联系起来,那老衣就在我心里扎了根似的,三天两头差使我往婆的土窑里跑。

婆和爷的老衣最终做好了,两套白色的长袍、长裤,白得一尘不染,婆说是穿在最里面的;然后是对襟开的绸缎外套,长的、短的、薄的、厚的,婆和爷各一身。爷的是黑色的,绣着满身的"福"字,呈圆扁形,滑溜溜的,摸着舒服得要死。婆的是咖色的,绣着一朵朵暗红的梅花,花瓣上专门用丝线点缀,红灿灿的,像珠光片一样闪闪发亮。接下来是鞋子,方口的,绣满了一丛丛兰花。最好看的是老虎枕,老虎眼睛、耳朵、嘴巴、鼻子等活灵活现,炯炯有神。我依然记得最后一个工序是给外套上缝盘扣。她从针线箩筐里取出一根针,找出和衣服颜色接近的丝线穿进针眼,并成两股,在手指上捻一下,打个结。然后将细细的针在她的头发上刮了几下,左手将盘扣压在衣襟边,右手很灵巧地缝起来。那匀称细碎的针脚,像一粒粒密密匝匝的小黑豆。而那天,窗外飘着雨丝,是秋天的雨,蒙蒙的、绵绵的,像一张网,罩着院子外面的树木、瓦屋,乡间一片苍茫。

那个时候好不懂事,我突发奇想,竟然缠着婆说,婆,你穿上试试吧,让我看看好看不。哈哈,婆笑了,说,真是个瓜女子,死了才穿呢,哪有活着穿老衣的?哦,我朝婆一边吐舌头,一边扮鬼脸,不再说什么了。可我的眼睛还是盯着那些漂亮别致的老衣,它们静静地躺在炕上,看着我,似乎要将一些神秘得无法摆脱的气息传递给我。一瞬间,一种欲罢不能让我产生了一种幻觉,婆正穿上它,在我面前晃动着,亮闪闪的绸缎上,亮闪闪的花丝线和从木格子窗户里透进来的光糅在一起,婆像电影里的大家闺秀一样美。我回过神时,眼前的婆,脸上布满了细碎、繁多的皱纹。

我真正见婆穿上老衣时,已是 2010 年的农历年,婆接近九十岁高龄,她是带着老张家四世同堂的和谐与安泰走的,用老家话说,是喜丧。入殓时，我看到了婆穿老衣的模样。果真，如她早年所说，洁白的布衫穿在最里面，意在干干净净地来到这个世上，再干干净净地从这个世上走。外面是婆心仪的一身咖色绸缎，将她全身裹得像个地主婆。对了，还有一个黑平绒帽子，质地细滑柔软，应该是后来新做的，上面绣了一串牡丹，一直延伸到婆的耳鬓旁。我们将婆身下的褥子铺得平平展展，把一枚枚银币按照阴阳先生的叮嘱细心摆好，用一卷卷柔软白净的纸，将她严严实实地围进棺材里。棺木合上了，我却一直在想，婆和贫寒的爷爷过了一辈子，没有穿过绫罗绸缎，她之所以如此细致地为自己做老衣，大抵是要体面地离开吧？

后来，我的三婶和二婶相继离开了我，我没有看到她们穿老衣的样子，有些遗憾和内疚。这两年，母亲也在为自己和父亲赶制老衣了。和婆相比，母亲和父亲的老衣简单了很多，除里层洁白的长布衫、鞋子、帽子是她自己亲手刺绣的之外，其他外套一类的，都是我和妹妹去裁缝店做的。我挑得很仔细，绸缎的颜色须庄重，印花要清晰，质地更得柔和。至于裁缝，当然是找远近有名的韩家湾裁缝做，她裁剪得体大方，活路更是细致耐看。去年暑期，母亲从柜子里将它们都翻出来，垂挂在院子的阴凉处，阳光斑驳的影子落在上面，寂寥苍老的深重气息直直朝着我压过来。不知怎的，我的鼻子酸酸的，一种难以言说的滋味涌上心头，或许某一天，他们不在人世的时候，我所有的思念和牵绊只能通过这一层一层的老衣来传递了。

## 二

五爷患的是肝癌，去世前两天在炕上疼得哭爹喊娘直打滚儿。偶尔不疼时，就用混浊空洞的眼神看着我二伯，意思是该给他置一具棺材了。二伯用眼神答应了，然后就急着出去准备买棺木。

他来了我家，我们都在。说明来意后，我爹朝我娘看了几眼。我娘二话没说，走进屋子，取了几张皱巴巴的十元票子。两天后，五爷死了，正值大暑，天热得没有一丝风，五爷躺在门板上，身子还算柔软，面色如生。几个堂姑分别坐在五婆的炕边，都在抹泪。五婆的泪水早干了，直怔怔地望着二伯说，树根他爹，咋办哪？

我爹的任务是发丧。他满头大汗地跑进来说，二哥，该说的人，都说了，马上来。不一会儿，陆陆续续来了十几号人，都是至亲近邻。八爷最年轻，能说会道，丧事由他主持。他一边支使着人，一边对二伯说，树根爹，眼下得赶紧弄木头，打棺材，这号天你爹不敢也不能放啊，要臭的。

二伯愁着脸，日子这么苦，我爹看病吃药花了不少钱，买棺木的钱还没凑够呢！

我爷来了，黝黑的脸，安慰了二伯几句，转过身子对八爷说，老八，去给狗蛋说说，看能不能先把他爹的棺木拉过来，完了还人家好一些的，试试。

八爷面有难色，不过，还是去了。因为乡里乡亲，狗蛋叔倒是满口答应了，棺材板先让五爷用，4厘米厚的到时还人家6厘米厚的。

五爷下葬后，我爷和我爹都记住了，得趁人活着的时候，赶紧把棺材拾掇好，免得到时手忙脚乱。而且，像我爷一辈的乡下人，都或多或少对其死后的容身之所有些奢望，比如材质硬一些、密实些、式样好一些、耐腐蚀一些，水渗不进去、虫钻不进去等，能够满足这些的，无外乎柏木、松木和柳木，但那毕竟是给富户人家准备的，村里多数人家都是挖自家房前屋后的桐木。还好，我家自留地的沟边有两棵柳树，是我爷很早时栽的，易成活，长得也快，色质白里透黄。我爷早就说，他和我婆若哪天死了，背一副柳木棺材也是很享福的一件事，硬三寸，埋下地三十年都烂不了，算是没白活。故而，我爷对那两棵柳树特别照顾，施肥、浇水、修剪，很是用心。后来，又栽了一棵，也长得婆娑茂盛呢。

有一天，我和二毛玩，他说他爷不知咋了，连续几日来整天耷拉着脸，眉头皱成一疙瘩，说话甩腔甩调，好几回吃罢饭，让二毛端碗时，连喊带吼，好像是撒气。偶尔，还一个人缩在门角的石磙上，叼一根旱烟袋，唉声叹气。二毛爹赶紧凑到跟前问，爹，你咋了，哪儿不舒服？二毛爷转过头，没好气地指着街门海娃家里传出来的叮咣声，闷头说，我死了，你们就喂狗算了。二毛爹顿时明白了，赶紧回屋和二毛娘商量。二毛娘拍了一下大腿，哦，闰六月，正是打棺材的好月份呢，咱爹都张口了，索性成全了他，免得落村里人闲话，再说他的棺材板放门楼上好几年了，早干透了。第二天，立马去镇子里寻阴阳先生，看黄道吉日，请来匠人，不出十天，棺材做好了，6厘米厚，敦实沉稳。二毛爷一遍遍摸着，满脸的舒心。

村东头的七爷要求并不多，两厘米厚的柳木就行。不过，他得要两口，一口是他自己的，一口是儿子的。原因是七爷老伴死得早，留下五张嘴，日子恓惶得吃了上顿发愁下顿。冬闲时，他和儿子去山里给人拉木材，不料车翻进沟里，爷俩都滚下去了。七爷还好，被一棵树挡住了，无大碍，儿子就没那么幸运了，被车压断了一条腿，截肢后，剩下一条裤管，空空的，在风中荡来荡去。七爷最大的心愿是在死之前能给自己和儿子每人准备一口棺材。为这，他没少出苦力，生活十分节俭，过年连糊窗花的帖子和年画都舍不得买，为了挡风，破麻袋和牛皮纸塞了一圈，终于在他六十岁那年做了两口棺材，柳木不够，棺材底下还配了些杂木。

我记得我爷打棺材的情景。也是农历六月，在老屋的前院里，满树的青枣随风摇曳，我爹请来方圆十里最好的木匠，下料、锯切、刨平、修整、铆接、雕花等做得严丝合缝，滴水不漏。尤其是棺口处的云朵、青松、白鹤、山水、绿草等精雕细琢。棺材做好后，我爷很满意，他摸了一遍又一遍说，等我百年后，睡在里面，仰望青山白云，脚下绿水环绕，闭上眼，踏实啦！我爷真正躺进去的时候，已是1993年的春天，万物复苏，我爷给最小的叔张罗完婚事后，便一病不起，撒手人寰。下葬那日，父亲头上顶的瓦罐在一身黑衣的司仪浑厚悠长的"起丧"声中"砰"的一声摔成碎片，我们号哭着，爷的棺木上路了。一番颠簸，又一番晃荡，爷和他的棺木被放进墓坑里，没入大地，没入尘土。他老人家是否安逸而长眠，只能任我在另一个世界里，无限怀想了。

## 三

快过年了，乡下开始热闹起来。母亲特意允许了我去秀霞家里玩耍和睡觉。后半夜时，脸红得似关公的秀霞爹用一把笤帚疙瘩敲醒了正在酣睡的秀霞哥。伴着昏暗的煤油灯，困乏中的兄妹俩眯着眼睛一圈圈地推着石磨碾黄豆，嘎吱嘎吱的推磨声唤醒了隔壁熟睡的我。隔着漏风的木格子窗户，我能闻见豆子被碾碎时溢出的香气。

秀霞告诉我，再做两天就收工了，这最后一锅，得她爹亲自上手，从泡豆子、磨豆浆、过滤、烧煮、压榨，到用石膏点，整个环节谁也不能碰。做好的豆腐，谁也不能吃第一口，要留到年三十请先人的时候去坟上用。

我很纳闷，你先人爱吃豆腐？秀霞轻轻推了我一下，滚吧，才不是。我爹主要是想让他先人看看这祖上的手艺到了他手里有没有失传。我还是纳闷，你先人的骨头都化成粉了吧，好不好，他们咋知道？一看就是讲迷信呢！秀霞没话说了，只好说，你学习好，脑子转得快，我说不过你，反正，我爹就是用他的豆腐去请先人回来过年的。

这是秀霞家请先人的方式，和我家一点都不一样。我爷活着的时候，年三十下午，要带着我爹、二叔、三叔和四叔请先人。手里提的当然不是豆腐，是一壶酒、两个花馍、三炷香、几张黄纸。

他们几个围着先人坟，嘴里念叨一阵，才起身往回走，就算是把先人请回来了。

起初，我有些纳闷。先人都死了那么多年了，那片坟地早已被夷为平地，哪里还有先人的一点踪迹？可我爷似乎特别清楚，好多年了，每次给先人烧纸时，从地头开始，只用脚一下一下丈量，完全一副心中很有数的样子。后来，我爷渐渐年纪大了，走路蹒跚，步数越来越不准确了，有好几回，他数来数去，我爹和我二叔都说，不对。三个人在地里争得面红耳赤，一个说，靠南一点；一个说，靠北一点。争到最后，谁也不争了。尤其是我爷，很幽默地说了一句，算了，都是一个村子的先人，给谁烧都一样。说完，索性放下笼子，席地而坐，一张一张地烧着纸，倒着酒，撒着油花馍，嘴里嘀咕一些大抵是让先人们吃饱喝好跟他回家一类的话。说完，拍拍屁股上的尘土，起身。寒风吹过，抖落一缕尘埃。

八婶请先人颇为伤感，是秀霞用一副神秘的表情告诉我的。我白了她一眼，还用你说，她家遭了那么多难，不伤感才怪呢！话虽这么说，可女人去坟头请先人，在我们村还真的不多。后来，我从秀霞嘴里还得知，八婶先去八叔的先人坟头烧纸，不喜不悲，很正常，等回过身到自己男人坟头时，就哭得一把鼻涕一把泪，嘴里还骂骂咧咧的。比如，死鬼，你躺在这里装消停，把家里一大摊子的事儿全压在我一个人肩膀上，刚子快考学了，也不知道托个梦，送个吉利。这边刚一哭完，脸上马上又有笑意了。她一边从笼子里拿出酒和纸，一边就和坟地下的八叔唠上嗑了，什么他爹，你走了好几年了，村里好多人都在念叨你的篾席手艺呢，这村子里用的扫帚、席子、背篓、筐子、笼子等家什，哪一家能少了你？瞧前儿个，狗子娘背着背篓去场里拾柴火，见我就说，刚子爹的手艺真的好，这背篓使唤起来顺手，还结实耐用呢！就因为这些恩惠，你虽然走了，村里人都念着你的好，待我们孤儿寡母不薄呢，全是你那双巧手的功劳啊。你若听见我说话，就给个信儿，咱这就回家，好好过个年。

说到这里，秀霞耸耸肩膀，吸了一下鼻子，眼睛睁得老大说："红红，你猜猜，接下来发生啥了？""咋了，赶紧说。"我迫不及待地催她。哇，真奇怪，八婶话刚落地，果真，一阵风就吹过来了，不大，在八叔的坟头缓缓地吹着，将八婶烧过的纸灰轻轻地卷起来，缠成一团一团，在八婶身边绕来绕去。

其实，秀霞一板一眼说这些的时候，我的思绪早跑了。我想起了八婶患白血病的小女儿慧琴姐死的时候，才13岁，家里人背着八婶，用一张席子卷了埋到韩家湾的树林里了，没有任何标记。可后来，八婶还是找到了，她在慧琴姐的坟前种了好多蒲公英和艾草，那些蒲公英和艾草是慧琴姐活着的时候，每每犯病时，八婶用土方子来缓解她痛苦的。奇怪的是，春天里，慧琴姐坟前的蒲公英和艾草一簇簇密密匝匝，其肥硕碧绿程度远远超过了其他地方。

很多年后，我都不能诠释这种现象。尤其是在我的小叔子过世之后，我们和老人一起照管他的两个孩子直到今天。每次去那片果园，看到他静静地躺在那里，我和丈夫都要停下来，清理一下杂草，拾掇一下坟头。那一瞬，我心里总有一些话，想默默地说给他听。其实，我无非想告诉他，两个孩子很好，冲儿已经工作，拓儿在上大一，让他尽管放心。再后来，丈夫二姑家的海表哥得了同样的病走了，他的媳妇燕儿姐只身带着两个半大的儿子，生养得很辛苦。碰到果园打药或是一些比较重的农活时，一个妇道人家，明显感觉到心有余而力不足。有时候，实在憋不住扛不住了，燕儿姐总要去海表哥的坟头大哭一场，哭得整个人软瘫为止。她哭完了，站起来，做几个深呼吸，然后将满头的乱发捋了捋，抹去眼泪和鼻涕，起身，日子照旧，她的背影消失在落满晚霞和尘土的尽头。这一幕，总令我落泪。我也时常在想，亡人和活人之间，一定有某个渠道是畅通无阻的，可以安放活着的人某些来自瞬间的情绪。

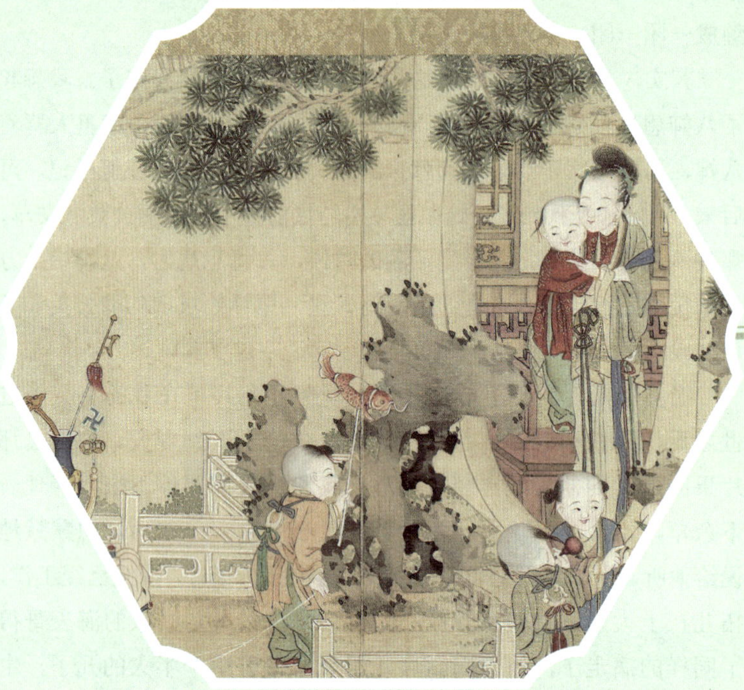

# 肆

游艺民俗

# 折子戏

zhé zi xì

## 概说

折子戏,是针对本戏产生的一种叫法,一般指的是本戏里的一折戏,或者一出戏。这类戏历来有不同的称呼,如「杂剧」「零出」「散剧」「集戏」等。「折子」的说法出现很早,但直到新中国成立初期,「折子戏」之名才得以确立。现在著名的折子戏有《牡丹亭》中的《游园惊梦》《春香闹学》《拾画叫画》,京剧《红鬃烈马》里的《武家坡》《赶三关》等。

## ● 渊源

"折"这个概念很早就有了,如古代大臣递交的奏折,记账的账折等。这种"折"源于古代书籍的一种装帧方式——蝴蝶装。蝴蝶装始于唐末五代,宋元最为盛行。明朝张萱在《疑耀》一书中讲道:"今秘阁中所藏宋版诸书,皆如今制乡进呈试录,谓之蝴蝶装。"蝴蝶装就是将印有文字的一面向里对折,以中缝为准,将折页对齐,在背面依次粘连成册,再把前面和后面一页粘贴在包背纸上,翻开阅读时,犹如展翅飞舞的蝴蝶,故得名。

元朝元杂剧盛行时将原本完整的一出戏分为四折,例如《西厢记》就是由一个楔子加四折戏组成的。此时的戏曲主流为元杂剧和南戏,两者都是从开始就作整本演出的,也就是说,在舞台上表现首尾完整的情节和故事。然而,有的时候演出的全本戏内容很多、很杂,需要耗费大量时间去演绎,由于现场表演时间有限,往往要分好几天演唱,观众很难从头看到尾,所以逐渐发展为选取其中几出精彩的折子戏去表演,既能突出表现一段完整的故事情节,又能充分展现演员的水平和功底,观众的情绪也容易被调动起来。

这个情况最早出现在明朝南戏的演变上,经过几百年的发展,南戏出现了将原有整本戏拆零演出的情况,形成了所谓的折子戏。关于折子戏具体出现的时间有两种说法,一种主流说法是其源于明代,盛于清朝。嘉靖年间,刊本的《风月锦囊》会在全本戏中选出一场,例如《薛仁贵》《江天暮雪》《沉香记》《八仙庆寿》等。可以看出,这个剧本集的出现是与当时社会上的南戏简省演出习俗相适应的。到了万历时期,也有不少折子戏的作品流传于世,如《八能奏锦》《词林一枝》，这两本选集在格式上极为相近，都分上、中、下三层，比较有代表性的为《玉簪记》《狮吼记》《罗江怨》。

明末时期，是经济发展转型和人们自我意识逐步变化的时期，这些作品也是当时意识形态的集中体现，当时的人们就想突破道学家所宣扬的"理"，而提倡更加民主、自由化的"欲"，如《劈破玉歌·怨》中所写道："牡丹花下死，做鬼也风流。就死在黄泉、在黄泉，乖，不放你的手。"情绪表达得直接而洒脱，对爱情的情感表达也极为强烈。在明朝万历年间和清朝乾隆年间，由于资本主义萌芽的出现，市民经济发展，百姓对于文化娱乐的要求逐渐提高，戏曲的改编更加适应这种大众文化心理，折子戏的出现也代表着我国的封建社会中存在的全本戏向一种新的戏曲形式改进。

另一种说法是折子戏从清朝乾隆年间开始有的，《缀白裘》就是当时的作者钱德苍编印的一部戏曲剧本选集，所选剧本包含我们所熟知的《三国志》《西游记》《水浒记》等，共36种，有120折，分为元、亨、利、贞四集。《缀白裘》选取了很多经典戏剧曲目，它的出现也为我国优秀戏剧的保存做出了贡献。

《牡丹亭》在中国戏曲中占据重要地位，无论在文学史还是戏剧史上都享有超然的地位，其中，《游园》一折展现得很是美妙，它是《牡丹亭》全剧第十出《惊梦》的前半部分，这部分由六支曲子组合而成，生动唱出了少女的怀春心情，将杜丽娘内心情感非常细腻地表露出来："袅晴丝吹来闲庭院，摇漾春如线。停半晌，整花钿，没揣菱花，偷人半面，迤逗的彩云偏。步香闺怎便把全身现？"可见对少女动作的描写都极为精细，字里行间都体现少女的轻柔。不用演出整本戏，细节必然能够得到更好的呈现。

折子戏虽是整本拆分，但就演出来说，它又有别于欧洲的独幕剧，欧洲的独幕剧特点是高度凝练和集中，在短时间内快速铺开，矛盾冲突的展现显得快速而密集。而中国的折子戏只是取其精华，将整本内容高度凝练的精彩部分进行演出，这样节奏会更加舒缓，可以留给观众更多时间去思考、体会，但同时，也是对观众文化底蕴的考验，越是对中国戏曲了解深刻或者通读过整本戏的人，就越能感悟折子戏的精彩之处。

演出的艺人们在剧团里需要流动赶场，有些戏表演的人物很多，需要的道具服装非常复杂，折子戏的出现让很多步骤得以简化，让本来需要演出几天的戏剧在短时间内就能完成，观众观看起来也不易疲倦，演员也能把全剧最精彩的部分展现出来，更容易收获观众的喜爱和掌声。

## 文化意义

折子戏的出现标志着人们欣赏戏曲形式的转变，从欣赏纯粹的传统文化故事到欣赏舞台表演演出。折子戏也在一定程度上受到经济因素的影响，逐渐演化为一种新型戏曲形式，而它的出现也标志着中国戏曲史渐渐地由文学时代进入演艺时代。

通过对明朝时期的《八能奏锦》和清朝的《缀白裘》的了解发现，无论是哪个朝代的选集，它们其实都包含了我国古典文化的文学精髓，那些优秀的作品其实都展现着各个时期人民的生活状态和对美好未来的向往。

尤其是明清时期，戏曲文化的变革，也意味着迎合了当时人们的喜好，一切化繁为简，推动了戏曲的发展和进步。如今折子戏也变得越来越完善，在折子戏获得独立舞台价值的基础之上，又为其添头加尾，使之更具完整性。

说到底，作为舞台上的艺术，折子戏不仅展现了人物与时代特色，还更加注重诠释"美"的概念，因为戏曲舞台展现的需要，服装造型在不断发展，对演员的造型设计要求也越来越高。生、旦、净、丑的不同行当也是越来越细化，人们从他们的妆容上就能有所分辨，这对于推进人们的审美观念是有所帮助的。

折子戏一方面能够表现故事的离奇曲折，另一方面又能体现演出人员的技艺能力。戏曲工作者对真实生活进行加工再创作，并融入了对人生哲理的追求，让不同性格、不同处境的人物相互碰撞，使得戏曲本身更加具有传奇色彩。正是因为折子戏的形式变革和思想高度的深度融合，才成为我国文化艺术的瑰宝之一。

# 折子戏

张静

我的老家在关中道,父辈们对于秦腔里的折子戏情有独钟。我很小的时候,看戏要到大队。大队院子的西北角有一方戏台子,方方正正,青砖灰瓦,飞檐翘角,和村子里的陈年老屋相比,很有气势。戏台两边,立一木质柱子,如大老碗口一般粗。老一辈说是杉木的,即便上了一层红漆,但漆皮仍在一块一块地剥落,似风烛残年的老人。平日里,戏台杵在那里,安安静静,无人问津,风吹过,雨淋过,一层一层的灰尘和蜘蛛网密密麻麻地缠绕在戏台四周,有说不出的孤独和寂寞。但逢村里庙会或者旧历年的正月十五,道长、村主任和村里有威望的老人聚在一起一撮合,村里立马就有戏唱了。

村主任媳妇我叫她为二娘,不出两日,她准会带着手脚勤快的三婶、五婶将戏台内外清扫得干干净净。待开戏当日,一大早,周边四五个生产队的男男女女、老老幼幼蜂拥而至,被冷落了好久的戏台顿时变成另一种模样:眼见那暗红色的大幕布来来回回不停歇地一拉一合,戏台上灯光熠熠生辉,台下人头攒动。平日里,从早到晚背着日头在地里忙活的庄稼汉们眼见台上的角儿披红挂绿,粉面桃腮,水袖轻扬,千种风情,万般柔媚,个个按捺不住内心的亢奋,扯着嗓门喊叫、鼓掌,整个戏台上下简直要沸腾了。

所幸的是,我家就在大队隔壁,出了家门到戏台,用脚丈量只要百十来步。跟同龄伙伴相比,我占了近水楼台先得月的优势。但凡村子里唱戏的时候，年少的我急急跑到灶房，蹲在灶台边三两下扒完一碗饭，两只胳膊挽着几只马扎，跑得屁颠屁颠的，来到台前，就是为了占几个最能看清角儿容颜和身姿的好地盘，等爷爷奶奶大妈婶娘们来了，赏我几毛钱，买几袋糖果和麻豆之类的小吃。至于戏台之上那些演员嘴里冒出的调子长长短短、咿咿呀呀，我懵懵懂懂，啥也听不懂，倒是台上敲锣打鼓、台下人仰马翻的热闹场面很是诱人。

慢慢大一点了，也会跟着大人提着板凳，赶到几里甚至十几里以外的庙上或村庄看戏。到了夜晚，常常趴在爷爷奶奶的怀里睡个昏天暗地的，中间醒来，眯着眼瞅上一阵子。我喜欢的是戏子身上绣着大朵牡丹和七彩珍禽的绫罗绸缎衣衫，闪烁出灼人的光芒，刺得我瞌睡全无。一次，坐在我前面的翠红姑姑和她的知青恋人高山叔叔，大抵是被台上青年男女两双顾盼流转的眼神里传递出的款款深情撩拨得怦然心动了，两只大手悄悄地攥在一起。他俩亲昵的动作被我清晰地看见了，羞得我赶紧转过头去，连大气也不敢出。

等到十二三岁时，渐渐知道一些人间事了，也能大概听出一出折子戏的前因后果，紧锣密鼓不再觉得震耳了，生旦净末丑也能分辨一二。尤其是那角儿身披紫色罗衫，凤冠霞帔，额前缀珠抖簪，翩跹而来，竟然莫名地心生几分欢喜。当然了，男孩子喜欢台上的打斗场面，比如一阵锣鼓喧天中，几个扎靠背旗、头摆花翎的武生花面，耍着大刀，舞着双锤，威风凛凛，加上一群毛毛小兵连翻筋斗，好生热闹！

那时，我经常和伙伴们放学后到偏远的沟底捉草和玩耍，时不时地，总会在沟沟壑壑中看到这样的情形：村里的狗剩叔一边放羊一边割草，那些羊，像洁白的云朵稀稀疏疏散落在蜿蜒的一道道梁上。日落西山，狗剩叔的背篓装满了青草，他才起身，手持鞭鞘，往回赶羊。一阵脆响后，那烂熟的、伴了多少辈人的秦腔调子，像头顶掠过的西风，回荡在空空的沟壑之中。狗剩叔刚唱完，半坡的麦茬空地里，一直以娘娘腔自居的三爷扶着犁铧，很婉转地来了一句"秦香莲拦轿喊冤把驸马告"。那绵软幽怨的声音传到西边的玉米地里，正在锄草的二伯马上回应起来，他甩开膀子，挥着锄头，和一声"他杀妻灭嗣罪恶滔滔"。偶尔，也有不甘落后的大妈婶娘们，跟上一段王宝钏婉转动听的《赶坡》，唱得声情并茂，那感觉，简直要比灌二两"西凤"、吃几片长线辣子、抽几口大叶旱烟来得解乏、爽口、恣意和豪放。

那一瞬，我终于懂得，在那贫瘠的年月里，乡亲们对折子戏的熟稔和喜欢除了发自内心之外，大抵也是苦中作乐，或者在繁重的体力劳动中自我释放和调节吧。我可爱的父辈们，他们把日子的艰辛沉重、情感的喜怒哀乐，吼给头顶的蓝天白云，吼给脚下的苍茫大地。至今，我的耳边似乎还回响着"后生卖水后花园""薛平贵拴马寒窑前""穆桂英祭桩大路边""周仁哭妻孤坟前"那一声声昂扬浑厚的唱段和叫板……这一出出折子戏，活脱脱地描摹了父辈们大喜大悲的人生，仿佛八百里关中道上万千大众的生活，只在那或粗犷或婉转的唱腔中彰显出来。

如今，置身喧嚣的闹市，很难再找到当年看戏听戏的感觉了。即便听到，也是暑期回老家，吃罢晚饭，和父母坐在院子里的葡萄架下，说着陈芝麻烂谷子的家谱旧事，享着粗茶淡饭的俗世浓情，或者只是陪着二老安静地坐着，看房前屋后那棵高大的梧桐树梢上，一轮圆月挂在天边，将整个村庄沉淀成淡淡的水墨。忽地，隔着一条又一条的村路，一声声秦腔断断续续地传进我的耳朵里来。不用说，肯定是谁家老人过世或者过世三年了请的戏班子。那些年，乡下人的日子不管过得好坏，丧事少不得都要唱戏的，戏大戏小，戏里戏外，都是对亲人最大的缅怀和敬挽。曾经唱过秦腔的母亲，更是对折子戏如数家珍，这时候，她早已坐不住了，免不得要说上一番："大丫，听不出来吧？这一段是《三击掌》，说的是唐朝丞相王允在长安城内高搭彩楼,为三女儿宝钏招赘快婿。宝钏登楼选婿,将彩球抛赠薛平贵。王允愤怒,与宝钏断绝关系。宝钏被父剥去衣衫,赶出家门,父女击掌,誓不相见。后来,王宝钏十年寒窑之苦等来的却是薛平贵的忘恩负义……那一段是《二堂舍子》,正唱着刘彦昌舍亲子保养子去衙门定罪的忠义之事,千古绝唱呢!"

母亲说这番话的时候,她的唇齿间笑意吟吟,她的脸庞溢出安详和平和。有那么一瞬间,她的眼底有一丝丝的恍惚。我盯着母亲愣神了半天,心里在想,她老人家的眼前,一定浮现出了当年那一座座陈旧的戏台上,一只只锣鼓喧天震耳地敲打,一些花旦凄凄切切地诉说,一些胡生千转百回地演绎,那一声声缠绵悱恻、催人泪下的唱腔,一定倾尽了母亲对秦腔难以割舍的半生之缘。那时,我的母亲在县剧团,主唱胡生,《周仁回府》中的一段《悔路》唱得名扬四方。后来,由于剧团不景气,解散了,母亲也回到乡里了,这成了母亲此生难以言说的缺憾。过了几年,我唯一的妹妹天生丽质,嗓音又好,瞒着家里人和同学偷偷跑到县里考戏校,竟然考上了。当公社的大喇叭里传出妹妹的名字时,母亲是很纠结的,她深知这碗饭的艰辛和磨难,思量半天,最后还是让妹妹去了。于是,我也有了很多机会看那些台后一张张单薄纯真的小脸,在一番搽脂抹粉后,刹那间,一个欲语还休的东阁小姐呈现在我面前。等红幔布缓缓拉开时,一曲一曲的人生风雨,一段一段的深情对白,从这些稚气脸蛋和嘴里表现出来,实在不是一件容易的事!

也有无意看到曲终人散的时候,随他们退到台后,看登场的角儿,洗去一脸的油彩,露出疲惫而苍白的面颊,三三两两地坐在简陋的走廊上狼吞虎咽。饭盒里,也是一些平时很粗糙的素面菜食。那一刻,我有些纳闷:原来,刚刚还在台上熠熠生辉、风光无限的角儿,台下却过着和我一样朴素简单的生活。他们如醉如痴地把自己埋没在别人的前尘旧事和爱恨情仇里,待谢了幕,卸了一身的云裳，不知会是怎样的感受，是惆怅还是落寞？我盯着他们看了许久，心绪难宁。那种感觉，像极了一个人站在熙熙攘攘的渡口，目睹了所有的千帆过尽，一切都寂静下来，像做了一场梦，梦醒了，折子戏还得演下去。

依稀记得，《断桥》边，听白娘子一袭素白丧服口口声声念郎君肝肠寸断；《三娘教子》里，看补丁两肩的三娘打坐织布机前说教令郎声泪俱下；又闻《花亭相会》里，粉黛佳人张梅英寒夜临窗，磨墨伴夫君读书情深意厚；再看《柜中缘》，更为一介布衣女子许翠莲箱底救忠良之后的深明大义而感动……

写到这里，我想告诉你，这些散落在我身边、散落在旧村落里的折子戏，只数声牙板、几缕琴音，硬是活生生地，让人听出眼泪来。于是，台下的人们跟着唱一段，再一段。转眼间，人生过了一年，又一年。

# 梆子戏

bāng zi xì

## 概说

梆子戏是我国民间传统曲目之一，主要分布在我国北方的广袤土地上，以山西蒲州、陕西同州和河南陕州为三个中心地带，随后一直向周围发展，经过代代相传，向北形成『中路梆子』『河北梆子』，向西北形成『西秦腔』，向东主要演变为『徐州梆子』『淮北梆子』『河南梆子』等剧种。梆子戏表演形式丰富，歌舞结合，唱词既有一定的文学底蕴，又有音乐、舞蹈的融合，情感强烈，真挚动人，演出节奏章法有度，角色分工明确，互相配合，表演虚实结合。它的音乐形式分为唱腔音乐、曲牌音乐和打击乐三部分。剧目多为正剧，擅长宣扬英雄人物以及描绘历史事件和激烈军事斗争的场面，尤其以悲剧艺术成就更高。代表作品有《反五关》《李刚打朝》《钟馗》《打金枝》《雁门关》等。

## ● 渊源

梆子戏经过漫长岁月的洗礼，不停分化、融合、变迁，传承到今天已经形成了兼具北方风土人情的独特剧种，故无法再细致入微地对它的发源详情追根溯源，现代戏剧学家们只能从一些残留的资料中对梆子戏的发源作出一些合理的推测。影响较大的主要有三种猜测，一是认为梆子戏最早来源于先秦时期燕赵被秦国灭亡后所形成的慷慨悲歌之风，据清代诗人杨静亭《都门纪略》记载："歌之作也，自唐虞已有然矣……及秦二世胡亥演为词场，谱以管弦，歌舞之风由兹益盛，后世逐号为秦腔（俗名梆子腔）。"这个说法主要是地域塑造一说。二是认为梆子戏源于唐代的梨园乐曲，最早提出这一看法的是清代的严长明，他在《秦云撷英小谱》中说过："秦腔自唐、宋、元、明以来，音皆为此，后复间以弦索。……可知秦中用以节音者，唐时已若是。"最后一种认为梆子戏是由地方说唱和民间俗曲演变而来的，主要论据为山陕两地民间小调与梆子戏之间的共同之处。除以上三种观点，还有几种说法，如来源于铙鼓杂剧、元杂剧、弋阳腔、西秦腔等。

然而无论最初起源于哪里，它的发展脉络却是清晰的，梆子最初作为一种唱腔曲调，最早的记载始见于明代。从明朝万历年间流传下来的抄本《钵中莲》传奇中的〔西秦腔二犯〕来看，整个唱段有二十八句，每句七言，一韵到底，上下句结构，基本具备了现在梆子戏板式变化体的音乐结构形式。

清朝康熙年间，出现了以梆子节音的腔调。乾隆年间进士李声振在《百戏竹枝词》中记载："秦腔，俗称梆子腔，以其节木若标形者节歌也。""乱弹腔，秦声之慢也，倚以丝竹，俗名昆梆。"刘献廷在《广阳杂记》中说："秦优新声，又名乱弹者，其声甚散而衰。"清代著名戏剧家孔尚任在平阳（今临汾）看了当地的戏曲演出后，写下了"乱弹曾博翠华看""秦声秦态最迷离"的诗句。可见，清朝时梆子腔已形成，梆子也具备了大致的演出能力，不过还未从诸多民间腔调中完全独立出来，不能表现较为复杂的情节内容和演绎整本大戏。

清朝中期以后，梆子戏才逐渐成熟，由民族唱腔形成一个独立的戏剧种类。李燧在《晋游日记》中记载了一位叫宝儿的演员在为他演唱昆曲之余，还在"红罗外偷试新腔"，这里的新腔指的就是梆子。乾隆年间朱维鱼在《河汾旅话》中记载了由西安经晋南汾阳一路见到的村社所演的梆子戏，戏词鄙俚，情节捏造。嘉庆时期出现了大量的梆子剧目和梆子班社，说明这时梆子戏走向成熟与繁盛。乾隆末年，粗通文墨的艺人和底层文人开始创作并改编大量的梆子剧本，例如蒲州梆子南路的二十四本大戏，各类手抄本如《回府刺字》《画中人》《刺中山》等。

此后，梆子戏不断发展，并且传播各地，形成了具有地域特色的地方梆子戏，较为出名的有山东梆子、上党梆子、北路梆子、徐州梆子、淮北梆子等。

## 文化意义

梆子戏作为中国传统文化的一种艺术形式，丰富了中国戏曲的内容，让中国戏曲文化更加多姿多彩，尤其是它影响程度之深，辐射范围之广，给多个省市、地区带去了精神享受。另外梆子戏也很好地和当地特色、文化相融合，有助于彰显当地的民俗民风，推动多地的文化交流，逐渐由点及面形成区域性的文化熔炉。

梆子戏唱腔极为高亢激越，很能表达剧中人物的内在情绪，所以如山东梆子，就保存了许多不畏强暴、敢于斗争的剧目，这些剧多以"打""反""骂"为名，有《反五关》《反徐州》《红打朝》《徐母骂曹》等经典桥段，传承了中国古代文化故事精髓，也为后世研究戏曲历史提供了理论依据。

梆子戏除了高亢的特点，有的也表现为优美明丽，这让民间百姓听后心情也舒缓放松、快乐自然，这样更利于梆子戏的流传和发展。尤其是抗战年代，在很多戏面临生死存亡的时刻，梆子戏能够传承下来并一直发展下去，实属不易，但同时，戏曲也被赋予了特别的时代使命。那些历史事件中可歌可泣的英雄人物被创作者搬上梆子戏的舞台，鼓舞了一代又一代的人民。身处抗战中的人民在戏剧的鼓舞下，内心充满爱国主义情怀和对民族振兴的强烈愿望。

梆子戏是中国传统文化的继承者和传承者，在服装、造型上也一直在发展和进步，一定程度上表现了中国服装的审美特色，也让一些古代的服装造型得以保留。

# 北路梆子

● 杨晋林

郭沫若看过北路梆子后忍不住击节赞道:"听罢南梆又北梆,激昂慷慨不寻常。"

其实,声腔艺术的最高境界,不是高山流水,巧遇知音,而是发轫于天籁,还原于自然。而我很难从现实的流行音乐里捕捉到北路梆子丝丝入扣的唱腔和剥啄悠扬的慢板了。也许是对时尚的不适应吧,虽然我一直生活在北路梆子的发祥地,生活在这片广袤而坡岭沟坎层出不穷的黄土地上,这里依然是北方仲夏的田园,依然是北方充满山曲野调的青纱帐,然而曾经散发泥土清香、俚音十足的梆子腔却如同家门口那条滹沱河一样,几近断流。

我的北路梆子啊!

应该说,那是一条禁锢在我心湖里蔚为壮观的声乐之河。多年来,我在每一个寂寞的晨昏都要打开缰锁心湖的直棂窗,任那浩荡的声之水、乐之波、韵之涛、律之浪拍窗而入,浸沐我的全身,我会在北路梆子激昂的旋律里迎来日出,送走落日。

可能是一幅厚实的大幕里泻出动听的梆胡声,可能是老槐树下兀自妙曼起的一串高玉贵式的清唱,可能是木制的老式戏台上浓缩了的一段水步过场。极简约的形式却奔腾出一片音乐的潮水,肆意挥洒在上一辈人驻足过的土地上。侧耳聆听那一阕清爽的须生花腔吧,它正要穿透山间的明月、林中的艳阳,如同大江的碧波向每一扇关闭的心窗滂沱涌来。我的那些淳朴善良的先人们,无不在这亢奋的声浪里把粗糙的日子过滤出细腻的遐想,尽管那时候的生活只是一碗缺盐少醋的莜面河捞饭,尽管唱戏的青衣要为果腹暖衣而吼破天……挺括的蟒袍,横陈的玉带只代表精神境界的最高庙堂。从前的"狮子黑""金兰红"和"九岁红""云遮月"把这一出融汇古今人物的"上路戏"倾注进音乐的浪涛里。

很显然,北方的风花雪月里从来都不欠缺丰润的色彩和明快的动感。仿佛一层由远及近的细浪凝重推来,其源头既非江河,也非高山,而是农民脚下的一方泥土,鲜活得好似四弦弹出的一片跳跃的音符,华丽得好似美人婆娑的裙幅,激越得好似黄河之水天上来……有时,一阵有板有眼的流水过后,宛如几个慈祥的老者袖着两手静坐在背风的门洞里悠然笑谈年景,于是那一汪音乐的江水越流越长,越流越有了韵感,越有了厚重和沧桑,有了超乎想象的跌宕和迟缓;有时,那音乐之水如一束巨浪扶摇而起,触到了天之眉骨,其状"若垂天之云",竭尽狂飙的奔腾激越之势。戛然间,河水退去,声浪顿消,大幕徐徐落下。

通常,在葱绿的黄土高原,一个其貌不扬的后生也许会突然吼出一声"秋去冬来梅花放,阵阵春意透寒窗"的慢板高腔;一个坐在廊檐下择豆角的女人也许会轻哼上几句"我要上一两星星二两月,三两清风四两云,五两火苗六两气,七两黑烟八两琴音"的流水板。在这里,你越来越接近北路梆子的故里,一脚不慎可能就踩出一声嗨嗨腔。

老辈人说:"上路戏生在蒲州,长在忻州,红火在东西两口,老死在宁武朔州……"

在宁武朔州的沟沟汊汊里,你忽然听到一串流利的滚白、一串高亢的花腔是不足为怪的。

但是,"三顾园"散了,"五梨园"倒了,"成福班"也关门大吉了,北路梆子慢慢消失在绵绵的山梁后面了,而许多许多北路梆子的票友却没有任何的思想准备，就像青梅竹马、耳鬓厮磨的邻家小妹突然坐上了别人的花轿……

我的北路梆子啊，那是我心中永恒的圣音啊！我一直认为北路梆子是中国戏曲领域最具活力的典范，甚至敢断言除了北路梆子，其他任一类戏种都难以承载它的浑厚和酣畅。比方旋律散漫、濒于说笑的二人转，多少沾染了白山黑水的滑稽和调侃；比方八百里秦川上粗犷豪放的秦腔，十三门角色轮番登场，热热闹闹诉说的不过是一段渭水河畔的艰难岁月……仅此而已。也许，最具活力的中国戏曲不单是国粹京剧，也不单是迤逦温婉的昆曲，也应该有黄河流域酣唱了几百年的北路梆子的一席之地，甚至它的母本晋南蒲剧都不能望其项背。

在中国的北方，在黄河与长城拱臂包举的苍茫空间，它是一股湍急的大江之水！在它落入黄土地的一瞬间，已注定它的命运将与这块土地同生死共枯荣。在它肆意流淌的地方，冲刷出一片片碧绿鲜红的青纱帐；在它袅袅走过的地方，会有一乘泥红的小轿流水一样飘出朱漆大门，然后一个身穿彩衣彩裤的女子轻烟一样尾随在轿后，摇曳出婀娜的一溜水步；接着是一串欢快的板鼓，一串清脆的倒板，风摆柳样旋出如水的圆场。

弦起琴落，岁月又婉转吟唱了几十年。

很久了，那一簇音韵醇厚的浪花，恣意飞扬在黄河与长城交织的山形地貌间，溅湿了黄土地厚厚的一本史籍。或许是从元曲的曲库里汲取了丰厚营养；或许是从宋词的婉约里嫁接了淳美意象；或许是从盛唐奢靡的歌舞里遴选了朝衣出水的媚艳；或许是从秦汉野蛮的祸乱里效仿了快刀快枪的铿锵；或许什么都不是，它就是从田园牧歌里抄录了几段音律和仕女的嬉笑与缱绻……马锣、梆胡、战鼓；花腔、介板、倒板……

这是北路梆子抑扬顿挫的魂魄呀，这是北方人民耳熟能详的一阕天籁。

也许北路梆子只适宜生长在北方。这北路梆子恣意流觞的北方啊！

百年以前，或者更远的时候，苦难的北方就把它捧上戏楼，那些被称作舞亭、舞楼、乐楼的古戏台上经常上演着秦香莲、秦雪梅、穆桂英式的悲情故事，这样的故事与野地里凄凉的二人台、孤单的爬山调，共同滋润着乡民们缺油少盐的生活。

当年的古戏台上梆腔激越，弦歌嘹亮，古戏台下千人瞩目，人头攒动，那是怎样的动人心魄，荡气回肠啊！我不知道那些台上唱戏的艺人，那些台下看戏的观者，各怀怎样的一种心情，但我知道他们是用心来唱、用心来听的。

北方的梆子戏就是这样深入人心。

我父亲说，他青春年少的时候，是村里出了名的戏迷，经常跟着戏班走村串寨，日本人打进忻口关那一年，他熟知的几个戏班却都消失了，就连县城里颇有名气的万庆园也挂起"经营不当，欠薪歇业"的牌子，十六红、小电灯、高玉贵、二虎旦、赛八百、贺三黑等人都各奔东西。父亲就像断奶的孩子一样，成天魂不守舍。不久，从崞县传来消息，那个曾与九岁红同台献艺的十三旦，在老家被人枪杀了，年少气盛的父亲直奔东山，他要为死去的十三旦报仇。路上恰逢几辆给游击队送军粮的马车，赶马车的汉子忽然吼起了《翠屏山》，他唱的是杨雄醉归一段，穿云裂石，字正腔圆。父亲禁不住叫一声好，赶车的汉子笑道："你小小年纪也懂戏？"父亲反问道："听戏还分年龄？"那人听罢哈哈大笑。父亲怎么也没想到，哈哈大笑的不是别人，正是他久慕其名、访而未得的九岁红高玉贵……

一定是保德州的山药蛋颐养着胡子生厚实宽广的音腔；一定是神池县的胡麻油滋润着青衣正旦如莺百啭的歌喉；一定是五台山醇厚的佛音教化了小丑的插科打诨；一定是雁门关乖戾的风声激荡着大花脸的长拳短打……以至于连年战争也未曾将北路梆子的

艺术消弭。1946年，定襄城一解放，赶马车的高玉贵就四处奔走，收拢诸多歇演的艺人，在旧县衙前的老戏台上为家乡父老排演一出《逼上梁山》，玉梅红演林冲，青衣焦能通演林娘子，他自己反串白脸高俅。

在定襄，说起九岁红高玉贵来，上了年纪的人都能回忆起当年那一场戏。劫后余生的乡亲们，听说高玉贵要搭台唱戏，都携着板凳静坐在三间门脸的戏台下，单等那开场锣通通堂堂敲起来，人们的脸上重新焕发出对生活的热爱和希冀。那一天，台上唱戏的使出浑身解数，台下听戏的禁不住喝彩连天，台上台下你唱我和，艺人们的一招一式，观众都能道出子丑寅卯来……老人们说，那场戏唱得真是好，可惜就唱了一天。戏班是被卷土回来的晋绥军冲散的，城里城外枪声大作，逃难的人群里，北路梆子四大坤角儿之一的玉梅红孔丽贞不幸被一颗流弹击中……

北路梆子啊，你尽可以忘记那些万人空巷带给你的激情和欢愉，唯独不可以忘记你一路走来的坎坎坷坷，还有血，还有泪。

山乡庙会流水板整天不息，村镇戏场梆子腔至晚犹敲——这是写在古戏台上的楹联。北路梆子的戏班从来都是一股活水，流到哪里算哪里，四海为家。早年间续西峰在崞县西社村成立了两个戏班，一个叫大班子，一个叫二班子。他选的角儿也非同凡响，十六红、十八红、八百黑、九百黑、滚地雷、养元旦、白菊花……能唱能打也能忽悠台下的老百姓，他们除了给西社人唱，还要收拾起锣鼓家伙远赴宁武大同，搅和得关里关外风生水起。

我的北路梆子啊，你是一片烟波浩渺的湖泊吧？在你微波不兴的湖底下，有暗流鼓荡；你是萦绕在田埂上的一曲天籁吧？一边是庄稼地，一边还是庄稼地。唱戏的不拘是敷彩画面的艺人，也不拘是荷锄执担的农民，那一嗓子透彻云霄的高腔下是东家葫芦西家瓢的五味杂陈，乡村的日子可以拒绝富贵和荣耀，却不可以拒绝抑扬顿挫的上路戏。《王宝钏》《血手印》《李三娘》《访白袍》……

一折折古色古香的戏文是乡村永难背离的生活况味。梆子一击，锣鼓一敲，嘈杂喧闹的戏场立刻鸦雀无声。青衣上场，须生下场，老旦登台，花旦下台，流水一样来去，喜为前人喜，忧为前人忧，唱戏的不觉得怎样辛苦，看戏的反哭成一片笑作一片了。听戏的慢慢听了进去，兀自觉得自己变成穿戏装的古人，以为是怀才不遇的相公呢，以为是抛绣球的公主呢，以为是《十五贯》里的娄阿鼠呢……然后，乡村的天空也是古旧的，如铜镜里的模样。

北路梆子啊，从你诞生的第一天起，你就打好了油彩，戴好了髯口，在弦胡笙管乱弹的声浪里登场了。手擎金瓜，背倚罗伞，滴溜溜一个筋斗云落在台上。仙袂飞扬起唐室的朝衣艳舞，箭板敲击出万马驰骋的大场面，昂扬挺拔的彩腔，清晰稳健的道白，出神入化的水袖，炉火纯青的坐派，不正像滹沱河涣涣的河水有时泛滥，有时温婉吗？于是，婉转的旋律、高亢的嗓音充斥着我们生活的每一寸空隙，包括吃饭和睡觉，包括我们生命的始与终。

多少年来，"金水桥"下喧哗的护城河一再漂洗着闵子骞的"芦花"寒衣；"五雷阵"的清脆铜音也总能惊扰埋头算粮的王宝钏。原本就是北方农家炕头茶余饭后的一种享受；原本就是辛酸岁月混沌人生的一种额外补偿。无论夹生野草的青石台阶，无论黄泥滑溜的田间小径，无论麦场，无论井台，眼瞅着七品县令变成断案包公，摇旗的卒子，打扇的宫女，咿呀啼哭的秦香莲，吹须瞪眼的太师爷，都闹嚷嚷顺着百年老墙的裂缝，飘逸到今天的水泥阳台上，时光蓦然老了，老成一缕过眼云烟……

当年看戏的小子摇身一变成了听戏的老翁，老翁含混不清地说他再也看不到北路梆子了，只能抱着戏匣子听。老翁说，如今什么都好，唯独不该把北路梆子给唱没了。这样的话是有道理的，老翁说他年轻时候唱戏的名角儿可真多啊——金兰红、云遮月、水上漂、小电灯，还有后来的二梅兰、狮子黑、白菊仙、筱金凤……可惜一个一个都走了，改行的改行，老掉的老掉，也有实在唱不下去的,再入戏的艺人也不可能永远生活在台上,台下的忧患远比戏台上丰富得多。对于北路梆子的生存,年轻一点的艺人最有发言权,只是他们大都改唱流行歌曲了,也有夹杂在响器班子里跟人跑事宴的,喜宴上唱《算粮登殿》;丧宴上唱《三上轿》……唱着唱着有人就提议来一首《天路》吧,来一首《青藏高原》吧。

……

我父亲今年八十有五,他念念不忘的还是当年那个赶马车唱《翠屏山》的高玉贵。父亲说他曾唱着高玉贵的《访白袍》肩挑一副担子奔赴解放太原的最前线。尽管被一颗流弹打残了左腿,但他依旧在家乡的土地上嗨嗨了几十年的慢板花腔,那是一个忠贞不渝的票友剥去戏衣后的精彩清唱啊!我深情地回味着这一段父辈们传承北路梆子的坎坷岁月。

北路梆子啊,在我一如白纸的心页上落满你大段大段的滚白,还有你曲折的弯调,流利的夹板,但北方的黄土地上毕竟生疏了你浑如黄河一样放纵的声涛乐浪,那一群骨骼粗大的庄稼汉们再也吼不出属于高粱地的纯正的嗨嗨腔,小电灯的光彩黯淡了,九岁红的绕梁之音间断了,宫莺百啭、罗袖曼舞的金兰红也老死在了宁武朔州……

在送走小电灯、九岁红、金兰红之后的日子里,酣畅淋漓的北路梆子似乎成了绝响,但我相信,总有那么一天,这块民族声乐的璞玉会重放光彩,无论经歌喧器的台怀佛地,还是旧貌换新颜的雁门故关,一定会重新唱起响遏云天的北路梆子,并且经久不息……

# 村戏

刘善民

在村小学的墙壁上，悬挂着一把旧板胡。轻轻拭去上面的灰尘，红木制作的琴杆，古色古香，光彩依旧，上面镌刻着"饶阳县文化馆赠"的字样。老师说，这是县里给村戏班的奖品，时间大概是20世纪五六十年代。

谈及戏班，村上老人们难以掩饰满脸的荣耀。

我村的戏班年代久远，20世纪初非常活跃，其表演形式叫"船头调"。小时候听村上一位小脚老太太唱过，内容和那首"妹妹你坐船头，哥哥在岸上走"差不多，古道沧桑，酣畅淋漓，韵味酷似山西梆子，给人一种溪流汇集出山的感觉——奔放、跌宕、缠绵，从内容到艺术特色，都映照着一种渔耕文化。我村是明朝洪武年间从山西榆次迁移而来，我想，船头调或许与此有关，可惜相关资料已经失传。

每到秋后，戏班的角儿们便打点行头，从吕汉码头坐船去天津杨柳青镇，一边卖艺，一边卖字画。据说，我曾祖父是主要组织者之一。曾祖父名"柱"，人们喊他"戏子柱"。爷爷说，其实曾祖父没有登过台，只是有文化、有威望、热心肠，常在村里说和事，所以负责牵头张罗。按现在的话说是组织者或剧务，往来的账目和服装道具都由他负责保管。

抗日的烽火燃烧到滹沱河边，戏班把表演由船头调改为短小精悍的话剧，以其自身的优势投身到抗日救亡之中。一般都是上级党组织传送宣传提纲，大家根据情节创作编排，在群众中演出。如表现农民参加八路军、备军粮、做军鞋等。女青年刘志国是当时的杰出代表，她带领文艺队和儿童团到大迁民庄参加抗日会演，演出剧目新颖，演技高超，感染了全场，受到冀中首长的重视，吸收她进入冀中军区文艺培训班，并被火线剧社选中。从此，她跟随抗日队伍转战平原，由一个穷苦出身的农村姑娘，成长为光荣的八路军战士。战火中她与部队剧作家傅铎结为伉俪，共同创作，共同战斗。

小小乡村戏班，为国家培养和输送了英才。从村戏班走出的土娃娃不下十人，他们分赴京津鲁等地，抗战救亡，建设祖国，很多人还步入领导岗位。

挖掘我村的历史发现，铿锵的锣鼓最热烈的时候，当数中华人民共和国成立之初。翻身的农民，从漫长的压迫中醒来，抖去满身的尘垢和屈辱，扬眉吐气，载歌载舞，表演由小话剧改为河北梆子和京剧。村民集资购置锣鼓道具，到蠡县胡家营请来师父传经授艺，各户抢着管饭，争相学习。村戏成为一种时尚，一种身份，一种释放，一种美的象征。年轻人谈对象，也暗自青睐文艺青年。从白头翁到开裆裤，大家踊跃参加，热情高涨。尤其是村里的发爷，最为痴迷。他当时五十多岁，带领全家同台演出。他在《空城计》里扮演诸葛亮，其老婆、儿子各有角色。除了集体排练，一家人回到家还要加班，炕头是舞台，扫帚是道具。往往饭菜端上桌，发爷先要来一段"站在城楼观山景"，而后才吃饭。

因人们对戏剧的痴迷，村里留下了许多逸闻趣事。我姥爷自幼习武，尤喜刀枪，在一场戏里扮演关公。按照规定动作，与对手大战几回就该兵合一处。但随着锣鼓的张扬，姥爷来了兴致，忽然撇开套路即兴表演。他抡起大刀，追杀不停，直闹得对方难以招架。后台几经催回，他置之不理。由于用力过猛，大刀断为两截，戏演砸了，也留下了笑柄。

在村戏里，人们争扮主角是常有的事。村里有个女演员，人长得漂亮，唱念做打功夫了得，总争着唱主角，但性格乖戾，常常临上台发脾气撂挑子，在关键时刻冷场。因此，只要她出演的角色，都要悄悄配好替补演员，以备救场。

前几天回村，大舅高兴地拿出一张《衡水日报》和两张照片让我看，他说："最近和几个艺校的老同学在县城聚会了，这是我们当年的合影。"我接过发黄的照片一看，是他十来岁时去献县学戏时照的。那是 1960 年，饶阳行政区已划归献县，他和本村刘铁网及本县几个同学，到献县京剧团、评剧团学戏。一个个稚嫩的脸庞里透露着朝气，他们怀揣梨园梦，毅然离家学艺，真是令人佩服。

大舅说："咱村闹戏闹得热闹，当时外出学戏，就是受村里这种氛围影响。少小离家，这也是一条出路。"现在他们都是 70 多岁的人了，分别生活在不同的地方，偶尔聚一聚，回味曾经的舞台生涯，情意绵绵。

我村闹戏的传统一直延续到 20 世纪 70 年代。那时，只要开群众大会，会前，村干部都要带头唱上几段；再就是配合不同时期的中心工作，比如为了宣传计划生育、反对赌博，随机排练了一些折子戏——河北梆子《同上战场》、评剧《园丁之歌》，主要演员是学校老师和学生。我参加了这两出戏的演出，老师让我负责"座鼓"。敲鼓、打板不是一件容易事，鼓手是锣鼓班的指挥，不但要记住谱子，手头也要精准利落，还要专盯着演员的手眼身法步，快了不行，慢了也不行。我在学校勤学苦练，回到家，把吃饭的碗扣过来，碗底当小鼓，筷子作鼓槌，反复掌握要令。什么"前奏曲""紧急风""尖板头""冲头"等，还真学了一点皮毛。大家每天晚上在学校排练，学校还专门从吕汉村请来一个纪姓的老太太当师父。我们的戏演得有板有眼，后来分别参加了公社和县里的会演，受到好评。记得一个老干部说："大齐村唱戏有底子。"

这就是我的村庄，她从遥远的琴声中走来，一把板胡，一腔小调，叙说着岁月悠长。村戏文化，特色鲜明，花开满园。

当年，村戏搞得活跃的不仅仅是我村，吕汉村的评剧、官佐村的笛子调、河头村的丝弦、官亭村的狮子舞等，以不同的风采活跃在历史的舞台。而今，建设新农村的号角回响在希望的田野，广场舞、传统戏交织在一起，以其宏大亮丽的阵容演绎着新时代的风流。

# 花灯戏

huā dēng xì

## 概说

花灯戏是由花灯歌舞发展而来的一种戏剧艺术形式,属于民间小戏剧种。主要以歌舞表演为传统节目形式,流行于四川、湖北、云南等地。一开始是农民为庆贺丰收和春节时平地围灯边歌边舞的「跳灯」,后来逐渐发展为有故事情节的「灯戏」,有的地方也叫「灯夹戏」「花戏」等。大多数地方有固定表演日期,集中在元宵节前后,但有的地方也无固定时间。

## ● 渊源

花灯戏历史悠久，早在隋唐时期就出现了花灯戏雏形。据唐代卢照邻《十五夜观灯》记载："锦里开芳宴，兰缸艳早年。缛彩遥分地，繁光远缀天。接汉疑星落，依楼似月悬。别有千金笑，来映九枝前。"宋代陆游在成都所作《汉春宫》词曰："元夕灯山，花时万人乐处，欹帽垂鞭。"可见时人办灯会庆祝节日盛典的习俗自古有之，这些记载，实际上属于"有灯无戏"的灯会，与能够独立表演的花灯戏还有着很大区别。

我们现在看到作为独立表演出现的花灯戏约在明代才发展起来，是由地方戏演变而来的。据历史较早的四川地方志《洪雅县志》记载："明嘉靖年间洪雅元夕张灯放花结彩棚，聚歌儿演戏剧。"《阆中县志》也提到过嘉靖元年阆中五月十五日瘟祖会、城隍庙会等场合出现过花灯戏："醮天之夕，锣拔笛鼓，响遏云衢，演灯戏十日。"可见，明代时四川花灯戏已经比较普遍。

随后花灯戏便进入缓慢发展的阶段，明末清初时期曾一度因为战乱而难以为继，直到清朝前中期社会稳定，人民生活安逸，娱乐消费需求大大提高，花灯戏才进入蓬勃发展的时期。清朝有许多西南地方志记载了关于民间歌舞演出的盛况，包括花灯、茶灯等，花灯戏广泛流行于云南、贵州、四川三省，由花灯歌舞经过长期的演变，吸收戏曲的表演方式及结构特点，逐渐发展成小戏；有的则较多地保持着花灯的歌舞特点，搬演戏曲故事。被称为"灯戏"和"花灯戏"，俗称灯（夹）戏、花戏等。西南地区由于自然地理环境的差异和历史、政治、经济、文化发展的不平衡，花灯戏在剧目题材、声腔结构、表演特点上都有差异。

## 文化意义

　　花灯戏是来自民间的曲艺，整体形式并不复杂，表达通俗易懂，剧本人物少，情节简单，唱词和道白也易于理解，朗朗上口，唱腔吸收了民歌小调的特点，欢快明朗，表演动作活泼风趣，歌舞动作难度低，有独到的表现生活的小喜剧，民俗风味浓厚。自现代重视民俗保护后，花灯戏得到新生和发展。对花灯戏传统剧目和音乐进行了收集整理，并创作了一批新剧目，不断提高了演出质量，涌现出了《划线》《十月花》《张木匠和妻》《十月小春》等一批优秀的剧目。唱腔曲调则博采众长，熔阳戏、傩戏、曲艺、高腔以及其他戏剧剧种曲牌于一炉而综合发展，趣味浓厚。

# 花灯锣鼓闹新春

● 朱仲祥

"花灯正好月华催，无那书声入耳来。看戏看花都未了，伤心竹马竟成灰。"这是清人刘沅所作的一首《蜀中新年竹枝词》。他自注云："新年诸戏，俗名花灯，儿童有娱久而畏入学者。"是说春节里花灯到处演出，把少年儿童都吸引过去了，以致只想过年看灯，不想上学读书。

花灯是流传于四川的一种民间文化娱乐形式，兼有四川锣鼓、山歌、灯戏、杂耍等特点，川味浓郁，流传广泛。四川花灯，还有老灯和新灯之分。老灯就是流传较早的花灯，即由川剧微缩成的"灯戏"，主要以戏曲曲艺说唱为主，辅之以简单的打击乐器，以增加感染力。已获定名的"四川灯戏"，早已被《中国大百科全书·戏曲曲艺》分卷收载，列入"戏曲声腔剧种"。新灯则是在传统基础上，融合民间喜闻乐见的歌舞、杂耍等表演形式，拓展和丰富了花灯的形式和内涵，更符合当代人的欣赏趣味。据专家研究，这种歌舞小戏，源于乡村节庆时平地围灯边歌边舞的"跳灯"，生活气息浓，表演形式活，充满喜乐色彩。

四川花灯的历史起源，没有确切记载。但从零散的诗词歌赋和民间故事中，可以大致判定为源于明朝末年，兴起于清朝中后期。也有种说法是起源于两千年前，据说佛教传入中国时，人们隐约看见月光下有一群神仙在翩翩起舞，忽然场面被一片

❀ 《升平乐事图》之《白象花灯》

浮云遮挡住了，人们大为恐慌，于是纷纷点亮火把打着灯笼寻找跳舞的天神。从此以后，张灯结彩歌舞娱乐便成了每年春节的习俗，目的是祈求来年风调雨顺，吉祥安康。但那是一种广义的花灯，南北都在流行，官民皆可参与，包括了五彩缤纷的灯会、人潮涌动的游园和猜谜等，官府以此体现与民同乐，大户人家以此显摆。

在四川民间，花灯作为一种戏曲曲艺形式来传承，应该是在清朝鼎盛时期。这时的花灯以坐堂说唱的形式出现，有简单的乐器伴奏，靠的是嘴皮上的功夫。清末的文化名人嘉陵公子，在其竹枝词诗中写道："一堂歌舞一堂星，灯有戏文戏有灯。庭前庭后灯弦调，满座捧腹妙趣生。"正是当时花灯演出场景的写照。在四川省会成都，过年唱花灯赏花灯依然十分受追捧，锦江边的一些茶园子老板，或者宽窄巷子里的大户人家，便会请灯班来坐堂演唱贺春，而且要唱到元宵节之后才肯罢休。那时不仅民间艺人是主力，一批文人墨客也参与其中。出生于四川罗江区的中国戏曲理论家李调元，经常与一批相关人士切磋，并亲自创作花灯曲目，这些曲目有一部分收录进他编纂的《童山文集》。嘉庆年间定晋岩樵叟的《成都竹枝词》亦云："过罢元宵尚唱灯，胡琴拉得是淫声。《回门》《送妹》皆堪赏，一折《广东人上京》。"

城里如此，乡下更盛。据记载，道光年间江西人黄勤业入川宦游，三月三抵达四川嘉定府井研县境内，见春节里的花灯盛行城乡，常常是五六个、十来个人一个花灯灯班，走村串户进行夜场演出，敲锣打鼓，载歌载舞，给节日增添了喜庆快乐的氛围，后来他在《蜀游日记》中写道："乡人作优戏，登场不多人。""其班曰灯班，调曰梁山调。"可见，观灯唱戏习俗在乐山及周边地区由来已久。

纵观花灯的发展历史，是一个逐渐演变、丰富和完善的过程。有的专家把四川灯曲史归纳为"有灯无戏""有戏无灯"和"有灯有戏"三个阶段，描述了从唐宋、明清到现代的花灯发展历史，应该说是比较准确的。

我出生于20世纪50年代末期，老家在四川盆地西南峨眉山麓，春节看花灯是过年的一大期盼。记忆中的故乡花灯，一般是由村里有威望有专长的热心人，召集一拨相同爱好者，组成一个"灯班"，每个灯班一般四五人，也有十多人的。人员分工有主唱、三花脸、幺妹子和乐师等。主唱是整台节目的灵魂，一般是承担主打说唱节目，见真功的也是主唱，唱法分"柳连柳"和"金钱板"，唱的内容并不严格区分，除每场的开场"打头"外，著名的唱段有《白蛇传·断桥会》《梁山好汉·武二郎》《柳荫记·百花楼》和《刺目劝学》等，主唱的表演也起到串联一台戏曲的作用。而"三花脸"和川剧里的白鼻子丑角接近，出场时也要画上白鼻子，是专门插科打诨"吹牛日白"的，也就是耍嘴皮子功夫，其插科打诨的说唱和滑稽夸张的表演动作，往往逗得观众哈哈大笑。峨眉山、夹江等地还流传着一种民间艺术形式叫"堂灯"，就是在农家堂屋里表演，一般是一男一女唱对手戏，有剧目有故事，有唱曲有伴奏，表演诙谐逗趣，观者兴味盎然，应该是老式花灯的一种传承。

但我最喜欢的还是幺妹子扭秧歌。这些娇小俊俏的川西幺妹子（小姑娘），穿着偏扣窄袖的红上装，下着绿色裤子，显得活泼喜气,她们的主要任务是扭秧歌"柳连柳",或与三花脸一起表演滑稽小品,有点像北方的二人转。"柳连柳"是一种边跳边唱的歌舞表演,漂亮的幺妹子们(也有男扮女装的),手拿一根长约四尺的铜棍或竹棍,在中间嵌入一些古铜钱以便发出乐音,称为"金钱棒"。表演时随着曲调扭着秧歌,右手握住金钱棒,有节奏地敲打在肩、腰、腿、鞋子或地上,发出节奏明快的"哗哗"声响,好看又好听。伴奏的乐器比较简单,主要有锣、鼓、钹和碰铃等。她们载歌载舞,动作妩媚,节奏感强,往往能够把一台节目推向高潮。

除夕里一家人团聚,祭灶神祭祖先,这些必不可少的仪式化程序进行完毕后,到了正月初三,乡亲们就开始放松,走走亲戚,娱乐娱乐。这时各村的花灯班子就开始登场,挨家挨户上门表演,给主人家送去欢乐吉祥,也从中获得一些报酬。其程序是:白天表演队先派人到要去的人家门上贴上"红帖子",意在告诉这家人要做好迎灯的准备。红帖子要家家都发到,否则被遗漏的人家会认为是瞧不起他们,有看重面子的人家会追上前来,非要讨一个说法不可。到了天快黑时,表演队就出发了。因是在晚上表演,还需用竹竿挑起一盏大红灯笼在前照明引路,灯笼上贴着花花绿绿的图案,很有民俗意味,也引起观灯乡亲们的关注。在这盏"花灯"的引导下,表演班子锣鼓唢呐吹吹打打一路走来,然后从发了帖子的村头开始,一家一家地演唱。

到了某个人家,有的主人不会轻易让你进到院子里,而是先关上大门唱"开门歌",也就是用山歌对唱的方式一问一答,歌中所出的题目尽可能刁钻,回答的答案要主人满意才会开门。进到院子里后,由领头人说出四言八句,向主人致以新春的祝贺,然后才开始表演。表演节目则根据该队组成人员的特长来安排,会唱川剧的来段川剧唱段,会舞牛儿灯、狮子灯、龙灯的,来段相应的表演。舞狮的,一人在前面逗狮,实则是引导,具体舞的,竭尽全能跳上跃下,翻滚腾挪,表现狮子的威风凛凛和活泼可爱;舞龙灯的,用一布条做龙身,再安装上彩绘的龙头,三两个汉子左右挥动,舞得翻江倒海虎虎生威;舞牛儿灯的,用黑布蒙在牛形骨架上,再安上牛头牛尾,由两个精壮汉子表演,主要模仿一些放牧和农耕的姿态动作,表现牛的憨态可掬、老实笨拙。当然因为时间限制,在一户人家一般只表演其中的一两种,也不会坐下来唱川剧折子戏,除非主人家身份特殊。不过在每户人家的表演结尾时,都少不了幺妹子扭秧歌,她们配合铜铃敲击的乐音,唱着"柳连柳"的歌曲,舞动哗哗响动的金钱棒,迈着眼花缭乱的秧歌舞步,将小小的晚会推向高潮。

最后,当然是主人表示答谢。他们有给现金的,也有给年货的,什么香烟、白酒、腊肉、年糕、挂面等,能够拿出手的都行。一般情况下,特别是时间还早的话,主人还想考考花灯队的武艺,故意将谢礼包装好,挂在一根两丈多高的竹竿上,要花灯队派人爬上去取。但花灯队里早就准备了这类人才,只见走出一人来,灵巧地抱着竹竿,猴子似的嗖嗖爬了上去,很快就将谢礼拿到了手中,还要在上面做个怪相,逗得观众哈哈一乐。还有难度更大的,就是"翻五台山",把五张八仙桌叠在一起,放在院子中央。一个头戴笑和尚面具的人,倒立着从下面的桌子开始,一层一层翻到最上面的桌子上,还要在顶上做各种惊险动作,确实是十分过硬的功夫活。也不是主人有意刁难,就是想增添点快乐气氛,当然对不同的表演,所支付的酬劳也是不一样的。主人家表示酬谢时,灯班必须当众表示感谢,一般都要按夸大了十倍的数额来报,比如主人给了十元钱谢礼,报出来的数是"感谢主人百元大礼!"主人家打赏的是两包香烟,灯班报出的必须是"感谢主人家打赏香烟两条!"至于具体是多少,大家心知肚明,春节里唱花灯赏花灯,图的就是高兴,图的就是彩头。

谢礼完毕,花灯队随即出了门,又来到下一家重复刚才的程序和表演。正月里元宵节前,他们就这样,不知疲惫地唱了一家又一家,熬了一夜又一夜,苦中有乐,乐此不疲。有时遇上喜欢搅和的人家或者大的村子,表演完时天都快亮了。虽然唱花灯的人辛苦,主人家等得也很辛苦,但无论多晚都要一直等着,等不到花灯队来不会睡觉。乡亲们把到自家唱花灯当成一种荣耀。迎接花灯表演队的到来，似乎就是春节中的一件大喜事。

那时候农村文化生活单调枯燥，一年到头没有几件乐事。所以大人孩子都看重过年的花灯。每年等到正月初三，小孩子们就到处打听灯班的消息，盼着红帖子贴到自家门上，盼着吹吹打打的乐器在村子里响起来。一听说晚上有花灯表演，就如同听说晚上要放电影一样，一个白天的心思都在这件事上面。每当花灯队出现在村口，就揣了家里的糖炒黄豆和炒花生，带上一只手电筒，不要命地奔到接灯的人家，从密匝匝的人堆里钻了进去，在靠前的地方站定位置，一眼不眨地从头看到尾，脸上那个笑啊就不曾收拢过。这家看完了，又跟到下家，下家看完了再跟到下下家，一直要等花灯班子整晚表演结束才肯罢休。已是数九的寒冷晚上，跟过来跟过去，居然没有一丝困倦。那时最羡慕的就是那些能说会唱还会舞龙舞狮的灯班成员，还有那些人长得美舞跳得好的扭秧歌的姐姐。这些花灯班子里的哥哥姐姐，无疑是我们少年时代崇拜的明星。

现在随着时代的发展，人们更喜欢流行歌曲、现代影视，不再对土了吧唧的花灯表演感兴趣了，过了除夕也不再有唱花灯的锣鼓声在夜幕笼罩的村子里响起。特别是近年来，人们纷纷进城打工去了，好不容易等到春节回家全家团聚，可一等除夕过了，又要匆匆准备着返回打工的城市，更没谁有心思来张罗唱花灯的事。

虽然在四川一些地方，政府把花灯列入非物质文化遗产进行保护，也引入一些声光电的现代科技手段和舞台艺术进行推陈出新，但依然难以挽回它的颓势。只有在一些政府主办的大型节庆活动上，才能偶尔看到花灯的某些表演形式。

## 远程视频里的"花灯表演"

赵锋

母亲从老家打来电话问我："用手机怎么拍视频？"在电话里我反复给她讲解："打开拍照功能，选择录像，按红点开始录制，再按红点就可结束。"不一会儿，电话又打来了，她说："还是录不上。"我又给她重复了一遍操作流程。十多分钟后，她又打来电话说："仍然录不上，操作不对。"我说："您再试试。"心里想这是要录什么？这么急？我问她："您这是要录什么内容？"她这才说："今天是元宵节，下午镇里要来表演花灯的人，我想录点儿视频发给你们看看。"

我这才明白母亲为什么这么急切地问怎么录视频。母亲自从用上智能手机，有了微信后，很愿意学习使用智能手机的方法。经常使用微信语音功能给我们发信息。春节时，我还跟她开玩笑说："您比我都时髦。我都很少用语音功能。"她笑笑说："语音使用方便。"

母亲反复尝试录视频，效果不好后，她给我出了个主意。她在电话里说："你不是在院子里安有视频监控吗？你能看得到不？"我说："当然能看到。"她接着说："那你从监控里录点儿视频可以不？"

我心里一乐，这老太太主意还不少。但这的确是一个办法。我立刻回答："可以，只是清晰度可能不够。""只要能录下来就行了。"她愉快地回答。

下午五点多,她又打来电话说:"马上就来我们家了,你注意看视频监控。"我说:"好。"其实在她提出要录视频的时候,我也抽空关注视频监控。在视频中,我看到了她和父亲两个人在院子里,父亲手拿扫帚仔细地扫院子,母亲则手持手机尝试录视频,一会儿扫描一圈院子,一会儿又把镜头对准父亲,让他别动,看录没录上。嘴里还念叨:"老四说这么操作,咋就是录不上呢?我搞错了?"

视频里,他们两人从下午四点多就开始在院子里出出进进地活动,忙得不亦乐乎,就是为了迎接花灯表演。

这一场景让我想起儿时跟伙伴们在元宵节时一起看花灯的经历。儿时,乡村生活较为单调,除了乡政府的露天电影院外,正月里大家最盼的就是花灯表演。正月无疑是孩子们快乐的时刻,大人们一般也会在这个时候放松对孩子们的管束,孩子们可以尽情地玩耍。花灯表演队一般从初二就开始表演,一个村一个村地跑,我们是乡政府所在地,有着先天的优势,总是能最先看到花灯表演。孩子们总是乐此不疲地跟着表演队走村串巷,兜里揣着零散的小鞭炮和瓜子,一边走一边嗑着瓜子,偶尔点燃一个小鞭炮,抛向空中,等待它在空中炸开,一副欢天喜地的样子,就这样,一群孩子成群结队地跟着花灯队,走过一个村,队伍就会长出一大截。

许多年过去了,父母在小院里奔忙等待着花灯表演到来的场景,我仿佛在这热闹的璀璨花灯里看到了他们的欢喜,就像我们小时候,一盏小小的花灯便能让一个孩子的元宵节变得灿烂辉煌。只要心里有爱,灯火便一如旧日般明亮,元宵便一如旧日般温暖。

下午六点半了,我在视频监控里听到了鞭炮声,打开视频,果然看到花灯队出现在了院子大门口,首先进来的是乐队,跟着是一头高大威风的狮子,舞狮人走在前面,引领着狮子做出搔痒、舔毛、伸腰、打滚、掏耳朵等动作,形态细腻逼真、憨态可掬,真的是惟妙惟肖。表演者在锣鼓音乐伴奏下扮成狗或者其他瑞兽(如貔貅、狮子）的样子，做出各种形态动作，以图喜庆与吉祥。狮子在众人的围观下舞得越来越欢，时而威武勇猛、雄壮威风，时而嬉戏欢乐、幽默诙谐，惹得众人捧腹大笑。

舞狮之后，轮到彩船队上场，撑船者跑进院子来，船队紧跟着进场，她们身穿水衣腰系战裙，腿穿短腿裤，脚穿白色长筒袜、登麻鞋，手执桨板引船作舞。随船起舞者，扮有彩旦、丑角、货郎等，帮唱和嬉戏，以烘托船舞，活跃场面。她们在乐队的伴奏下，高歌轻舞，光亮熠熠，五彩缤纷，璀璨夺目。表演动作文雅细腻，舞步轻盈稳健。

隔着屏幕，我也能感受到其间的热烈，看到了乡亲们脸上的笑容。在人群中间，我看到父母也像年轻人那样忙着拍摄，忙着与大家打招呼。想必这又是热闹的一晚，美好的一晚。

花灯表演结束后，母亲又打来电话问："你看到花灯表演没？可好看了！"她的声音里充满了激动和满足。我说："看到了，很热闹！"她又问："你录了视频没？我按你说的方法都录了，只是现在找不到在哪里。""您到相册里找，我也在监控上录了。"我答道。

我将录好的视频传到家庭群里，与身处各地的亲人们分享，让大家也感受一下这熟悉而又热闹的场面。

正月十五，圆月相邀。花灯璀璨，如星如昼。执爱人手，携亲眷游。东风依然，元宵依旧。

今日，上元，天上悬着新年第一轮圆月，守护着人间千千万万个团圆。不管身居何处，都不要忘记与至亲的人一起吃汤圆；不要忘记给父母打电话、通视频；不要忘记跟家人一起抬头看天上的一轮圆月。因为这才是既繁华美满，又深情万千的人间真情。

# 民歌

mín gē

## 概说

民歌是民间歌谣的简称,是世界各民族人民在劳动、民俗、社会交往、祭祀礼仪等活动中自发编唱、形式简练的各种歌曲的总称。正是因为其编者、演唱者、传播者都是民间大众,所以统称为民歌。「民歌」中的「民」既指民间,又包含了大众的意思。

老民俗

## 渊源

民歌有着非常久远的历史，早在原始社会早期，人类在进行狩猎、采集、建造、祭祀等活动中便开始了他们的歌唱。《吴越春秋》记载了一首从黄帝时期流传下来的《弹歌》："断竹，续竹；飞土，逐宍。"这是一首仅有八个字的上古歌谣，但的确表现出了一幅生动的狩猎场景。西汉刘安在《淮南子·道应训》中说："今夫举大木者，前呼'邪许'（yé hǔ），后亦应之，此举重劝力之歌也。"这里记载的是人们在劳动中呼喊的劳动号子。这些记载都说明民歌的产生与劳动密不可分。

《诗经》是我国第一部诗歌总集。其中的《国风》便是周朝的采诗官在十五个不同的地区采集的当地民歌，也被称为"十五国风"。这些民歌生动地反映了我国古代劳动人民的精神面貌，以及他们的创造才智。

《楚辞》是战国时期出现的在民歌发展史上具有重要意义的民歌集。《楚辞》包括两类作品，一类是屈原及其他楚国诗人根据楚国民歌曲调创制的新歌；一类是经他们整理的楚国民歌歌词。《楚辞》体现的是充满神秘、情感浓烈的楚文化。东汉王逸在《楚辞章句·九歌序》中说："昔楚国南郢之邑，沅湘之间，其俗信鬼而好祠，其祠必作歌乐鼓舞以乐诸神。"可见，楚人信鬼神，民歌也是一种"巫文化"。不过《楚辞》富于幻想的特色也为我国民歌的浪漫主义传统奠定了基础。

汉代时期，在各地传统声调的基础上形成了相和歌，南北朝又有了乐府歌的流行，随着战乱频发，民族大迁徙，进一步促进了各民族文化的交流和融合，并逐渐形成了南北差异。南方民歌多为表现男女爱情,唱腔悠扬婉转,如《上邪》:"上邪,我欲与君相知,长命无绝衰。山无陵,江水为竭,冬雷震震,夏雨雪,天地合,乃敢与君绝。"这首民歌中表现了爱情中的勇敢与热情。北方民歌则是大型劳作活动场景较多,显得勇武刚健、慷慨激昂。这种南北方民歌的风格特点一直保留到今天。

此外还出现了长歌,这种民歌的篇幅格外长,可以完整地表述一个故事,例如著名的乐府双璧《孔雀东南飞》《木兰辞》。

从唐宋时期留存至今的民歌不多,但这一时期的创作十分繁盛,流传也广泛,近现代以来在敦煌考古发掘出大量的曲子资料和有关燕乐、变文的记载,可以侧面看出当时民歌的发展状况。唐代民歌经过人们的不断加工,在曲调和演唱上均有很大的发展,更加反映现实生活。从文人史料的记载中,可以看出文人们纷纷模仿民间曲子的形式写作歌词,成为词牌,例如晚唐时期韦庄和温庭筠等诗人的词辑录《花间集》,由于年代久远和传播的局限性,曲调虽无法保存下来,但从宋代词牌的丰富和发展,可以领会到当时"曲子"的兴盛程度。

宋朝时,民间流行的曲子为民歌的创作提供了一定的素材。如民谣《月儿弯弯照九州》:"月儿弯弯照九州,几家欢乐几家愁,几家夫妻团圆聚,几家飘零在他州。"这首曲子通俗易懂,生动反映了底层人民的痛苦与哀愁。

从明代中期开始,资本主义萌芽出现,城市经济繁荣,小市民阶层增多,大量农村人口涌入城市,带来了淳朴自然的农家民歌。传唱和改编民歌成为一种新的谋生手段,间接促成了这些民歌的广泛传播,有一些被文人记载下来。这时,开始出现了一些民间刊本,专门用来记载收录这些民歌小曲。

到了清代,可供阅读的已著录的小曲数量较多,如《倒扳桨》《叠断桥》《一剪梅》《刮地风》《剪靛花》《绣荷包》《满江红》《太平年》等。许多曲调至今仍在民间流传，大约已经有三四百年的历史了。同时明清时期社会处在封建王朝的巅峰，也是转向衰落的时期，此时社会的阶级矛盾和民族矛盾异常尖锐，百姓生活在水深火热之中，所以也产生了不少反抗剥削和压迫的民歌，如"说凤阳，道凤阳。凤阳本是个好地方，自从出了个朱皇帝，十年倒有九年荒"。又如陕西民歌《长工苦》《揽工调》，四川民歌《苦麻菜儿苦茵茵》，江苏民歌《十二月长工歌》《江南百姓苦愁愁》等。阶级和民族的双重压迫，激起了农民起义的洪流。其中以颍州的刘福通声势最大，他率领十万农民，头包红巾，号"红军"，所向无敌，所以歌谣道："满城都是火，府官四散躲，城里无一人，红军府上坐。"此外还有"吃闯王、穿闯王。闯王来了不纳粮""盼星星、盼月亮，盼着闯王出主张"这些具有民主性和进步性的民歌产生。

# 文化意义

民歌自诞生伊始，就与人们的生产生活有着莫大的干系。它有着独特的人际交互性，在人生礼仪活动中扮演着重要的角色，这一点在少数民族中体现得尤为明显。例如少数民族独有的"迎宾歌""拦路歌""敬酒歌"等，用民歌来表达对来访客人的热情欢迎。民歌中用来表达交互性的内容中最具有艺术成就的部分是表达爱情的部分。

民歌是大众创造的艺术，是历代劳动人民智慧的结晶，体现了各族人民在劳动生活中惊人的创造力，融合了各民族丰富的民族文化，反映了地域差异造就的不同的方言文化，地域文化差异让民歌在创作层面上别具一格，独有风味。因为创作人是底层百姓，所以民歌的歌词更加朴素自然，质朴鲜活，具有直抵人心的魅力和感染力。民歌的曲调大多比较短小，材料集中，结构精练，旋律清新流畅，易于记忆。民歌基本没有大型的结构，在我国，以二句体和四句体及其变化形态结构的民歌最为常见。在音乐材料的运用上也十分精练，乐句之间有紧密的逻辑关联，正因为如此，民歌的旋律朗朗上口，十分容易流传，这一特点在那些经典民歌中尤其如此。另外，民歌的表现手法简洁、朴素，其音乐形象真切、生动，令人过耳不忘。而且，各民族的民歌是人们长期以来情感体验的沉淀，它自然流淌着这个民族的文化基因，所以聆听本民族的民歌时，人们总是会感到与自己血脉相连，引起心灵的共鸣。

# 山歌好比长流水

邱保华

大别山区的山歌民歌名播中华，浠黄民歌和红麻山歌是其代表。

浠黄民歌是鄂东浠水、黄冈一带濒临巴水流域的乡村歌谣，是巴楚文化完美结合的产物。鄂东民歌所有的基调都可以在浠黄民歌里找到。鄂东境内的大别山区，流淌着巴水、浠水、蕲水等五条河流，其中巴河本不叫巴河，因是古巴人的流放之地，故改此名。周朝时，楚国灭掉巫山地区的巴国后，朝廷将造反的巴人，从鄂西渝东流放到鄂东，这些"巫蛮"在鄂东五水域生活后，人称"五水蛮"。故乡民歌不管怎样发展，但基调仍是"五水蛮"巴人精神的基调。如果我们到三峡深处听巴人原乡的丧歌、情歌时，一定会被熟悉的旋律所震惊。

民歌是传颂着的历史。当时流放的巴人是由楚人押着顺长江下来的。巴人携妻带子，带着家乡河流的名字和家乡的民歌，背井离乡，来到了蛮荒的鄂东。两千多年来，流放的巴人在大别山间、巴水河畔创造了生命的原始歌谣。这些歌谣有着向命运不屈的抗争，有着男欢女爱的纯真情感、有着劳作后丰收的喜悦，更有对未来幸福生活的向往，乡民们把快乐的笑声和痛苦的眼泪，一起化作了旋律，这旋律如高山般雄壮，巴水般流畅，扣人心弦。

故乡的歌谣伴随我终身。我一出生听的

就是家乡民歌。祖母和母亲,都是一边抱我在怀,一边拍着我唱歌。听得最多的是:

> 黄鸡公儿尾巴拖,
> 三岁伢儿会唱歌。
> 不要爷娘教给我,
> 自己聪明咬来的歌。

"山歌本是古人留,留给今人解忧愁。"民歌是生命中大喜大悲的产物。在生命体验中,有了大喜的时候,心中的激动便化作畅快的节奏随歌谣升起,比如洞房花烛,添丁进口,五谷丰登,六畜兴旺,这样的日子里,总有类似题材的民歌产生。在人生悲伤的时候,歌儿依附着旋律在生命的至境里徘徊,比如挚爱的亲人死了,就像忽然割断了血脉,痛得你流不出眼泪。俗话说"流得出泪的不是真痛",当你痛得连眼泪都没有的时候,你就忽然觉得头上青天高了一层,脚下的大地厚了一层,头脑里空空作响,这时候达到了生命的至静,心中就有天籁般的旋律流淌,于是解忧的民歌就在这伟大的时候产生了。

作为生命中常青之树、情感的最佳依托,民歌与人类整个生命的过程同在,并不断发扬光大,生生不息。这首浠水民歌《一进团陂街》,虽然较长,但乡亲们都能唱得滚瓜烂熟,因为它把家乡风情展示得淋漓尽致。

> 一进团陂街,大门朝南开,他家有个女裙钗,胜似祝英台。
> 头上黑如墨,脸上桃红色,生的面孔没话说,满街都晓得。
> 二姑十七八,打扮走娘家,手拿洋伞一尺八,走路撒莲花。
> 一进麦儿冲,麦儿黄松松,麦沟儿跳出个小杂种,扯手不放松。

越扯越慌张，再扯骂你的娘，哪家生的小儿郎，调戏二姑娘。
二姑你莫骂，都是后生家，年纪不过十七八，都是爱玩耍。
二姑你好人，向你求个情，婚姻事儿你答应，记得你一生。
辰时来看姐，天色黑如墨，心想问姐借夜歌，可得可不得。
巳时姐红脸，骂郎好大胆，自从那日会一面，请姐讨姻缘。
午时许姻缘，许到二十边，奴的鲜花未蓄满，那话不敢端。
未时进房门，三尺大红绫，外带胭脂和水粉，奉送我情人。
申时靠郎坐，问郎饿不饿，我郎饿了去烧火，招待我情哥。
酉时姐做饭，鲜鱼和鸡蛋，郎叫多谢姐有慢，有慢我心肝。
戌时点明灯，向郎表痴情，把郎拉到上席坐，请郎把酒饮。
亥时进绣房，掀开红罗帐，郎脱衣裳白如雪，姐脱衣裳白如霜。

子时把郎拉，我郎瞌睡大，这大的瞌睡来干吗，耽误小奴家。
丑时跟郎说，我郎你听得，奴的鲜花你开折，切莫对人说。
寅时郎要去，拉住我郎衣，我郎要去等鸡啼，天亮不留你。
卯时郎走了，走路二面倒，郎的精神姐夺了，如同雪花飘。

红麻山歌则是鄂东大别山深处红安、麻城山乡的民歌。最有名的是《三百六十调》。《三百六十调》是山区乡亲传唱的360首民歌总汇。一年三百六十五天，可见乡民们天天有歌唱。相传古时有位文人，非常喜爱鄂东山歌，便常年带着小本本和笔，到红麻一带走村串户，沿途听到的山歌太多，所带的本子都记不下了，他只好在每天听到的山歌中选取一首记录下来，并整理成一个小册子，书名就叫《三百六十调》。小册子上的山歌被一代一代的人广为传抄，《三百六十调》也就成了鄂东山歌的代称。鄂东多山，说鄂东山歌多如牛毛，一点也不夸张，很多就是放牛伢喊出来的。两两相对的山坡上，这边的牧童一个口哨打过去，那边的牧童又传过来，双方就对起歌来。更不用说有男孩子女孩子一起放牛牧羊时，那种更有激情和灵性的对唱了。歌唱者为了使对方听得见，语音会延长，声调会夸张，情绪会放大。这样的音调唱多了，固定下来，就成了山歌的调子。因为是喊出来的，就决定了鄂东山歌高亢、悠远的风格。

《三百六十调》中的红麻山歌，有的是传统歌词，也有即兴现编的。内容多是互问对答，或说古道今，或男女爱恋，也有插科打诨、互相笑骂的。山里人都很喜欢听牧童对歌，那响亮粗犷的歌声在山间回旋激荡，使山里人的生活充满生机和乐趣。

比如互相考问知识的歌词，不仅有趣，还具备历史文化教育辅助功能。

一方唱问：

> 天上的桫椤什么人所栽，
> 地下的黄河什么人所开，
> 什么人把守三关外，
> 什么人去修行一去不归？

另一方唱答：

> 天上的桫椤树王母娘娘所栽，
> 地下的黄河金角老龙开，
> 杨六郎把守三关外，
> 韩湘子去修行一去不归。

古时候山里读书的孩子不多，他们可以依靠这些歌词来获取历史知识。

还比如夫妻男女打情骂俏，用快板山歌的调子对唱，表现得活泼有趣，诙谐热烈，极具山里人特色，充满原生态的音乐美感。

女唱：

  清早起来梳油头，
  三把眼泪四把流。
  人家的丈夫多漂亮，
  我的丈夫癞痢头，
  癞痢死了我自由。

男和：

  你要自由你自由，
  何必骂我癞痢头。
  世上的癞痢多得很，
  癞痢不止我一个，
  你这婆娘昧良心。

男唱：

  太阳一出满山黄，
  一生冒靠到好婆娘。
  脱了衣裳无人洗，
  洗了衣裳无人浆，
  不如到庙里做和尚。

女和：

  太阳一出满山雾，
  一生冒靠到好丈夫。

冒得水吃无人挑,
冒得柴烧无人捂,
不如到庵上做尼姑。

红麻山歌的调子一般分慢板和快板两种。慢板山歌一般用来演唱抒情的歌词。快板山歌则用来表现明快热烈的内容。山歌的歌词有四句式、五句式和鱼咬尾等多种形式。

四句式、五句式就是对唱每一段歌词的句数。如四句式:

姐儿门前一棵槐,
站在槐下望郎来。
娘问女儿望什么?
我望槐花几时开!

山歌好唱难起头,
木匠难起凤凰楼,
铁匠难打铁狮子,
石匠难打石绣球。

五句式山歌最多。如:

这山望到那山高,
望到乖姐捡柴烧,
冒得柴烧我去买,
冒得水吃我来挑,
莫把乖姐晒黑了。

清早起来事儿多,

先刷灶儿后洗锅,
丈夫回来要吃饭,
细伢醒了要摇窝,
哪有工夫唱山歌?

这是在故乡山歌中出现的一种独特的句式,它是在四句的后面又紧跟一句,打破了四平八稳的对偶句,形成一种非对称性的节律美感。

鱼咬尾式就是好似一串鱼儿互相紧紧咬着尾巴的句式。如:

六月太阳似油煎,
外面晒个女姣莲,
情哥哥看见过不得意哟,
带着上七里,下八里,七八一十五里,
带到莲花墩上,桫椤树上,丫儿撇上,芝麻叶上,
火龙岗上好乘凉,
好似织女和牛郎。

这种山歌长短句参差不齐,句与句之间回环相接,一气贯通,听来让人有情浓饱满、酣畅淋漓之感。

"插秧鼓""薅秧歌""草头号子"之类的田歌,也是红麻山歌的重要部分。乡民们在田畈的劳作中,为减轻疲累感,用歌谣鼓劲增趣,解乏消愁,后来又加进了锣鼓等乐器,一群人在田里干活,几个人在田岸上敲锣打鼓,起舞唱歌,形成了欢快激烈的劳动气氛,有的地方还演变成祈求丰收的仪式。

浠黄民歌也好,红麻山歌也好,其音调都源自于鄂东大别山地区语音,所以决定故乡歌谣的基调是鄂东方言。古朴平实的鄂东方言使故乡山歌调子充满山风野趣,泥土芳香。它是介于我国北

方高亢阳刚民歌和南方温柔婉约民调之间的一种刚柔并重、阴阳交融的民间音乐。"言之不足则歌之"，先辈们情之所至，引吭高歌，在生产生活中创造出的山歌穿透岁月时空，重现独特风采。它曾经给先人们带来无穷欢乐，也会给一代又一代后辈们带来无限惊喜。它是故乡的一笔宝贵民间文化遗产。我们应该珍惜它、传承它，正如祖先在山歌中殷殷嘱咐的：

山歌本是古人留，
留给后人解忧愁。
自从三皇和五帝，
唱了几多春和秋，
切记莫把古人丢！

# 民歌悠悠唱三江

● 朱仲祥

好久那个没到这方里来哎,这方的凉水长哎青苔哎。吹开来青苔喝凉水哟,长声吆吆唱起来哎,哎好久没到这方哎,唱起歌儿过山岩哎,站在坡上望一望哎,凉风悠悠噻吹哟过来,好久没到这方来哎,这方的树儿长成材哎,青山绿水逗人爱哎,一对秧鸡儿噻飞哟过来……

这是一首曾经广泛流传于青衣江畔的民歌,以其诙谐幽默的歌词,欢快热烈的曲调,打动着每一位听歌者。

其实,青衣江流域的民歌,历史源远流长,最远可追溯到唐宋时期。那时,生活在这一带的青衣羌人,以及后来从黔地来四川定居的獠人,都是热爱歌唱和舞蹈的民族,他们在生产生活中,创作了许多生动活泼的民歌,抒发对生活的由衷热爱和对事物的自我评判。那时流行于乐山一带的竹枝词,就是典型的民间歌词创作样式。比如唐代女诗人薛涛所写的《题竹郎庙》,就是一首竹枝词。陆游主政嘉州(今乐山)时,忙完公务之后,来到岷江上游的青衣县,立即被乡村男女的田间对唱所吸引,特别是他们抒发感情的质朴深情,让他自愧不如。于是他学习创作了竹枝调的《玻璃江感赋》,诗曰:"玻璃江水深千尺,不如江上离人心。君行未过青衣县,妾心已到峨眉阴。"诗人俨然化身为一位多情女子,对情郎的绝情离去悲悲戚戚,依依不舍,却又心生怨恨。清初诗人王士禛来到嘉定城中竹公溪,一连写作了《汉嘉竹枝词五首》:"漏天未放十分晴,处处江村有笛声。水远山长听不足,竹郎祠下竹鸡鸣。""竹公溪水绿悠悠,也合三江一处流。珍重嘉阳山水色,来朝送客下戎州。"……诗人可谓一气呵成,把这方水土上的民风民俗做了真切的刻画。清代乐山诗人陈宗源创作的《青衣江打鱼歌》,也是其中的代表之作。其实,历代大诗人都注意从民歌中吸取养分,对民间的歌曲样式很感兴趣,虚心向当地山民学习,留下了不少十分宝贵的堪称典范的民歌。

青衣江流域山多,所以这里的民歌又叫山歌。这里的人们居住在山间,劳作在山间,歌唱在山间。他们从这个山头朝着那个山头随便一唱,立即就会得到对面山头的回应,形成山歌对答、歌声此起彼伏的效果。他们所唱的内容,大多和生产生活紧密联系。那时候,民歌伴随着他们的每一个生活环节和侧面。他们劳动时歌唱,空闲时歌唱;他们高兴时歌唱,痛苦时歌唱。他们用民歌疏解疲劳,鼓舞干劲,比如各种劳动号子;也用民歌歌唱生活,抒发感情,像众多的情歌;也有讥讽达官贵人、表达个人爱憎的。民歌歌唱者随性而为,不拘格律,于即兴创作中体现才华,表达喜怒哀乐。而今阅读经过整理的若干民歌,我们不能不佩服歌唱者随机应变的机敏才情。

青衣江水道,连接着南方丝绸之路与茶马古道,自古以来航运十分发达,江上舟来楫往,帆影飘逸,拉纤便成了行船的常态。船工们在拉纤中,创作出了丰富多彩的船工号子。拉纤是一项需要相互协调配合的强体力劳作,为了协调全船操作步调,鼓舞职工劳动情绪而形成的各种旋律格调,是具有独特地方风格的民间音乐。岷江由于船只吨位大,50吨以上的木船都配有号子。喊号子的人称为"号工"。行船时,船夫听到号子如得军令,一起奋力拉纤或划船。乐山境内的几条大河,因其沿袭的传统不一样,拉纤的号子也各不相同。比如岷江上行船相对平缓,船工号子多在动作的协调上下功夫,其节奏相对不那么急促。大渡河水流相对湍急,上滩过浪的时候较多,其号子重在鼓劲,节奏比较急促,调子雄浑激昂。而青衣江的水流时缓时急,岷江号子与铜河(大渡河俗称)号子的特点兼而有之,悲凉苍劲,雄浑沉郁,铿锵有力。

俗语言:"十里不同风,百里不同俗。"夹江独特的地理环境造就了独特的民俗文化。作为夹江民间艺术"五朵金花"之一的竹麻号子,就是夹江最具地方特色的号子民歌,流行于马村、中兴、迎江、华头等产纸区。以往打竹麻制浆全为人工操作,生产中边打边唱,一人领唱众人和,既协调了动作又减轻了疲劳。因此,嗓音好、歌词记得多的人很受重视,老板争相聘请他们担任领唱。竹麻号子的曲牌和腔调自成体系,有高腔、平调、"当当且""连环扣""扯麻花""银丝调""石王调"等十多种。竹麻号子可一曲单唱,又可数曲联唱,节奏较强,变化较多,具有地道的夹江纸乡气息。歌词内容与山歌大同小异,既有随意套唱,又有即兴创作,见啥唱啥,连过路的路人都可入歌。

相比那些船工号子、竹麻号子而言,平日里田间劳作所唱的山歌,就相对轻松活泼一点。他们插秧时有栽秧歌,打谷时有打谷歌,割草时有打草歌,放牛时有牛儿歌。这些民歌依然是见什么唱什么,或者想起什么唱什么,但总体和所从事的劳动生活相关联,把劳动作为"起兴"的由头,所以大体上有个选材范围的框定。比如《好久没到这方来》:"好久没到这方来,大田栽秧排对排,乡亲老表一起来噻,欢乐的歌声唱哎起来,好久没到这方来呀,哟哟,这方的姑娘长成才哟,呀呀,呀儿海棠花儿香,呀儿海棠花儿香,大姐是个好人才呀,哟哟,幺妹担水送茶来哟,呀呀!"他们甚至把农活的时令节气和技术要领编进民歌,以达到口口相传的目的。穿行在春天或者秋天的田野上,不时有悠扬粗犷的山歌,越过成片的秧苗或树林,映山映水地传过来,此起彼伏地传入耳帘,这是一种多么愉悦的感受。

爱情自古以来都是人们常谈常新的话题。婉转多情的三江流水,不仅哺育了两岸的子民,也哺育了两岸的爱情。这一流域的民歌,最新鲜活泼也最打动人心的,还是其中的情歌。他们劳作时唱情歌，空闲时也唱情歌；他们站在山巅时唱情歌，坐在自家院子里唱情歌。他们用唱歌的方式来表达爱意，诉说衷肠。比如有首夹江民歌《送哥送到田里头》："送哥送到玛瑙河，妹捧河水给哥喝；阿哥喝了手捧水，三年五载口不渴。"热烈大胆但不直白，可谓含义深厚，余韵悠长。

乐山一带的情歌分两种：独唱和对唱，齐唱的几乎没有。比如独唱的，"青江涨水淹石包，石包上面栽葡萄。好吃还是葡萄果，好耍还是小娇娇"。一个人在那里吐露心声，倾诉相思。比如对唱的，"（女）耳听情郎好声音，躲在哪里不作声，是好是坏见一面，免俺时常挂在心。（男）草鞋烂了四股筋，青蛙死了脚长伸，黄鳝死了不闭眼，爱妹至死不变心"。女的小心试探，男的信誓旦旦，在一男一女的深情对唱中，展开了一幅动人心魄的风情画卷，让人内心荡起温暖的涟漪。

这些情歌，或含蓄婉转，或热烈大胆。不论是哪种风格，都一样直入人心，胜过许多装腔作势的现代诗歌。他们所取意象的鲜活，是关在屋子里面绝对想不出来的。比如"大河涨水小河浑，鲢鱼跳到鲤鱼坑，河内鱼多浑了水，情妹郎多乱了心"。借河里鱼多作比，表达对情妹的责备，每一个意象都新鲜而独特。品味这些情歌，你会想起《诗经》或是汉乐府里有关爱情的经典诗句。只不过这些民歌更加机敏俏皮，更加接地气。

青衣江民歌伴随着青衣江水滚滚流淌，长流不息。虽然今天的社会已经多元化，人们用来表达情感的方式已经各异，但打捞这些先民劳动生活中口口相传的民歌，却可以让我们浮躁的心变得平静。俗话说，大俗才能大雅。这些乡村俚调的民歌，自有其深刻的民族艺术属性和民族艺术基因，也正是我们今天艺术创作应该汲取的宝贵资源。品味青衣江流域的民歌，如同品味一坛陈年老酒，醇香而浓烈。

# 耒歌

陈绍龙

一片烟雨，一片朦胧。

耒歌响起的时候我还在梦里。耒歌是耕田人耕田时唱的歌。秋李郢人叫它"嘞嘞"，或叫"打嘞嘞"。耕田人是报时鸟，秋李郢人说他们都是属"鸡"的，差不多鸡叫过之后他们就起身了，耒歌为秋李郢报时。童年时去过一次上海，还未醒，听到钟响，音乐起，是海滩钟楼的声音，上海人听惯了这样的晨曲，秋李郢人也听惯了耒歌，只是这耒歌要早。起先，耒歌被淹没在夜色里，一声，一声，仿佛那娇嫩的鸟喙始终还没有啄开壳儿，忽然，歌如闪电，裂帛声出，这壳终于被撕开了一道口子，"咿呀"一声，晨，破壳而出。

耕田要早。野地里，听到鸡鸣，耕田人也会仰着脖子"喔、喔、喔"地学着鸡叫玩。他们这样"喔"的时候就把耒歌停下了，鸡不叫的当儿，他们照样唱他们的耒歌。唱给牛听，唱给田野听，唱给自己听。

牛听了有精神。牛不说话，只在默默地耕田，在水田里拉犁，垄笔直，夜还黑着呢。"牯子——"，每句词前面都加"牯子"，"牯子，哥哥想你到五更哟，牯子"，好像耒歌就是唱给牛听的。牯子能听明白吗？真是。牯子是牛。天没亮的时候，耒歌唱的都是掏心掏肺的句子。秋老二还会唱《姐是一枝花》的情歌，有人听过，天亮的时候秋老二就不唱了。有人不断怂恿，来一段！来一段！

"谁是你姐呀？""一枝花是谁呀？"秋老二没有接话，始终不抬头，像是做过见不得人的事似的。这会儿，他如见光的合欢，叶子蔫了。秋老二五十多岁了，单身。对牛谈情，未歌真是这样的。

田野原本是黑的，在梦里，没醒。渐渐地，泛白，见亮，睁开惺忪的眼睛，似被未歌唤醒。

鞭催花发，押着水韵，梢头的水雾在绽放。鞭子打在歌间，歌不断；鞭子打在牛背上，牛背上不见一丝鞭痕。伸直臂膀，秋老二把鞭子抡圆，在空中画个圆圈，然后猛地一抽，像是在空中写了一个"中"字，只是那一竖特别长，几乎近地。"叭"的一个响点，牛会猛地一触，一个机灵，向前一步。夜色顿时活泼了许多。

"搭伴儿"，问急了秋老二说了实话。未歌唱给自己听，给自己搭伴儿。黑夜寂寥，唱歌，跟牛说话，跟自己说话，一个人在心里，一个人在嘴上。

秋老二耕田的时候喜欢带他的黑黑。黑黑是条狗，黑黑的叫声夹杂在未歌里。黑黑叫，隐约地，村庄也便传来狗的叫声。未歌是秋里郭的晨曲，黑黑的叫声有点沙哑，像这支曲子里的锣，或是铙，远处的狗叫声成了低音部的和弦。

黑黑一身黑，没杂毛。有劲，个大，小半人高，也能吃。早年，粮食金贵，一条狗的饭量能顶一个人。好些人劝他，勒了吧，多肥，秋老二不吱声。过年的时候，又会有好些人到他家晃悠：

"勒了吧，喝酒。"

"滚！"

他们是冲着那条狗去的，想吃狗肉，喝狗血汤。狗血汤没喝到，一个个却被骂得狗血淋头。

秋老二心疼黑黑，没有人理解。那会儿，秋李郭人家家都有二亩自留地，自留地得请人耕田，秋老二是耕田的好手，请他的人多。队里的牛，队里的犁，用犁无妨，用牛得把牛喂饱。饿牛不耕田，这是铁律。给哪家耕田了，哪家得把牛喂饱，也还要做份早茶或者晚茶给耕田人。早茶、晚茶也是尽村民家之所有，秋李郢人不怠慢耕田人。有人发现，吃晚茶或是早茶的时候，秋老二会偷偷用手帕包一块饼或者一块鸡肉揣在怀里，动作之快，像是魔术。人们知道，那是带给黑黑吃的。秋老二不想让人说闲话，狗哪能吃饼，吃肉？

那天有人晚茶用酒招待他，他喝大了，哭了。黑黑早有人觊觎，那天他的黑黑给偷了，真的叫人给勒了，地上一大撮狗毛。

"搭伴儿……"

从秋老二断断续续的话语中，人们拼凑出了这样一个事实：

有一天天黑，毛毛雨。秋老二耕田未归。秋老二只顾在雨地里唱他的耒歌了，黑黑的撕咬声他没听到。天亮时他发现，黑黑嘴角流血，一只耳朵耷拉到了嘴边，血肉模糊。再一看，田头一只狼眼放绿光，另两只狼夹着尾巴跑了，"放绿光"的那只狼见状，小坐之后也跑了，黑黑救了秋老二一命。

秋李郢人说，"五狼神"，狼喜结群，五只狼就是神了，无人能敌。原来如此，秋李郢人似乎理解了这个"伴儿"更深的内容。秋老二把那撮狗毛给埋了，边上竖了块木板。

好些年，我早上听到秋李郢上空有耒歌响的时候，都仿佛能听到里面有黑黑的叫声。仿佛看到，黑黑端坐在田头，端坐在雨地里，看着秋老二，看着田野。

田野，一抹烟雨。

# 舞龙

wǔ　　lóng

## 概说。

舞龙，又称『龙舞』『龙灯』，是中华民族传承已久的文娱体育活动。舞龙历史悠久，源远流长，内容丰富多彩，时间上也没有特殊的规定，只要佳节、盛会，都可以通过舞龙来庆贺，以增添欢乐喜庆的气氛。舞龙最初是古人用来求雨的一种仪式。古人认为，龙总是与风雨同在，龙的出现，必然伴有风雨的『迎送』，这便是求雨离不开龙的原因。

## ● 渊源

龙是中国古代神话中的祥瑞，其形象起源于古代的图腾，据《尔雅翼》记载："角似鹿、头似驼、眼似兔、项似蛇、腹似蜃、鳞似鱼、爪似鹰、掌似虎、耳似牛。"人们认为龙掌管降雨，因此把它看作能行云布雨、消灾祛难的吉祥物。

舞龙起源于古代的祭祀舞蹈。而古代神话中夏启乘龙舞《九韶》的传说，说明这种舞蹈已逐渐从祭祀舞蹈向娱乐舞蹈转变。

商代甲骨卜辞中有关于作"土龙"求雨的记载："其作龙于凡田，又雨。"后世也有关于作土龙求雨的记载，如《淮南子·地形训》："土龙致雨。"高诱为此注曰："汤遭旱，作土龙以像龙，云从龙，故致雨也。"但这些记载晚于商，无法佐证甲骨卜辞记载的"龙"为何物，且目前学术界对于这则史料的"作龙"也没有统一定论。但可以确定的是商朝确有祈雨的习俗。

舞龙这一风俗在汉代才有了明确的记载，桓谭在《新论》中记载了："刘歆致雨，具作土龙，吹律，及诸方术无不备设。"根据董仲舒《春秋繁露》的记载，此时的舞龙有了一定的规格和形制："春旱求雨……以甲乙日为大苍龙一，长八丈，居中央；为小龙七，各长四丈，于东方，皆东乡，其间相去八尺……"舞龙还体现了当时的五行思想，通常认为五行中春属木，对应着青色，故春季舞青龙，夏属火，对应着红色，故夏季舞赤龙，秋属金，对应着白色，故秋季舞白龙，冬属水，对应着黑色，故冬季舞黑龙。

汉朝舞龙除祈雨的功能外，还出现了娱乐功能。《汉书·西域传》有"武帝……作曼延鱼龙之戏"的记载。蔡质在《汉仪》中记载："正月旦，天子幸德阳殿……

舍利从西方来，戏于庭极乃毕。入殿前激水，化作比目鱼，跳跃嗽水，作雾障目。毕，化作黄龙长八丈……"可以看出这里记载的舞龙更具表演性。

隋朝时期，舞龙还是幻术的项目之一。据《隋书》记载："有舍利先来，戏于场内，须臾跳跃，激水满衢，鼋鼍龟鳖，水人虫鱼，遍覆于地。又有大鲸鱼，喷雾翳日，倏忽化成黄龙，长七八丈，耸踊而出，名曰黄龙变。"这里表演的内容是将一条大鲸鱼瞬间变成黄龙，沿袭了汉朝"鱼龙曼延之戏"，并在此基础上有了一定的发展。

舞龙在唐朝时期才最终成型，当时民间盛行求雨的活动，因为龙与雨之间独特的联系，使得舞龙活动在唐朝十分盛行。李约在《观祈雨》中写道："桑条无叶土生烟，箫管迎龙水庙前。"生动形象地描绘了老百姓在水庙前求雨的场景。

到了宋朝，舞龙的娱乐性更加突出，不少民间活动中都有舞龙表演。辛弃疾在《青玉案·元夕》中写道："凤箫声动，玉壶光转，一夜鱼龙舞。"描写的就是元宵节晚上舞龙的热闹场景。汉朝时，舞龙还出现新花样——舞"早龙舟"，将草把绑成龙的形状，再用青布遮盖，在上面置布灯烛，草龙舞动时犹如火龙一样。后来经过不断改进，有了较成熟的龙灯。

元明两朝，民间舞龙已经脱离了"求雨祭祀"的需求，成为一种民间的娱乐活动。清朝时，舞龙得到了全面的发展。这一时期，舞龙的种类更加多样。

## 文化意义

舞龙运动绚丽多彩，在传统民俗中独树一帜，《东京梦华录》中记载"又于左右门上，各以草把缚成戏龙之状，用青幕遮笼，草上密置灯烛万盏，望之蜿蜒如双龙飞走"，从中可以看出宋代百戏中舞龙灯（舞火龙）气势恢宏的场面。后代更是在此基础上不断创新发展，舞龙渐渐流行于大江南北，新年春节，迎神赛会，皆少不了以金龙银龙助阵，比舞狮更热闹。

舞龙之所以源远流长，一脉相承，不仅与它演出时气势雄伟的场面有关，也与它向人们传递出的精神面貌、文化意义有着莫大干系。舞龙是一种群体性娱乐活动，需要少则一两人，多则上百人齐齐参与，舞动时威风凛凛，气势震天。有些地域特色中舞龙还有更加热闹的表演形式，例如重庆铜梁龙舞，巨龙在十几盏云灯里面上下穿行，变化万千，伴随着鞭炮、烟火和锣鼓的响声，人们的情绪被激起，节日的氛围瞬间被推向高潮。因此，每逢大庆典必有舞龙助兴，舞龙成了我国传统文化不可缺少的一部分，激励着我国人民时刻保持昂扬向上、威武雄壮的精神面貌。

# 沐川草龙舞起来

朱仲祥

翻腾、叩首、摆尾……在铿锵有力的川剧锣鼓声中，两条金光灿灿、栩栩如生的"中华龙"，在五十名身穿民族服装的壮汉进退有序的合力共舞中"活"了起来，它们时而腾空望月，时而卧地盘旋，时而双龙戏珠，时而九曲游动，引起观众的一阵阵喝彩。这就是被列入国家级非物质文化遗产名录的沐川草龙。

沐川草龙的起源颇具传奇色彩。传说在唐朝开国之初，李世民带领军队征伐各地割据势力。一天，由于过度劳累，他便倚靠在一个大草堆边，很快就进入了梦乡。在梦中，李世民梦见自己正乘草龙，身着黄袍，由四周灵兽保驾，巡行神州各地。后来，李世民成为唐太宗，应了梦境。为了答谢草龙给他的瑞兆，在贞观二年（628），他下令全国各地举行舞草龙比赛。于是，全国各地纷纷扎制草龙，进京参赛。开赛那天，在众多飞舞的草龙中，有一条草龙身体矫健，翻腾飞舞，灵性十足，一下引起了唐太宗的注意。经查那条草龙由西蜀剑南道嘉州玉津县（今沐川）进献。唐太宗在重奖之余，御封玉津县为"草龙之乡"。从此，沐川百姓年年举办草龙表演，耍草龙的习俗也得以世代相传。伴随龙图腾的深入人心，舞龙的习俗从未衰减，像沐川这种金光灿灿、寓意吉祥的草龙，更是得到一代代发扬传承，一千多年来延续至今。

沐川草龙独特的工艺实属罕见，具有化腐朽为神奇的魔力。沐川是乌蒙山区农业县，每年一到秋收时节，收割后的稻草便随处可见，人们或用于喂牛，或用于煮饭，或弃之不管任其腐烂。但你怎么也想不到，那威风凛凛、鳞甲飞扬的龙，就是用这些稻草精挑细选后绑扎而成的。沐川草龙因其金黄纯正，又称黄龙，是从当年收割的3000多公斤稻草中，精选84.8万余根无斑点、无缺陷，且经过骄阳暴晒后呈金黄色的稻草作原料。据沐川草龙传人陈焕彬介绍，由于扎草龙对草的要求很高，所以，稻草资源很关键。"有时,我们找了几百亩田,能够上标准的,往往不到两三亩。"陈焕彬强调说："田太肥，生长的稻草茎部过于柔软和粗大，不适宜做；也不能采用深泥田里的稻草，那些草纤维疏松，缺少韧性。最好的是浅泥田，生长的稻草硬且坚韧，比较好。"有时，沐川草质不好，他们还需要到犍为，或者乐山、眉山去找稻草。

　　找齐稻草后，就开始设计和绑扎龙骨架。要选取二至三年生慈竹，划成柔韧的篾条，作为龙骨架的支撑。龙身全长一般50米，其龙头、龙身、龙尾的设计必须精巧，相互之间既相互关联又相对独立，必须协调灵活；龙眼、龙须、龙角、龙鳞、龙爪，体现草龙精气神的部分，更是要求活灵活现。经过精选的稻草，还要用硫黄熏蒸使其金黄柔韧，防止虫蛀，然后才能将其绑扎上骨架，成为闪闪发光的龙鳞，最后把龙头、龙身几个部分连接起来，再在已经基本成型的草龙上装饰龙须和犄角等。编扎草龙的重点在龙头，龙头必须给人鲜活和气势非凡的感觉。龙头部分主要由眼、须、齿、舌、上颚、下颚、龙角、胡子、鼻及火焰组成。之后，用熏蒸好的稻草为龙头的骨架上草，上草时必须给草喷点水。稻草的节要对齐或呈规则变化，一草一扎，环环相扣。龙身部分首先要根据草龙长短，编扎若干竹圈，然后呈鳞片状地在竹圈周围依次上草。待龙尾编扎好后，开始编龙筋，安装在龙背上。再将龙头、龙身、龙尾及龙筋组装好，一条草龙就做好了。

据说编扎一条长50米的草龙，需要近200个工人。2003年他们制作了200多米的草龙，申报吉尼斯世界纪录获得成功，这条草龙成为世界上最长的草龙。据行家里手讲，要让这条长龙舞动起来，必须150人齐心协力。由于长期跟随父亲陈鼎福扎制草龙，陈焕彬和哥哥陈焕均，都深得父亲草龙扎制真传。"除了扎制草龙，我们还能够扎制十二生肖。"

绑扎草龙当然是用来舞动的。沐川草龙的精妙之处，还在于舞。

每到草龙出巢之时，数十名受过专业训练的强健汉子，身着黄色短裤、头戴草帽、身披草肩、腰系草裙、脚穿草鞋，在铿锵的锣鼓音乐伴奏下，舞龙腾飞。经过历代的技艺沉积，沐川舞龙逐渐有了自己的风格和招数。常见的姿势有：雪花盖顶、盘根打柱、纺线线、走之字台步、黄龙缠腰等。这些动作的编排，寓意深刻，将巨龙腾飞、二龙戏珠、群龙朝拜、神龙搅海、尊龙吐雾等显示龙的灵性和威严的形体动作，演绎得淋漓尽致。那几十号人，一齐出场，伴随着草龙舞动，一齐高呼，声震九霄。那气势简直就像真龙降临，磅礴壮观，如风雷奔涌，翻江倒海一般。人们激越欢快的舞龙动作里，流露出了丰收的喜悦和对于吉祥、安康、幸福日子的追求与向往。

为了增加"沐川草龙"的艺术魅力，沐川文化部门请有关专家进行了精心设计与编排，增加了武耍技巧与高难动作，改换了服装道具，既突出舞龙逶迤磅礴的气势，又不失原始古朴的韵味，增强了艺术性与观赏性。表演时，往往是涂大花脸的壮汉赤膊上阵，他们头戴草帽、身披草肩、腰系草裙、脚穿草鞋，更显得剽悍有力，孔武英气。他们在激越的鼓声中腾挪闪动，把一活灵活现的金色长龙舞得威风八面，表现人们祈求风调雨顺的愿望与欢庆五谷丰登的喜悦心情。

在过去，每逢元宵节和农历二月初二（俗称龙抬头），沐川当地都要舞龙灯。在农历正月十三，狮子龙灯即开始排街游行，到正月十四、十五晚上,县城里万人空巷,争相目睹新扎草龙的风采。在一阵鞭炮炸响之后,数十名健壮汉子举着草龙如横空出世,沿着大街举着草龙狂舞而来,他们在领舞人的指挥下彼此协调,齐心协力,边舞边走,忽左忽右。头上的金色长龙在阵阵烟花中虎虎生威,腾挪变换,矫健异常。围观群众用焰火花往耍龙人身上喷,激起阵阵欢呼之声。此情此景,宛如天上人间,恰如辛弃疾在《青玉案·元夕》中所写:"东风夜放花千树,更吹落,星如雨。宝马雕车香满路,凤箫声动,玉壶光转,一夜鱼龙舞。"午夜时分,人们再将龙烧掉,俗称"烧花",四面八方的人都会前来看热闹,场面一片欢腾。

如今,舞草龙已成为当地节日庆典和文化活动中不可缺少的表演内容,沐川草龙代表乐山市参加了全省、全国的大型节庆活动,以其出色表演,引起了国内外的广泛关注。目前,他们又把舞草龙编排进了大型实景表演"乌蒙沐歌"之中,每个周末都为外地游客表演,使草龙这一民间工艺得到更多展示。

至今不衰的沐川草龙文化,是中华龙舞艺术的代表之一,也是古代巴蜀文化的"活化石"。中华民族的龙图腾,在沐川草龙的翻腾翔舞中,变得鲜活起来,精神起来。

舞草龙

# 打铁花

dǎ　tiě　huā

## 概说

打铁花是中国最古老的民间社火，是流传于民间的一种祈福消灾的活动，后世逐渐演变为一种独特的表演形式，是中国古代匠师们在铸造器皿过程中发现的一种民俗文化表演技艺，始于北宋，盛于明清，至今已有千余年历史。2008年河南省确山县申报的打铁花经国务院批准列入第二批国家级非物质文化遗产名录。

老民俗

## ● 渊源

打铁花始于北宋，相传北宋年间，在河南驻马店确山县，是年大旱，民不聊生，为了安稳度过旱灾，人们决定修建一座庙宇祈福，等庙宇建成后发现还差一口大钟没有铸造。各家各户就把自己家中的铁器拿到场子上，由铁匠们把铁器熔化成铁汁，重新熔铸成钟。正在工匠们如火如荼铸造之时，天边飞来一群乌鸦，它们盘踞在树上呱呱乱叫，怎么也轰不走，乌鸦是不祥的鸟，人们见状十分忧虑。这时有位老人站了出来，他拿出两根柳木，用之蘸取熔化的铁汁向上一击，顿时溅起了金色的火花，火花如同焰火一般照耀了天空，乌鸦受到惊吓纷纷飞走了。

实际上"打铁花"开始形成规模是来自于工匠们的祭祀活动。宋朝时期每年年初的开业之前，五门工匠——金、银、铜、铁、锡匠种都会举行盛大的祭祀活动，为首的工匠们经过协商，选择地方搭好花棚，并在花棚的北方，搭用来祭祀的神棚，一齐选定吉日之后，到老君庙、火神庙中献上各种祭祀品。随后，五匠中所有人都要参加，他们抬着店里供奉的老君神像，整齐划一动作，一路锣鼓喧天、爆竹齐鸣，走到搭建好的神棚。若途经各工匠的店铺，还要另外设香案供品迎送。到达神棚后，安放老君神像，举行祭祀仪式，求老君爷、火神爷保佑他们平安发财。到了晚上便开始打铁花，由各工匠在自家门店前进行，打铁花之前还要进行一系列仪式，工匠在神棚内跪拜、更衣，求神灵保佑安全。道士们也会参与到工匠们的祭祀活动中来。道士们或提供打铁花的场地，或出钱出物。也会在祭祀时组织笙、箫、管、笛、丝竹、锣鼓等乐器，为工匠们助兴助威。当道教举行

肆 游艺民俗

重大庆典，道士们也会出钱出物，请工匠们举办"打铁花"，为道教增添光彩。这在无形中促进了"打铁花"活动的发展。显而易见，"打铁花"的最初目的主要是为了展示本行业的气派，在群众间扩大影响力，同时也是讨个吉利，利用"花"与"发"的谐音，取"打花打花，越打越发"之意，企盼事业可以长盛不衰，兴旺发达。

打铁花的表演形式和主要操作过程是：在空旷的场地上，搭设一个6米高的双层四方八角花棚，花棚顶上布满新鲜的柳树枝，树枝上绑满各种烟花、鞭炮。在花棚顶上正中竖起一根6米高的杆子，称为"老杆"。老杆顶上绑上烟花、鞭炮，称为"设彩"。

打铁花的操作流程其实很简单，只是危险系数比较高，因此传播速度慢。松原地区一直集中在黄河流域。打铁花时工匠需要在搭好的花棚旁边立一座高温熔炉，把事先准备好的废生铁化成铁汁待用。打铁花时，把铁汁注入花棒，花棒其实是新鲜的柳树棒，顶端掏出3厘米大小的圆形坑槽，用来盛放铁汁。打花艺人赤裸着上身，头上反扣着葫芦瓢保护头部，一手执盛有铁汁的花棒（上棒），一手执未盛铁汁的花棒（下棒），迅速跑至花棚下，用下棒猛击上棒，使棒中的铁汁高速冲向花棚，铁汁遇到棚顶的柳枝后迸散开来，犹如火树银花，绚丽夺目。铁花又点燃花棚上的烟花爆竹，顿时铁花飞溅、鞭炮齐鸣，天边炸出一簇簇夺目耀眼的火花。每当技高一筹的打花艺人击中老杆，点燃最高处的烟花、鞭炮时，称为"中彩"，标志着打铁花活动进入高潮，中彩者还会获得来自工匠们的奖品，披红挂花、奖励钱物，十分荣耀。经典的打铁花民俗，大都有龙灯队参与，称为"龙穿花"。

北宋灭亡后，金人俘虏皇室，迅速占领中原地区，宋人在临安建立了南宋政权，汉人因此南迁。随着确山人的南移和北迁，打铁花这项手艺被带到南方地区，融合了南方的一些庆典民俗后迅速发展，形成了不同的式样。明清时期，由于官府的提倡和社会各界的支持，确山铁花的发展达到鼎盛，应用范围也逐渐扩大，从原来的工匠开业庆典或玉帝、老君、王母娘娘诞辰等道教祭祀活动扩展到还愿、升迁、嫁娶、高中、建宅、节日等一般性的喜庆活动。传统的确山铁花在形式上也逐渐丰富，在本土流传过程中，不断吸收放鞭炮、放烟花、耍龙灯、打铜器、游社火等多种艺术元素，逐渐形成恢宏壮阔、气势磅礴、喜庆吉祥的独特表演风格。

明清时期，打铁花发展鼎盛，先广泛在道教等各种祭祀场合中用以供奉太上老君，随后逐渐发展为民间习俗，在中原一代盛行。特别是元宵节的时候会举行大型打铁花仪式，歌舞升平，热闹非凡。清朝张晋作诗《铁花行》：

洪炉入夜熔并铁，
飞焰照山光明灭。
忽然顽洞不可收，
万壑千岩洒红雪。
栖鸦控地林蟒逬，
电光的烁开金铺。
山魈木客伏不动，
天女下视群灵趋。
此时观者色如赭，
流波迸出珊瑚颗。
枯枝瘦草相新鲜，
异彩奇葩遍原野。
大冶运腕何珑玲，
莲花落去犹有声。
力疲气竭暂放手，
始见明月空中行。
世间怪事真有此，
百炼柔钢齐绕指。
请看入眼幻缤纷，
笑他剪采堆红紫。

打铁花

## 文化意义

打铁花作为一种民间艺术,是国家级非物质文化遗产之一,其历史悠久,场面宏大。打铁花在发展过程中还融合了各地的地方特色、民俗文化、民间工艺等,丰富了人民的文化生活,具有重要的价值和意义。

打铁花操作虽然简单,但具有一定的危险性,因此,需要打铁花艺人胆大心细。所以打铁花象征了勇气、胆略,可以鼓舞人们在战胜苦难的道路上勇往直前,不屈服,努力追求成功,实现人生价值。

在南方,"打铁"与"大吉"谐音,打铁花又有吉祥的寓意,被认为是家庭和谐、幸福的象征。

# 记忆里的打铁花

吕桂景

一

1985年夏，大嫂辞去乡村民办教师的工作，带着我和七岁的侄女毅然决然来到了大哥所在的县城。从此，我们仨也算是"城里人"了。

大哥从部队转业后，分配到确山县民政局工作。起初，大哥住在单位办公楼上的单身宿舍。自打我们三个来到县城后，局领导为了照顾家属，又给大哥在北关蔬菜队附近分了两间红瓦房。于是，我们在县城便拥有了自己的家。

北关蔬菜队位于县城的西北部，北邻"地炮旅"部队，部队的院子很大，东西长六七里，南北宽五六里。每天早上，我们都能清楚地听到部队里出操训练喊口号的声音。东西两边是大片的蔬菜地，这些菜地是菜农们主要的生活来源，一年三季按季节种菜、卖菜。冬天，所有的菜地全部歇茬，啥也不种，等来年春天再进行耕种。南边有一条横穿县城的铁路，这条铁路通往西山部队的后勤储备油库。平日里，运油的火车并不多，只是偶尔经过，这里的人们时常在铁路边散步、玩耍。

新学期开始的第一天，在大哥的努力下，我顺利地转入了县第一初级中学（红卫中学）就读，侄女燕子也在附近的南关四小入学。看到我们俩如愿走进了学校，大嫂悬着的一颗心终于落了地。

初来乍到,一切都是那么陌生,新环境、新学校、新同学让我难以适应。几个星期后,在来来往往的上下学途中,我结识了青云和春峰两位女同学。从那以后,上学路上便有了同伴。每天早上,我们三个事先约好在铁路道口碰面,然后,一起沿铁路去学校。刚开始走铁轨时,我不太会走,先是一只脚迈过去,接着,另一只脚紧跟上来,这样走路感觉累得慌。慢慢地,我也学着她俩的样子,先迈右脚踏一根枕木,再迈左脚踏下一根枕木,两只脚别重叠。然后,一步一根枕木,大步流星往前走,这样走起来,既快又轻松。

铁路北边是大片的菜地,没有住家户,比较荒凉。每天晚上下自习的时候,铁路上一片漆黑,很瘆人!一个人从来不敢从铁路上走。于是,我只好从街中心绕几里路转到铁路道口,然后再回家。自从有了她俩的陪伴,我再也不害怕夜里走铁路了。后来,我们仨成了无话不谈的好朋友。慢慢地,我变得开朗起来,不再感到孤单。

## 二

1988年春节是我在确山度过的第三个春节。经历过前两个春节后,我感觉在县城过年比在农村过年热闹。在县城里,大年三十和初一与农村并没有多大的区别,就是吃喝玩乐、看电视。从年初二开始,大街上人来人往、热闹非凡!有扭秧歌的、打腰鼓的、玩旱船的、踩高跷的、舞龙狮的……这些丰富多彩的节目都是民间自发组织的,文艺队每天都会上街表演节目,一直演到正月十五晚上才结束。

在众多节目中,最受人追崇的当数舞龙的队伍了。龙是中华民族的图腾,是吉祥的象征。每当舞龙的队伍从沿街经过,商铺的老板们就会提前在门口放一挂长鞭炮迎接舞龙队的到来。然后,又拿出赏金让"祥龙"从商铺里走一圈,先进龙头,龙尾随后,以此来讨个好彩头,期盼生意兴隆、财源滚滚。

正月十五那天晚上，天气寒冷，道路上依然有许多未融化的积雪。晚饭后，我和青云、春峰相约一起去看灯展。我们刚走到政府招待所东边，老远就看到大街上灯火辉煌，五颜六色的彩灯在夜幕的衬托下像是拉开了一场序幕，各式各样的彩灯依次上演，有龙灯、宫灯、莲花灯、花篮灯、兔子灯、蘑菇灯……大街两旁摆满了五彩缤纷的花灯，路边的树枝上也挂满了一串串彩灯。远远望去，闪烁的灯光如同天上的星星，点亮深邃的夜空。

　　大街上，人们三三两两地从四面八方向街中心涌来，慢慢地，赏花灯的人便多了起来。我们三个从西向东依次看过去，看看这个，瞧瞧那个，目光不停地跟随花灯转动。每看完一盏花灯，我们都会说出每盏花灯的独特之处。在拥挤的人群中，最兴奋的要数小朋友了，他们拉着爸爸妈妈的手，在人群中钻来钻去，生怕错过哪个漂亮的花灯。还有些小朋友骑在爸爸肩上，在高处可以看到更多的人和花灯。

　　我们在人群中穿梭往来，陶醉在花灯的世界里。这时，只听到旁边有人说："今天晚上，南山广场有打铁花的，等会儿咱去看看。"听后，我们三个面面相觑，不知道打铁花是什么节目。出于好奇，我们也想去看个究竟。

## 三

　　南山，又名盘龙山，因山体形状而得名。盘龙山既是红色革命根据地，又是抗日英雄杨靖宇的故乡。革命时期，杨靖宇带领农民在盘龙山攻占确山县城。而后，他又跟随部队在东北地区进行抗日活动。牺牲时，年仅三十五岁。为了纪念杨靖宇，确山县委、县政府把县一小改为靖宇小学，电影院改为靖宇影院，新扩建的中心广场，命名为靖宇广场。

　　南山广场位于县城的南部，是盘龙山向北延伸的丘陵地带。广场的南边是县委党校和聋哑学校；西边是养老院和大片的居民区；北边是县公疗医院和县卫生职业中专学校（简称卫校）；东边是光秃秃的山坡。那时,到南山广场只有两条路,一条是从卫校旁边的水泥楼梯爬上去;另一条要绕一个"巨"字形路口,从敬老院门前的水泥路上转到南山广场,如果选择那条路要多转三四里。于是,卫校的那个楼梯就成了去南山广场的最近路线。我们走到卫校北门时,看到楼梯上已挤满了黑压压的人群,这时,你不需要费多大力气,只需跟着人群慢慢移动,就可以轻松到达广场。

广场上灯火通明,人山人海。欢笑声、锣鼓声、叫卖声、嘈杂声混合在一起,闹哄哄的啥也听不见。人们渐渐地往场地中间靠拢,尽量选择一个最佳的观赏位置。见此情景,我们三个手拉手从人群中挤了出来,来来回回转了好几圈,才绕到广场南面的山坡上。本以为山坡上的人少一些,谁知道爬上来后,并不比广场上人少。从西到东,几十米的山头上站满了看节目的人,有的甚至还从几十里外的农村赶来,专门来现场看打铁花。

站在山坡上向下望,广场上人头攒动,乌泱乌泱的。我环顾四周,看见在广场的南边靠近山坡的地方,搭建了一个长方形的花棚,花棚上来来回回缠绕了一些树枝,树枝上缀满了花花绿绿的礼花。棚子的中间竖着一根长杆子,上面也挂满了红红的长鞭炮。棚子北边有一个燃烧的火炉,炉内正在用铁块熔化铁汁。炉子旁边有十几个扎着头巾的师傅,一直忙活着准备打铁花用的工具。

正当我东张西望时,只听"哐哐哐"锣鼓一声响,两只活灵活现的狮子蹦了起来。其中,一只狮子张开大口向人群跑去,吓得观众步步后退,胆小的孩子慌忙躲在大人后面。那个狮子转了一圈又回到原地,原来转圈是清场子的。另一只狮子上蹿下跳,时而站起、时而趴下,娴熟地做着各种经典的动作,逗得观众哈哈大笑。舞狮队缓缓游过,迎面而来的是威风凛凛的舞龙队。只见一条红黄相间的长龙从东方一跃而起,高昂着头,两只眼睛闪闪发光,红红的舌头喷射出火焰。这时,只见一只硕大的龙珠在龙头前晃来晃去,接着,那条龙就开始追逐龙珠,龙珠走到哪里,龙头跟到哪里,有种不达目的不罢休的劲头。举龙头的师傅便随着龙珠上下左右不停地变换姿势,后边的龙身、龙尾也随着龙头的摆动变换着动作。当师傅们舞到尽兴的时候，那条龙像是在云海里翻腾，时隐时现，看得人们眼花缭乱，犹如在梦境一般。

半个小时后，花棚旁边的炉火更旺了，熊熊燃烧的火焰照亮了整个广场，星星点点的火星子不安分地从火炉中蹦了出来，炉子上冒着金光的铁汁正缓缓地向下流淌。此时，已是"万事俱备，只欠东风"了。这时，只见打铁花的师傅们头上围着喜庆的红头巾，一手拿着盛有铁汁的上棒，另一只手拿着一支空下棒，然后，快速地跑到花棚下，用下棒猛敲上棒，使上棒中的铁汁撒向花棚，十几个打花者一棒接一棒，棒棒相连，点燃花棚上的烟花和鞭炮。顷刻间，火花四溅，流光溢彩，鞭炮齐鸣，五彩缤纷的烟花在空中散开，宛如流星划过夜空，制造出"火树银花不夜天"的壮观奇景。瞬间，耳边传来观众的欢呼声、叫喊声、口哨声，整个广场沸腾起来。正当人们欢呼雀跃时，又一波铁花飞上了花棚，璀璨的烟花照亮了漆黑的夜空。刚才还在一边静默的祥龙，突然间，仰起头兴奋地跑向花棚，在锣鼓的渲染下，舞龙队在花棚下尽情地狂欢，烟花与舞龙交织在一起，把元宵晚会推上了高潮。看烟花的人们情不自禁地唱啊、跳啊、笑啊、闹啊，喋喋不休地说着自己的感受，广场上一片欢乐祥和的景象。

打铁花结束后，由于人多路窄，人们只好分拨退场，避免发生踩踏事件。于是，我们继续站在山坡上静静等待，等人群散去后，才慢慢下山。当我们走到卫校楼梯口时，只听见青云说："哎呀！坏了，我的压岁钱挤丢了，那五块钱可是俺妈做两条裤子的工钱啊！回家又得挨吵了。"说完，她低下头抹起了眼泪。见状，我和春峰快步上前去安慰她，直到她脸上露出笑容，才把她送回家。

如今，每每想起那晚看打铁花时的场景，心里仍然激动不已。后来，听说确山铁花已列入"国家级非物质文化遗产"时，我感到非常惊讶！同时，也为自己能亲眼见证确山铁花的壮观场面而感到自豪。

# 埙

xūn

## 概说

埙的出现历史悠久，在古代是用陶土烧制的一种闭口吹奏乐器，亦称「陶埙」。埙为圆形或椭圆形，有六孔、八孔、九孔等多种形制。埙是汉族特有的，音色朴拙抱素，独为地籁。埙以陶制最为普通，也有石制和骨制等。

## ● 渊源

埙是我国本土独有的乐器之一，也是我国最古老的乐器之一。《尔雅·释乐》中记载："埙，烧土为之，大者如鹅子，锐上平底，形如秤锤，六孔。小者如鸡子。"可见最初的埙就已经基本成型了，它大多由陶土制成，平底卵形，是我国较早的一种吹奏乐器，据考古学家考证，埙在史前时代就产生了，目前所知出土最古老的一枚埙是浙江河姆渡遗址陶埙，距今大约7000年。

由于历史久远，埙的具体制作过程已经不得而知。新石器时期，人们已经会用磨制石器来充当工具参与生产生活了，在狩猎时除了枪、矛等工具，还有一种叫作"石流星"的，据说它就是埙的原型。狩猎时，人们常常用绳子系上一个石球或者泥球，用重物击打鸟兽。有的球体中间是空的，抡起来一兜风能发出动听的声音。人们由此得出经验，用来吹奏，于是这种石流星就慢慢地演变成了埙。埙在我国的历史记载有很多，古书上对埙的形状、大小尺寸、名称等都做了详细的描述。传说埙最终的样子是辛公暴所做的，《世本》说："暴新公作埙"，也有帝喾时倕氏所作的说法。《杜氏通则》则说："周畿内有暴国，岂其时人乎？"种种说法，不一而足。关于早期埙的样子，宋代聂崇义纂辑《新定三礼图·投壶图·埙》中介绍说："凡六孔，上一，前三，后二。"这与现代记载的样子有些相似，古人还将埙和篪作为联合乐器来演奏，这是古人长期摸索出来的一种乐器组合形式，《诗经·小雅·何人斯》中提道："伯氏吹埙，仲氏吹篪。"意思是说兄弟两人，一个吹埙一个吹篪，后人多用为兄弟和睦之称。《古诗》中说："天之诱民，如埙如篪。"是说上天诱导下民，犹如埙篪一样相和。

《乐书》也同样记载："埙大者声合黄钟、大吕，小者声合太簇、夹钟。"这是埙和其他乐器的组合方法。经历了漫长的时代演变，大约在四五千年前，埙由一个音孔发展到两个音孔，能吹三个音。进入奴隶社会以后，埙得到了进一步的发展，在甘肃玉门清泉乡火烧沟文化遗址出土的埙，有三个音孔，能吹四个音。

埙在春秋时期得到高速发展，它是一种中正平和的乐器，极为符合春秋时期的审美，时人认同"以和为贵"的儒家思想，对以和为美的音乐审美有着独到的鉴赏力，而埙恰恰顺应了当时音乐的审美潮流，它的内容舒缓平和，利于教化。古人说："埙具治后之德，圣人贵淹；于是，错凡银、借福勃。"埙吹奏时声音浓郁、柔婉，关于它的音色，《埙赋》中有记载："埙之自然，以雅不潜，居中不偏，故质厚之德，圣人贵焉。"可以看出它是圣人们所器重的乐器，容易得到读书人的偏爱。《乐书》说："埙以水火相和而后成器，亦以水火相和而后成声。故大者声合黄钟大吕，小者声合太簇夹钟，要皆中声之和而已。"

秦汉以后，埙主要用于历代的宫廷音乐。在宫廷音乐中，埙分成颂埙和雅埙两种。颂埙形体较小，像个鸡蛋，音响稍高；雅埙形体较大，音响浑厚低沉，常常和一种用竹子做成的吹管乐器篪配合演奏。

清朝时期，埙的传承已经断代，清人吴浔源偶然一次机会得到了埙，并且复制出殷代五音孔梨形陶埙传世，由此揭开古埙的神秘面纱。《棠湖埙谱》是目前为止发现最早的，也是唯一正式刊行的埙专用乐谱，其中详细介绍了古埙制法、奏法以及埙谱的研究，具有较高的价值，是一本难得的珍贵史料。

到了20世纪三四十年代，埙乐在公演中几绝于耳。直到新中国成立后，诸多专家对古埙进行了大胆的改进，制作仿古陶埙，在古制六孔埙的基础上又设计出了九孔陶埙。将音孔增至八个：前六后二，加上吹孔，共为九孔。九孔陶埙以古制六孔埙为基础，扩展其肩部和内胎，增大了音量，扩展了音域，便于运指演奏，其音孔按相似于笛子的音孔顺序排列，可以吹奏出音阶和半音，埙变成可以转调的乐器了。由此，这一沉睡了多年的古老乐器重新回到乐坛上。随后，人们又在此基础上研究出了十孔埙，解决了埙无法吹奏高音的问题。

# 文化意义

因为埙的音色清高悠远，符合人们对秋天的感悟，因此埙也常常被用来表示立秋之音，《旧唐书·音乐志》中记载："埙之为器，立秋之音，万物曛黄也。"寄托了人们对秋天的情思，有利于体察自然，观察万物，探究纯净无杂的内心世界。

埙不仅有自然属性，在历史发展过程中，还寄托了一定的人文情感。由于埙篪合奏柔美而不乏高亢、深沉而不乏明亮，两种乐器一唱一和、互补互益、和谐统一，因此从古至今，这两种乐器都是坚不可摧的最佳拍档，故被后人比作兄弟和睦之意，杜甫在《奉赠萧二十使君》中提道："埙篪鸣自合，金石莹逾新。重忆罗江外，同游锦水滨。"韩愈的《和虞部卢四酬翰林钱七赤藤杖歌》："南宫清深禁闱密，唱和有类吹埙篪。"刘禹锡的《奉酬湖州崔郎中见寄五韵》："同游翰墨场，和乐埙篪然。"这些文人诗作都能充分反映古人对于"埙篪之交"的认可，同时这也象征着中国古代文人的一种高尚、高贵的和纯洁、牢不可破的友谊。埙和篪的演奏，体现了中国传统的儒家礼教文化在中国历史中的地位和作用。

千百年来，埙以其独特的音色，神秘的色彩，古朴典雅的风格，悲愁哀怨的曲调以及丰富的文化内涵，在我国乐器史上牢牢占据一席之地。

## 与埙相拥

张静

我是早产儿,长到四五岁了,还一直体弱多病。多数时候,伙伴们出门玩耍都不愿意带上我,他们主要嫌我胆子小,动作慢,嗓门更小,玩起来没劲头,而且由于过于瘦小,身子骨轻,一碰就摔倒,还要哭鼻子,比较烦人。

有一回,邻居二毛和狗剩哥他们准备去沟里打猪草。我当然知道,打猪草只是掩饰,主要是下沟里的小河里玩耍。河里有贝壳、小鱼,还有青蛙,可以烧着吃。晌午饭后,二毛来喊堂姐,两个人表情神神秘秘,嘴里嘀嘀咕咕,还眉来眼去,打着手势。

我知道,他们是怕我跟过去,想悄悄溜走。可我还是看见了,跟了几步,二毛伸开手臂挡住我,压低嗓门吓唬我说,河边的长虫和癞蛤蟆多得很,一不留神就爬你脚上,还去不?

我打小就怕这两样东西,二毛这样一说,我赶紧将腿缩了回来,使劲白了二毛几眼,鼻子里"哼"了几下,不去就不去,有什么了不起的。

堂姐和二毛一溜风似的走了,我一个人在院子里踢着石子,闷闷不乐。

我爷把这一切都看在眼里。他悄悄走过来,摸摸我的头说,等下次下雨了,爷给你捏个泥埙,准保他们一个个都眼红,不找你玩才怪呢!

一场雨后,空气里夹杂着泥土的腥味,

我爷从地里回来，蹲在后院里，果真给我捏出了几只，形如小鸡、小狗、小鸭、小猫的模样。搁在嘴边，能发出断续的声音，说不上悠扬婉转，却也响亮悦耳。其实，那会儿，懵懂的我似乎更在意其乖巧可爱、玲珑精致的形状。

过了几日，我用两颗水果糖换来了二毛和秀秀来我家院子玩耍。厢房里，奶奶戴着老花镜坐在织布机上忙活着，一只木梭子在她手中来回传递，两只脚不停踩着脚踏，待夕阳西下时，奶奶胸前铺就开一块五颜六色的布，似五彩斑斓的画一般。我们玩累了，坐在院子的房檐台上休息时，隔着敞开的门，可以看见奶奶亲手织染的花丝线一绺一绺顺着织布机错落有致地排列着，她的身子随着梭子前后左右很缓慢很有节奏地倾着，脸上漾出平和安宁的笑容。当我的视线落在机架上那些颜色好看的花线上时，突发奇想，一再央求奶奶也给这几只所谓的埙换上新颜。奶奶拗不过我，只好解下身上的织布绳，找出剩下的染料瓶子，耐着性子，给泥埙涂上红嘴、蓝眼、绿冠，身体其他部位再配上别的色彩，漂亮至极。

我自然非常欢喜，只要出来玩，就把这几只泥埙挂在脖子上，满村子挑人多的地方转悠，还乘人不注意憋着气使劲吹几下，从公鸡的大嘴巴处就慢慢悠悠地飘出来虽然不搭调却很响脆的声音。引得同伴远远近近一窝蜂而来，围着我，眼巴巴地瞅着我手里的精致玩意。我在他们极其羡慕和眼馋的神色中，获得了一种从未有过的优越感和自豪感。

时隔十几年，我见到了真正的埙。那是1991年的冬天，临近毕业，我在西安自行车厂搞折弯机设计，每日黄昏，会从玉祥门绕到汉城路坐59路车回咸阳。连续几日酷热难耐，我们设计组几个人相伴，一起绕着城墙根的阴凉处走。远远的，一阵浑厚苍凉的声音夹杂着丝丝热风传来，声音钝钝的、低低的，仿若要穿透人的五脏六腑一般。不由得驻足停下，循声望去：不远处一亭子的石凳上，一位垂暮老者，两手托起一个类似于大肚弥勒佛一般的泥瓦罐，他阖上眼睛，神情专注地吹着一首我不曾听闻的曲子。后来，我知道了那首曲子叫《追梦》，而他手里的东西，名字叫作"埙"。

那才是真正的埙，一只深褐色的、光滑饱满的陶质埙。惊喜之下，三步并作两步，凑到跟前，细细端详，原是一只七眼埙，一个个圆溜溜的小洞眼，似一只只洞穿千年风尘的眼睛，那里面，似乎饱含岁月的沧桑与时光的沉淀。让我惊叹的是，年过花甲的老伯，脊背靠着城墙，旁若无人地吹着，好像周围喧嚣的人群与他无关。而我在那一阵幽幽怨怨的呜咽声中，仿若看到了这片绵延八百里的黄土地上，那一件件散落在尘烟里的陈年旧事，正被一只埙、一位老人，以无限深情的姿态，演绎得风生水起。与此同时，一种孤独与清寂，厚重和苍凉，瞬间摄住了我的心。我第一次感觉到了什么叫作震撼。

再后来，参加工作了，单位有一位同事，教物理的，为人谦逊而和善，除了课讲得顶呱呱外，还有一手绝活呢，尤其是泥塑功底相当不错。每每下雨天，他都要搞回来一堆泥巴，找一不起眼的角落，摆开阵势不厌其烦地侍弄着，一阵忙活后，一个大肚弥勒佛就笑得眼睛眯成一条缝，形象极了。更有趣的是，"十大元帅"的头像也被他一双巧手给塑出来，活灵活现，人见人夸。一日，竟然自己揣摩着赶出了一件埙，他自豪地对人说，自己泥塑的埙，并不比名噪一时的秦源黑陶埙差。

那日，去同事办公室闲转，他正在侍弄那只埙，我这才有了零距离和它接触的机会。很细腻，很光滑，捧在手中，很薄，很轻，但又觉得很重很重，似乎是捧了秦人几千年沉甸甸的岁月。同事告诉我："做这只埙很费事的，需要将特质的土陶坯定型压光后，放进炉子，炉子须是密闭的，最关键的是火候一定要掌控好，太旺太弱都不好，还需添加一些干柴火熏烤，柴火滋生出的浓烟对烧制埙来说很重要，因为浓烟中的碳粒子随着柴火的燃烧渗入陶坯中，本色的土陶便会被染上一层油亮的黑肤，属于埙独一无二的声音才能出来。"

　　我记得他说这话的时候，满脸宁静。末了，似乎言犹未尽：看你也是喜欢音乐之人，其实，很多时候，这埙，适合独语细吟，若和着余音袅袅的古琴，对着空谷僻径、半墙花影，让埙声幽幽铺开，都是故事呢。只是，令我十分惋惜的是，那年冬天，同事在外地工作的儿子回小城了，他下楼去对面的市场买儿子最爱吃的南瓜饼和豆腐脑。返回时，就在我们学校门口的马路上，被一辆横冲直撞的摩托车撞飞二三十米，经过一周的抢救，最后未能醒过来，撒手人寰。我再也见不到他的身影，听不到他诙谐和幽默的话语，听不到他絮絮叨叨关于埙的情愫和热衷。我只有在心里默默祈祷，天堂里一定也有一只埙，为他，低低作响。

　　我确信这只是初冬，连绵清冷的雨漫天飘飞着，给人无边的寂寥和空旷。晚饭后，一本书读倦了，蜷缩在椅子上，冲一杯好久未喝过的大红袍，点开耳麦，音乐收藏夹里，一曲曲熟悉的埙乐，在夜的帷幕下，在无边的月色里，静静弥散开来。幽幽的呜咽声，隔着青白的屏幕一声一声传过来，那种令人难以抵挡的穿透力，像要连同那一只埙一起撑破似的。我还是不懂音律，更谈不上吹几口，却依旧全身心地投入其中，一次次深深陶醉着。这种状态很多年了，我甚至觉得，假如有一天，我老了，耳背了，再也听不到它们，会有怎样的失落和怅惘？比如此时，我就泡在雨夜里，泡在埙声里，大地是安详的，我是沉默的，沉默到一遍遍不厌其烦地听着《凤竹》《知音》《睡莲》……这些不知听了多少遍的埙曲，带着细碎的深情，一点一点浸入到我的心窝深处，那一些在心底里洞藏太久的故事，硬生生地被唤醒。

　　许是过了浪漫的年纪吧，愈来愈懂了那独特的、略带沙哑的声音里，似乎在诉说着一段段久已湮灭的历史陈迹：大漠孤烟、长河落日、思乡游子、痴心情人……这些在埙声里早已留下烙印的人间百味、前世今生，都是文人墨客心中永远难以卸掉的情愫。

你听！

乐游原上清秋节，咸阳古道音尘绝。音尘绝，西风残照，汉家陵阙。

李白如是说。

身向云山那畔行，北风吹断马嘶声。

纳兰性德如是说。

……

嗯，一定还有很多与埙有关的诗句，让我一边沉溺在埙的呜咽里，一边搜肠刮肚去寻找。你听，那苍凉的、悠远的、缠绵的、幽怨的埙声过后，我仿佛看见，有人站在窗前，借埙还魂，好像只有在这埙声里，才有了水边繁茂的蒿草，有了空山无边的清寂，有了窗下伊人的思念，甚至有了人在埙声中渐渐老去的传说。难怪贾平凹老师在《废都》里写道："我喜欢埙，它是泥捏的东西，发出的是土声，是地气，上帝用泥捏人的时候也捏了这个埙，所以，人生七窍有了灵魂，埙生七孔有了神韵。"细细思量，真是精辟，不愧为大家，把埙与人之间藏在灵魂深处的一场私密对话勾勒得栩栩如生，淋漓尽致。

一种姿势听久了，会有腰酸背痛的感觉，换了姿势，继续听，一直听到枯藤、老树、昏鸦、小桥，一幕幕在我眼前交相辉映。那一瞬，我的泪水与埙声一起流泻开来，不停地问自己：只是一只埙而已，何以将虚无缥缈的玄音，寄托在最为朴素的泥土之中，

宋 李嵩 《听阮图》(局部)

灼土成埙？而待回过神时，风儿停了，鸟儿歇了，忙了一天的人们早已沉睡，除了埙声和雨声，尘世间一片万籁俱寂。我不觉叹道：谁让我们终是俗人，总想在无字的曲中，寻找一条弯弯的小路，进出自由。就像此时，我在夜的帷幔下静坐，忽而蠢蠢欲动，想拥有一只埙，随意乱吹，即使五音不全，难成曲调，姑且听一听它发出的声音；嗅一嗅那一缕远古的味道，也算无憾吧！

# 唢呐

suǒ nà

## 概说

老民俗

唢呐,是中国传统双簧木管乐器。唢呐在公元3世纪左右传入中国,其后经过几千年的发展,经过中国的本土化改造,唢呐拥有了独特的气质与音色,现在已是我国具有代表性的民族管乐器。唢呐管身是木制的,呈圆锥形,上端装有带哨子的铜管,下端套着一个铜制的喇叭口(称作碗),所以俗称喇叭。它的音色开阔雄壮,演奏时音量大,常作为领奏乐器与锣鼓紧密结合,适用于表现热烈、欢腾的气氛,代表作有《百鸟朝凤》《抬花轿》等著名曲目。

264

## ● 渊源

作为一种在中国民间广泛流传的乐器，唢呐其实并非原产于中国，而是个舶来品。据考证，唢呐的踪迹分布极为广阔，遍历亚、非、拉、欧 30 多个国家，是世界性的共有乐器，而非哪一国所独有，它最初是由波斯、阿拉伯、伊朗等地区传入中国的。唢呐的名字是根据古代波斯语 Surna 音译而来的。已有确凿可靠的历史证明，唢呐传入中国中原地区已有七百年历史，而在我国的新疆地区则更早。在现今的新疆拜城克孜尔石窟第 38 窟遗址中，可以通过伎乐壁画看到当时已经有吹奏唢呐的形象，调查研究证实这处遗址开凿于公元 3 世纪，足见唢呐的传入历史悠久。在中原地区，北魏时期开凿的云冈石窟中也有伎乐演奏唢呐的形象。

唢呐自传入中国一直广泛流传于民间，吹奏唢呐的多为民间艺人，在长期的封建社会阶级统治下，他们的地位并不高，而唢呐也仅仅是被他们当作卖艺谋生的工具，因此在古代，这项民间乐器一直未受到足够的重视，所以并无详细的书面文字记载。只能在文物遗迹中得到一些佐证，例如北京故宫博物院藏有一尊唐代骑马吹唢呐俑。是一个陶俑小人拿着喇叭在吹奏的画面，只是此时的喇叭比较粗壮，样子与我们今日看到的略有不同，但基本形制已经完备。

自元明开始，就有了较详细的记载，明徐渭在《南词叙录》中谈及："至于喇叭、唢呐之流，并其器皆金、元遗物矣。"明王圻编《三才图会》："唢呐，其制如喇叭，七孔：首尾以铜为之，管则用木。不知起于何代，当军中之乐也。今民间多用之。"可以在上述记载中发现，在明代，唢呐还是比较新奇的乐器，武将戚继光曾把唢呐用于军乐之中。他在《纪效新书·武备志》中说："凡掌号笛，即是吹唢呐。"以至于后来被广泛吹奏，出现了专门写唢呐的散曲，明朝王磐的《朝天子·咏喇叭》则是描述唢呐最好的文章："喇叭，唢呐，曲儿小，腔儿大。官船来往乱如麻，全仗你抬声价。军听了军愁，民听了民怕，哪里去辨甚么真共假？眼见的吹翻了这家，吹伤了那家，只吹的水尽鹅飞罢。"用唢呐来讽刺明朝时期的宦官。

在清朝，唢呐已经完全成型，并且在民间有了巨大的发展，其独特的演奏形式充分融到当地生态中，在以戏曲音乐为基础的民间艺术中，唢呐成了离不开的乐器。此时的唢呐已经一改从前单一的形式，有了不同的分类，具体分为大、小两种。大的叫吹响，小的叫祭呐子。用铜片制成喇叭碗子，乌木或梨木制成唢呐管，上面开七个音孔，下开一个换气音孔，用苇皮制成篾子以发声。各个地方的唢呐气派不一，以具有代表性的甘谷唢呐为例，它的曲牌自成体系，分为红调、白调、祭祀调三大类，共有五十多个曲牌，每调前均有引子，其次进入主调至结束。由于受甘谷小曲、道情的影响，其具有了鲜明的甘谷特色，曲调多以 2/4 拍为主，兼有 3/4 拍：调式以徵调式居多，偶有商调式、宫调式和羽调式。演奏时，由两人吹唢呐，一人敲锣鼓，一人击钹，组成四人合奏班子。在大型祭祀活动中，也有几个唢呐班子同场演奏的情形。

# 文化意义

唢呐在民间乐器中应用范围极其广泛，在广大人民群众心中，它的实用性大于艺术性，因此这种乐器在各地均有一定程度的传播，并且带有当地丰富的地域文化特征，成为不折不扣的民俗乐器的代表。各地均有它独特的称谓，在山东地区，它被叫作"呜哩哇"，在云南地区被叫作"山宝"，在福建山区被叫作"八仙"等。

唢呐音色高亢响亮，吹奏起来格外宏大，可以营造出一种热闹欢腾的气氛，在广大农村地区多应用于吹歌会、秧歌会、鼓乐班和地方戏曲艺术的伴奏，现在通常是唢呐和锣鼓互相配合演绎热烈欢快的喜庆气氛，故在广大农村地区一般适用于节日活动、赶集或者婚丧嫁娶等场合。

唢呐曲调变化多样，优美动听，有丰富的表演形式，是一种表现力很强的乐器，能够准确表达音乐人的所思所想，唢呐的调子行云流水，不管是古老的戏曲，还是新潮的音乐，唢呐都能够轻松驾驭，民间艺人们也借由唢呐切磋来寻找志同道合的好友，在不断的切磋中精进技艺。在这一点上我国南北方差异较大，南方艺人吹奏时不在乎技巧的高超性，而是只用循环换气法一字一音，而有的北方民间艺人则创造了许多复杂的演奏技巧，如滑音、吐音、气拱音、气顶音、三弦音、箫音等，还有模仿鸡啼鸟鸣、人声歌唱（有的地方称为咔腔）等特殊技巧，成套的模仿戏曲、歌曲的人物唱腔，甚至连模仿念白台词都十分逼真，展现出唢呐非比寻常的创造力，例如唢呐技法的集大成之作《百鸟朝凤》，运用了特殊循环换气法的长音演奏技巧，补充了快板尾段，使全曲结尾处仍然昂扬热烈，兴味不减，民间艺人表演时则会故意演绎出鸟鸣等声音。

# 唢呐声声忆故人

张清明

我不知道中国古代对于唢呐艺术怎么讲，但我知道引进于波斯宫廷的唢呐，在中国成为民间器乐，普遍用于婚、丧、嫁、娶、礼、乐、典、祭。明代时也被用于军队号角，"凡掌号笛，即是吹唢呐"。

此时的我正被一曲《黄土情》震撼得心潮澎湃。唢呐声声，声声断柔肠；唢呐声声，声声催人老啊！流年沧桑，世态炎凉尽在一曲唢呐。激越高亢，忧伤缠绵，低回婉转，如泣如诉的一曲《黄土情》让人听得热泪涟涟。唢呐独具特色的高亢，足以展示人逢喜事精神爽的喜悦心情，唢呐幽咽的低音，又能完全表达一个人内心深切的痛楚与哀伤。

唢呐声声，让我想起那个吹唢呐的少年，腼腆、羞涩、不敢正视女孩。那个少年叫业满，是我儿时的玩伴，更是我从小学一直到中学的同学。

我们队里年龄相仿的许多孩子，有空喜欢玩在一起。业满比我大一岁，我们大多时候三五成群一起上山捡柴打猪草，但一般两三个人最好。人多了捡不到柴，也打不着猪草，偶尔几组人马在一片山上遇见，大家会一起做游戏、捉迷藏或搭起草架。每个人轮番扔刀、打叉，谁打中得多谁就赢，谁打中得少谁就输，输家要给赢家割一抱柴或扯几把猪草。但是每回女孩输了，男孩一般都没有那么认真，非要女孩的柴或者猪草。大家玩得差不多了，立即作鸟兽散，个个都惦记着回家怎么跟大人交差呢。

上学的时候，业满要从我家屋后路过。小学的时候一群孩子上学去，嘻嘻哈哈有说有笑，甚是热闹。到中学就渐行人渐稀，因为种种原因，许多孩子小学未毕业就辍学了。

业满每天起得比我早，我还在吃饭，就听见他吹着口哨一路"嗦嗦，嗦嗦……"地从我家屋后面走过。口哨就是呼唤，口哨也是催促，是命令。听见口哨声我再也不能安心吃饭，拔腿追了出去，爬上屋后面的那道坡，就看见业满在前面等着我。

上学路上，要经过另一位同学的家，那位同学也是每天等着我们一起上学，我们要走十几里路才到学校。也是因为距离中学最远，我们三个还在学校运动大会上得过表扬，说我们每天早上走十几里山路，却从来没有迟到早退过。得此殊荣，我对业满是很感激的，要不是他每天很准时，以我喜欢睡懒觉的性格，还不知要迟到多少次。

辍学后的业满，像大多数农村娃一样，每天过着面朝黄土背朝天的日子。偶然一个机会，业满拜一个唢呐师傅为师，学吹唢呐，并加入了锣鼓班子……

我在离他家院外的堰塘里挑水，每次路过都能听见业满磕磕巴巴学吹唢呐的声音，那不成调的唢呐声，声声刺耳，就像我们挑粪上山时毒辣的太阳，让人心里发慌。

渐渐地，那些磕磕巴巴的唢呐声就变得顺畅起来，让人能跟着轻轻哼唱。有时候听不见业满的唢呐声，那一定是他跟着师傅一起出去给人守灵，或是送亡灵上山了。当年的我，总会从心眼里嘲笑没有音乐天赋的业满，怎能吹出好的唢呐曲？

功夫不负有心人，业满到底还是学会了吹唢呐，他带着锣鼓队，行走在老家的每一个山村，每一寸田野，迎娶新人，送走亡灵。那年大姨奶去世，三叔和我家给大姨奶"下祭"，请的就是业满的锣鼓队。那一次我近距离聆听业满的唢呐吹奏，其中吹得最好的就是这首悠扬婉转的《黄土情》，当年根本不知道这首曲目，但业满技艺娴熟，吹出的哀伤乐曲令人记忆犹新，直到后来再次聆听，才知道此曲正是当年业满所奏之曲。

随着时代变迁，锣鼓班子在别人的电子乐队挤兑下，生意日渐萧条，业满只好放下唢呐，随人去湖北荆门挖煤炭去了。

我也早已离开家乡进城上班，再也听不见业满的唢呐声了。据说挖煤炭那些年业满挣了不少钱，供养儿子本科毕业，并在外地落户安家，后来业满俩夫妇也跟随儿子在外地定居。

离开家乡近三十年，搬进城也已经十几年，很少与老家人相遇在这一座城。突然有一天，接到一个陌生电话，听声音却很熟悉，原来是老家的堂姐，只听她淡淡地说："业满已经走了，清明节埋的。"

去年国庆，我回了一趟老家，听人说业满得了肺癌，已是晚期，住在县医院的重症监护室，活一天算一天了。本想去探望一下，又担心已近三十年不曾见面，我唐突地远道探望，会不会给重病的业满增添心理负担，几经徘徊，最终放弃了探望的念头。如今他已无声无息地永远离开了这个世界，我未能与儿时的玩伴见上最后一面，留下深深的遗憾。

业满走了，他断断续续的唢呐声，每一声都回响在我耳畔，更有他清脆的口哨声，声声穿透时光的回音壁，直击耳膜，勾起对往事的回忆。想起每一回我在他家外边的堰塘挑水，听见他不熟稔的旋律，心里不屑，我嗤嗤地嘲笑，就像后来别人对我拙劣文字的不屑和嘲笑。

而今的我或许就像当年的业满，任人不屑与嘲笑，但我只管做好我自己，或许到最后，总有一曲嘹亮的"唢呐"打动那些懂得我的人。

肆　游艺民俗

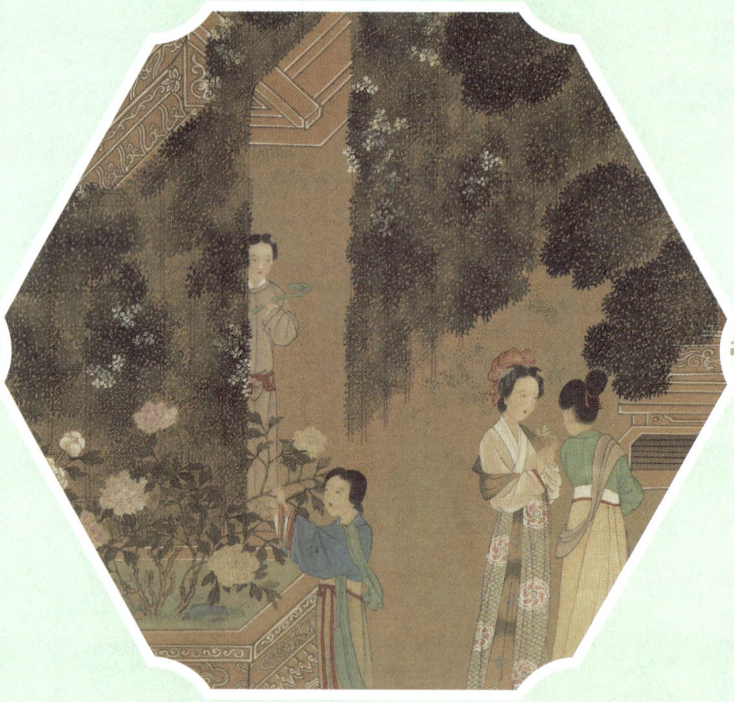

# 伍

## 其他民俗

# 赶集

gǎn jí

## 概说。

赶集,在一些南方地区又被称作"赶场""赶山""趁墟"等,它是一种民间贸易风俗。集市并不指某一特定场所,而是指定期聚集进行的商品交易活动形式,又称市集。是曾经商品经济不发达的时代或地区经济贸易形式的遗留。在古代,交通不便,交易方式往往有限,赶集便成了劳动人民生活中所必不可少的一项活动,具有一定的周期性。

## ● 渊源

集市是经济发展的产物。我国集市贸易产生较早，但最初没有固定的交易时间和地点，多以"日中为市"，在聚居的水井旁进行。商周时期，已有关于市的文字记载，如《易经·系辞下》有"日中为市，致天下之民，聚天下之货，交易而退"的记载。

西周时期的交易市场大多由三部分构成，中间为大市，日中交易，比较富裕的百姓和为贵族购买东西的管事人是交易主体；东边为朝市，早晨交易，是商贾交易的场所；西边为夕市，傍晚交易，是贩夫走卒交易的地方。春秋战国时期，集市规模进一步发展，不过有些城市还是只有定期交易的市集，并没有常设之市。农村交易的小市集也因交换的需要而逐渐活跃起来，农村的集市多在大路旁边的空地上举行。《诗经·陈风·东门之枌》中就记载了春秋时期陈国市场的热闹景象："子仲之子，婆娑其下……不织其麻，市也婆娑。"子仲家的女儿不在家织麻，在集市上翩翩起舞。

秦汉时，随着社会的统一和经济的发展，集市也在不断发展。汉朝初年，官府已命令规定，村镇集市的开放时间为农历每月逢"一、四、七"，或逢"二、五、八"，或逢"三、六、九"。至今一些农村的集市还按照这一时间进行交易。汉代长安已经出现了九个市，在《两都赋》《西京赋》《三辅黄图》中都有相关记载。汉代对商品的管制进一步加强，如盐、铁、酒等物品的交易权由政府垄断。东晋时期，在建康县（今南京）出现了草市。

唐代时，市集种类进一步发展，如岭南有墟市，西蜀有亥市，北方有集等。柳宗元《童区寄传》中有"之虚所卖之"的记载，就是指村民到集市去交易。他在《柳州峒氓》一诗中用"青箬裹盐归峒客，绿荷包饭趁墟人"记载了当地赶墟的风俗。唐代对集市的开放时间管理也非常严格，一般来说，午时击鼓二百下，商人才能进入市场，日落前击钲三百下而散市，散市之后就必须离开。这一规定在白居易的《卖炭翁》中有记载："夜来城外一尺雪，晓驾炭车辗冰辙。牛困人饥日已高，市南门外泥中歇。"

宋代时，交易时间已不再那么严格，"夜市直至三更尽，才五更又复开张"。宋代除了商品经济进一步发展，以寺庙为交易场所的市也繁荣起来。《东京梦华录》记载："相国寺每月五次开放，万姓交易。"《燕翼诒谋录》记载："东京相国寺乃瓦市也，僧房散处，而中庭两庑可容万人，凡商旅交易皆萃其中，四方趋京师，以货物求售、转售他物者，必由于此。"这些记载说明在宋代寺庙也成为重要的集市。宋代对集市的管理进一步放松，宋孝宗在隆兴初年曾颁布诏书："乡落墟市贸易，皆从民便。"

明清时期，由于资本主义的萌芽，商品经济高度繁荣，之前的贸易形势几乎已经无法满足人们的需求，人们需要更加广阔、自由的交易市场。集市数量迅速增加，交易种类繁多，还有各种专门的市场。如广东褐阳县，在康熙时市墟只有5个，到乾隆四十六年(1781)就发展到了26个。

## 文化意义

传统集市延续了城市历史文化和传统习俗，是一个独特的地方性浓缩的人文景观。集市文化产生于村落之后，城镇之前，在以物换物的过程中，贸易市发展为集市，其中从事交易的人也获得了专门的身份，即商人，在明清时期还形成了商帮，例如晋商、徽商、粤商。除此之外，商人大多数注重本身的文化素质，有的商人还是科场失意的文人，这就导致他们对科举仕途有着强烈的执着，不仅督促自己的子孙读书，也接济救助贫寒学子，形成独特的儒商文化。集市的出现成为社会经济繁荣的一大标志，促进了社会的长足进步和发展。

# "逢墟切"是个美好的词

张冬娇

某日，我小学同学微信群里，有人喊了句"逢墟切（去），突然觉得，逢墟切，这三个字，无限美好，令人向往。

记得小时候，农历三六九定为逢墟日。每到逢墟日，村里人都要着意打扮下，头发梳得溜溜光，衣裳穿得齐齐整。平时习惯打赤膊的男人，这天也穿上了衬衫。然后呼朋引伴，相邀逢墟切。

从村里去墟上，有大约30分钟的路程。一路上，各村的人源源不断汇入人流中。人们提篮挑箩担着畚箕，篮子、畚箕里放着禽蛋、蔬菜和大豆等各种农副产品；箩筐里装满了谷和米，挑箩的人打着小飞脚，扁担吱呀吱呀赶着路。还有人赶着猪、牛，慢慢腾腾地摇着走。有大闺女打扮得漂漂亮亮，跟着父母去相亲，羞答答的，又喜悦又不安。有长得俊俏的媳妇姑娘，便成了大家目光的焦点。有戴着墨镜装酷的男人，旁人便要戏谑他是"水老倌"。还有河那边的山里人，要起大早走几个小时的路程，赶去逢墟，山里的女人模样气质有点特别，皮肤白嫩，撑着小花伞，成了路上一道美丽的风景。

大家走着说着笑着，遇到熟人，前呼后喊，彼此开着俚俗的玩笑，不一会儿，就到了墟上。

墟场就是供销社前面的一个大坪，排

几排再绕几个弯。从墟口子上进去，货铺、糖果铺、肉摊、豆腐摊、油煎粑粑摊、米店、木材场，五花八门。一路慢慢游，慢慢看，瞧一瞧，摸一摸，问问价，还还价。"自家种的小白菜，新鲜着呢，您瞧瞧，能掐出水来，来两斤？""正宗的土鸡蛋，自家养的鸡！""卖豆腐，卖豆腐，来两块炒辣椒吃！"商贩的叫卖声此起彼伏，不绝于耳。

在墟场肯定会遇到亲戚朋友，老远就在喊，要打讲两句（聊天），有的干脆站在一边，陈谷子烂芝麻的事说个够。后面的不小心踩了前面的脚，前面的就开骂几句，没长眼是不？后面的回应几句，你才不长眼呢，我又不是故意的，旁人立即劝解，算了算了。整个墟场熙熙攘攘，好不热闹。

手里的货卖出去了，换了钱，砍点儿肉，买点儿豆腐、油盐，不忘了买点儿糖果糕点哄哄孩子，扯点儿布回去做衣裳。说媒的联系相亲的双方见面了，丢下两个年轻人边走边聊，男的如果中意了，就会在摊上买点儿水果送给女方，女方如果接受了，就有戏了。然后择个吉日，定下亲事，过个一年半载，新娘子就可以接过去了。

转了两圈，该卖的卖了，该买的也买了。走累了，口也渴了，肚子也咕咕叫了。出墟口子上，正好有小吃摊。一个大棚子下，摆了几张桌子，老板娘前前后后招呼不停。女人们围在一起带着孩子，吃点儿水粉或米豆腐，那米豆腐辣辣的，有点儿香，有点儿甜，既解渴，又能填满肚子。男的呢，喜欢凑在一起，喝点儿本地的黄米酒，歇歇气，开点儿玩笑，过个嘴巴瘾。

酒满意足，看看日头当顶，该回去了。下墟还来吧？还来，好，还一起喝酒打讲。

村里的人家，比往日气氛热闹多了，桌上菜丰富了，孩子们的零食多了，村里的笑声也比往时多了。

如今，家乡的逢墟日还是三六九，只是走路去的只剩下几个老人了，年轻人大多骑车或开车，路上不断出现三层小洋房。墟场比以前宽而长，物产更丰富，种类更齐全，需要的东西应有尽有。"逢墟切"三个字，还是让人觉得无限美好。

# 乡村赶集

任随平

乡村集市就是一枚符号，不论严寒酷暑，总在处变不惊的轮回里，映照着乡村人的悲喜人生。尤其是临近年节的腊月时分，乡村赶集就像一道亮丽的风景，将村庄与乡镇融为一体，且是那么的从容自在，温文尔雅。

赶集需要起早，曙色刚刚染亮天际，就听得早起的农人推开木门的吱呀声，随之而来的便是牛羊唤草声，不紧不慢的狗吠声，鸡群穿越场院的奔跑声，就像乐曲的变奏，从低到高，从小到大，从一而众，在短暂的过渡里达到高潮，就连隐匿高枝的鸟雀，也随着场景的渐进而穿越俯冲，在场院或大或小的草垛间集合。过不了多久，曙色掀开穹苍高远的帷幕，将一抹亮色均匀地涂抹在村庄大地上。这时候，男人们早已为牲畜们添置了食料，而女人们也已梳妆完毕，开始走门串户，约定赶集的伙伴。毕竟，赶集除了购置生活的必需品之外，更重要的是一份赶的心境，一份心灵隐秘的交换。

赶集是一场集体行动。男人们三三两两，推了自行车，却不骑，他们要将近期的计划、对生活的想法，在边走边聊中告知给别人，虽是一村一庄的，但真要海天阔地地聊一通，好像又没有这样的机会。女人们更是成群结队，换了平日里不舍得穿的衣裳，相互说笑着，拉扯着，似乎赶集对于她们来说，就是告别一年辛劳的节日，她们要在这无拘无束的时刻，将内心的快乐全部分享给别人。因此，从山路上望下去，赶集的队伍就像飘逸的彩带，将村庄的喜乐带到山外。

　　集市上本就物品繁杂，到了腊月更是琳琅满目，虽不像城市里那么分门别类，却也独具特色，单就那茶香飘逸的卖茶摊子，就格外让人欣慰。赶集的人走累了，口渴了，到茶摊的长条凳上一坐，炉火熊熊，三两个人下一罐茶，茶在旺火里沸腾着，赶集人与卖茶人热烈地交谈着，谈话的罅隙里，品一口茶，那茶香似乎不是进入胃里，而是飘荡在整个身体的脉管里，奔突着，游走着，丝

明 仇英 《清明上河图》（局部）

丝缕缕，浸润着品茶人的五脏六腑。人们就这样不紧不慢地品着，聊着。你是我的亲戚，我是他的友人，到后来，品茶人，卖茶人，无事取暖的闲聊人，都成了热热火火的一家人。临别了，将茶钱硬塞到卖茶人手里，挥着手势作别着，脚却依旧站在原地，不离不舍的，单这情景，就令人心绪温暖。

因此，乡村集市少却了闹市的繁杂，却多了几分人情味，在融融的交易里，温热了彼此朴实无华的心。随着经济的发展，贸易形式的更替，乡村集市逐渐淡出人们的视野，但永远不会消失的，是内心深处恒久的记忆和暗藏在人们心灵深处的善意。

清 丁观鹏 《太平春市图》（局部）

伍 其他民俗

# 踏青

tà qīng

## 概说

踏青，一般也叫作"踏春"，指的是春日结伴游玩的活动，这种习俗由来已久，多集中在三四月份，现代中国民间多设定在清明节。踏青的历史渊源是我国远古农耕祭祀的迎春习俗，这种习俗对一个长期以小农经济为主的国家来说，影响是非常深远的。

## ● 渊源

踏春习俗自古就有,早在先秦时代,民间就出现了广泛流行的踏青活动。当时的一些地区特意设定二月二日为踏青节。其中《诗经·郑风·出其东门》中介绍:"出其东门,有女如云。"描述的就是古代青年男女春日去东门外踏春的情景。

汉代以后,踏春活动由于与自然相接的属性,极易引起书法诗人的感慨,因此多见于诗文之中。如三国魏曹植《节游赋》:"于是仲春之月,百卉丛生。萋萋蔼蔼,翠叶朱茎。竹林青葱,珍果含荣。凯风发而时鸟欢,微波动而水虫鸣。感气运之和润,乐时泽之有成。遂乃浮素盖,御骅骝。命友生,携同俦。诵风人之所欢,遂驾言而出游。"南朝陈的江总作诗《庚寅年二月十二日游虎丘山精舍》:"纵棹怜回曲,寻山静见闻。每从芳杜性,须与俗人分。贝塔涵流动,花台偏领芬。蒙茏出檐桂,散漫绕窗云。情幽岂徇物,志远易惊群。何由狎鱼鸟,不愿屈玄纁。"汉代以后的二月十二日逐渐演变为花朝节,人们会在这天踏青赏春游玩。虎丘在现今的苏州地区,自古文风昌盛,一直是文人士大夫游玩雅集的胜地,是佛教圣地,同时还是苏州花会场所,至今仍保留花神庙。

隋唐时期,踏青的活动内容越来越丰富,出现了放风筝、荡秋千等赏游活动,越来越多的人出门游玩,隋朝著名画家展子虔所绘的《游春图》就生动地展现出这个场景,在明媚的春光下,人们成群结队游春的情景栩栩如生、历历在目。从唐代开始,清明也逐渐和踏青的活动联系在一起,人们在清明扫墓的同时,也会携家带口欣赏春光。由于清明上坟都要到郊外去,在哀悼祖先之余,顺便在明媚的春光里骋足青青原野，权作节哀自重转换心情的一种调剂方式。因此，清明节也被人们称作踏青节。唐代诗人王维的《寒食城东即事》提到过："少年分日作遨游，不用清明兼上巳"，一方面说明秉性贪玩的孩童，常常不满足于踏青游乐仅仅在清明举行，另一方面也说明了"清明"与"上巳"渐渐融合的趋势。唐代诗人对于踏青的记载非常丰富，例如杜甫有"江边踏青罢，回首见旌旗"，孟浩然有"岁岁春草生，踏青二三月"。据《旧唐书》记载，唐代宗曾在农历二月初二前往郊外踏青："大历二年二月壬午，（代宗）幸昆明池踏青。"李淖在《秦中岁时记》也有过记载："唐上巳日，赐宴曲江，都人于江头禊饮，践踏青草，曰踏青。"唐代郊外踏青活动的盛行，由此可见一斑。唐诗中描写踏春活动的时间通常在三月三前后，唐诗题目中出现"上巳"和"三月三日"的有八十多首，其代表性意象就是祓禊和踏青。刘商《上巳日两县寮友会集时主邮不遂驰赴辄题以寄方寸》中的"踏青看竹共佳期，春水晴山祓禊词"，也从侧面证实了这一点。

宋元时期，清明节逐渐在发展演变中取代了寒食与上巳两个古老的节日，形成了一个以祭祖扫墓为中心、辅以春游踏青的传统节日。例如宋代张择端的风俗画《清明上河图》就以清明节左右为背景，极其生动地描绘出以汴河为中心的清明时节的热闹情景。南宋周密在《武林旧事》卷三中说："西湖天下景，朝昏晴雨，四序总宜。杭州亦无时而不游，而春游特盛焉……都人士女，两堤骈集，几于无置足地。水面画楫，栉比如鱼鳞，亦无行舟之路。"这种热闹景象，即使在今天也难得一见。

元代，杨维桢在《崔小燕嫁辞》一诗中写道："崔家姊妹双燕子，踏青小靴红鹤嘴。"可见此时的踏青已经演变成了一项身心皆宜的体育活动，不再局限于时令的限制，这项习俗作为具有强身健体功能的活动越来越受到人们的重视。从这首诗中可以看到，崔家姐妹体态矫健，充满活力，一改过去诗中的"美女"

纤弱、慵懒、哀怨、娇贵的气质。

明代踏青与宋代一样，依然选择春日出行，集中在清明前后。明刘侗、于奕正《帝京景物略·春场》曰："三月清明日……是日簪柳，游高梁桥，曰踏青。"还在《帝京景物略·高梁桥》中说："岁清明，桃柳当候，岸草遍矣。都人踏青高梁桥。"明人谢肇淛的《五杂俎》中，也有类似的记载："北人重墓祭，余在山东，每逢寒食，郊外哭声相望，至不忍闻。当时使有善歌者，歌白乐天《寒食行》，作变徵之声，坐客未有不堕泪者。南人借祭墓为踏青游戏之具，纸钱未灰，舄履相错，日暮，墦间主客无不颓然醉倒。"此外，明朝的娱乐形式更加多样，人们在游览山水、欣赏春光之外，还开展各式各样的体育娱乐活动，诸如放风筝、荡秋千、蹴鞠、牵钩（拔河）等，这些活动娱乐性更强，兼具强身健体的效果。

明清以后，踏青的热度长盛不衰，地方上活动出现地域化特色，《温州府志》中有："清明扫墓而祭多有邀亲朋，挐舟击鼓铿金类游湖者。"《杭州府志》说："二月花朝以往，士女争先出郊，谓之探春。画舫轻舟，栉比鳞集，先南屏，次放生池、湖心亭、岳王坟、卢舍庵，后入西陵桥、放鹤亭、比来皋亭山、刘坟村。每当春日，桃花盛放，一望如锦，游人多问津焉。"《金华府志》："清明日，人家门户插柳枝，少长行赏郊外，名曰踏青，前后十余日祭扫先坟。"绍兴地区还在踏青时节举行祭祀大禹活动。《绍兴府志》记载："三月五日俗传禹生之日，禹庙游人最盛。无贫贱富贵，倾城俱出，士民皆乘画舫，丹垩鲜明，酒樽食具甚盛，宾主列坐，前设歌舞。小民尤相矜尚，虽非富饶，亦终岁储蓄，以为下湖之行。春欲尽，数日游者益众。千秋观前一曲亭亦竞渡不减西园，至立夏日止。"清初潘荣陛所著《帝京岁时纪胜·岁时杂戏》也详细记载了清明时节扫墓踏青的情景："清明扫墓，倾城男女，纷出四郊，提酌挈盒，轮毂相望。各携纸鸢线轴，祭扫毕，即于坟前施放较胜。"

## 文化意义

在古代，踏青的本意是为了表示人们对自然的敬畏，顺应时令节气，后变为含义丰富的民俗活动。

首先，清明踏青可以表达对逝去亲人的哀思，古人认为人死之后灵魂会去往阴间随后转世投胎。为了表达对他们的思念，也期望他们下辈子有个好的归宿，会将心中的情感在清明节扫墓踏青的活动中宣泄出来，以寄托哀思。

其次，清明踏青可以锻炼身体，因为冬季严寒，人们紧闭屋舍，懒于出门走动，身体疲懒，春日出行恰恰可以解决这个烦恼。古代众多体育娱乐活动都在春天开展，人们到大自然中去，赏景、游玩、锻炼。最后，踏青还可以家人团聚，增进感情，在缅怀逝去亲人时，家人的团聚更能使人感受到生命的重要性和亲情的可贵。

# 走马观花踏青来

刘善民

那天上午，我和几位朋友到乡下办事，事妥，驱车往回赶，刘兄突然一踩刹车，说："趁这大好春光，不如到野外转转。"大家欣然同意，于是，掉头向东。众人轻松愉悦、悠然自得地穿行在乡间的小路上。

刘兄说："这是饶阳、献县、武强三县交界地带，南边那个村是我姥姥家，属武强县管辖，北边就是滹沱河。河北岸的那个村子属于献县，也有我的亲戚。我从小在姥姥家长大，姥姥去世后就很少来了。"

他看了看我，笑着说："要不随我故地重游，体验一把怀旧情愫？"

我说："好啊。"

车继续前行，他自言自语道："有一个渡口……"

这是一方开阔的乡野，村与村之间相隔二三十里，放眼远眺，远处的村庄恰似一座朦胧的城堡，红砖砌就的田间小路四通八达，将村与村、县与县之间的耕地串联在一起，宛若棋盘。

三月的大地，春意盎然，麦苗早已泛青，绿色向远处延伸，像漫无边际的地毯。麦田里有三三两两浇地的农民，一位挂着铁锨的姑娘望着垄沟的水花仿佛深陷某种意境，她胸前的纱巾像燃烧的火苗，一只小狗在田里跑来跑去。野菜贴着地皮，一堆一堆的，我降下车窗玻璃，探出头，猜着它们的名字——荠菜、辣辣菜……真想下车揪一把。车缓缓前行,一群鸽子在路中央悠然漫步,车到跟前了,才抖抖翅膀,飞到路边;路南有一片杏林,花开得正盛,风一吹,摇曳生姿。

刘兄一踩刹车在几棵老榆树旁停了下来。他说:"过去,榆树东侧是一条斜道,从姥姥家在的村口弯弯曲曲通向河边。小时候,姥姥常领我乘船过河走亲戚。

"姥姥是个要脸要面的老人,一说走亲,头一天就开始忙活着蒸馒头或者打火烧,有时炸一点馓子、麻糖(油条)作为走亲的礼品。

"第二天吃过早饭,姥姥给我换上干净衣裳,拎起盛有礼品、盖着花布的竹篮子,就领我上路了,当时我才六七岁。开始,我凭新鲜劲紧跑慢颠,不一会儿,感觉累了,就蹲在路边,一步也不愿迈。姥姥鼓励我说'到河边上了船,让你吃芝麻火烧',我立马从地上爬起来,为着火烧向河边进发。

"记得有一片芦苇荡,小路从苇中穿过,芦荡幽深,连着水坑,蚂蚱飞,蛐蛐叫,没有一个人影。忽然蹿出一只狐狸,吓得我们停下脚步不敢走了。姥姥'咻咻'了几声,狐狸看了我们两眼,扭头又钻回了芦荡。姥姥后来说,我吓得头发根子都立了起来。"

说到这里,后边与我们同行的车也赶了上来,刘兄踩动油门,开始寻找记忆中的渡口。他凭印象向北拐入麦田中间的一条土路,路边是刚栽种的柿子树,直如一条线;东面是一个养殖基地,看墙上的标语牌子,应是一个扶贫项目。透过车窗,我看到栏内牛羊饲养有序,空中国旗飘飘,一位农民在大门口收拾着什么。

我问:"离渡口还有多远?"那人一边用铁锨撒着白灰线,一边笑着说:"哪还有什么渡口,堤北那座桥,就是原来的老渡口。"

驱车上堤,眼前一派生机:清亮亮的河水欢快地唱着歌;岸边果树成林,有的树刚刚发芽,有的已经开了花;河边有不少垂钓的人。

蓦然,我看到了那座桥,虽没有上游的京九铁路大桥那么高耸,也没有下游的献县大桥那么宽阔，作为一座乡村小桥，却也坚固、平坦、实用，足以连通两岸。桥上行人不断，桥下清流悠悠。我眼前顿时幻化出小木船、铁链、木桩和过河走亲的姥姥，她一手拎着竹篮，一手牵着孙子……此时此刻，那个曾经六七岁的男孩，正驾着车重过这条河。逝者如斯夫，岁月不饶人啊！

刘兄没有停车，也没有说话，只是长长地按了三声喇叭。

迎面，一位银发老太太开着一辆时兴的新电车从对岸驶来，车后坐着一位老人，穿戴时髦，干净利落，手扶着红色的食盒，戴着白色耳机，像是在收听什么逗趣的段子，正露出一脸幸福的微笑。根据当地风俗判断，显然他们两人是为喜事走亲戚送礼去。

我们过桥进村，驶入一条宽阔的水泥大街。村里不少新房都是深宅大院高门楼，门两侧镌刻着诗词对联，一家比一家气派。来往的轿车挂着沧州的牌照，街北卫生所的牌子上写有"沧州市"的字样。

我想，往东应是清朝皇帝钦定的"献县四十八村"了。这一带地势低，滹沱、滏阳、子牙三河在此汇合，并入海河。多年来村庄饱经水患，人们曾挂着枣木棍子到处讨饭，而今，眼前呈现出祥和美丽的新农村景象，当地人的日子过得舒服多了。

沿柏油路出村，向西拐入饶阳地界。

不少油井架子矗立着，咔嗒咔嗒地点着头，"黑色的金子"通过地下管道流向远方。一辆精致的工具车停在路边，电力工人戴着安全帽在高空紧张地忙碌，下面几个农民仰着脖子看，我感受到了他们期待的眼神。

前方的林子像是苗圃基地，里面的吊车正提起粗大的风景树，带着土墩小心地装车，可能要将它运往某个经济开发区或者某个新村。乡村振兴战略实施后，新农村建设如火如荼，我到一些村庄游走观看，那里的环境和城里比也毫不逊色。因为建设需要，当今的苗圃行业生意很火爆。

后梁 赵岩 《八达春游图》（局部）

❀ 《唐人春郊游骑图》

行走间,"冠志农业"的厂牌墙出现在眼前,这是留楚镇的科技农业项目。墙下一条水渠缓缓流淌,它来源于国家南水北调工程的庞大水网,滋润着附近的土地。

透过树的缝隙,我发现了善旺村"人工滑雪场"的大红字广告牌。本想驶到善旺村下车,看一看美丽乡村和农家花园,由于时间关系,只好掉头返回县城。

上了饶武路,我担心这走马观花的,后车的朋友没有玩好。忽然手机响了,正是他们打来的,他们哈哈哈地笑个不停,情绪高涨地说:"这次踏青,一会儿工夫逛了三个县,收获满满,回去每人写一首诗。"

一样的行程,不一样的风景。听那兴奋的笑声,或许他们的视野里有更新、更美的发现。

明 仇英 《春夜宴桃李园图》

❀ 南唐 周文矩 《仙姬文会图》卷一

❀ 南唐 周文矩 《仙姬文会图》卷二

# 晒书

shài shū

## 概说

我国自古以来就有晒书的传统,晒书是古人为防止书籍受潮或遭虫蛀的一种行为,后来由于其蕴含的文化意义被单独拎出来作为一项传统民俗,展示了我国从古至今特有的读书文化。晒书在古代也称为『晒肚皮』,是文人墨客显露才学、展示品趣的一种特别方式,后来逐渐演变为一个传统习俗,保留至今。

## 渊源

在江淮流域的下游，每年六月中下旬会迎来漫长的梅雨季节，此时家中的棉被、冬衣、装饰品等存放的物品容易受潮发霉。所以到三伏天的时候，几乎家家户户都会将家中柜子、箱子、橱子里的东西拿出来，到太阳下暴晒一日，去除物品上的湿气，包括书籍也会拿出来摊平暴晒。

在我国古代，很早就有资料记载晒书的风俗。《尔雅翼》卷二："荆楚之俗，七月，曝经书及衣裳，以为卷轴久则有白鱼。"汉代崔寔的《四民月令》也曾提及在七月七日晒书晒衣而不被虫蛀之事。《太平御览》引《晋书》云："时七月七日，高祖方曝书。"久而久之，这个习惯逐渐成为一个定例，甚至逐渐演化为一个节日，根据《四民月令》记载，每到七月初七这天，"曝经书及衣裳，习俗然也""大暑日，士各晒书"。因为汉代的书籍多是竹简，用麻线纬编，人们在七月初七这天把书搬到户外晾晒，认为这天太阳很烈，比较容易把书晒透，把霉菌晒死。《齐民要术·杂说》记载："五月湿热，蠹虫将生。书经夏不舒展者，必生虫也。五月十五日以后，七月二十日以前，必须三度舒而展之。须要晴时，于大屋下风凉处，不见日处。曝书，令书色褐。热卷，生虫弥速。阴雨润气尤须避之。"认为五月开始天气逐渐湿热，潮气浸入书页，生蛀虫，书不在夏天展开晾晒的话很容易被虫蛀，所以在晴天的时候，人们把书置于风凉的地方，反复晒，而且强调必须在"风凉处，不见日处"晒。

关于晒书，宋代还有一个传说。宋真宗赵恒嗜好文学，他的名句"书中自有黄金屋，书中自有颜如玉"一直流传至今。某年的六月初六，赵恒做了一个梦，梦见玉皇大帝赐给他一本书，说："保其书则保尔国。"说完后，赵恒醒了，他发现手里果真执一书。于是赵恒谨遵玉帝之言，每年六月六晒书一次，以防止书发霉被蚀。传到民间后，百姓们为了防灾防祸，也在这一天晒书。与唐朝相比，宋代文人更为雅致，他们把晒书变成了"曝书会"，把书籍暴晒活动发展成文人定期聚会。宋代文人诗文中有许多关于晒书的记载。梅尧臣在他的诗作中，记录了他和文人们在曝书会上看到的大量珍稀书画，甚至还有一些五代时期名画的场景："世间难有古画笔，可往共观临石渠。……羲献墨迹十一卷，水玉作轴光疏疏。最奇小楷乐毅论，永和题尾付官奴。又看四本绝品画，戴嵩吴牛望青芜。"苏轼《次韵米芾二王书跋尾二首》中也写道："三馆曝书防蠹毁，得见来禽与青李。"是指他在《二十四日江邻几邀观三观书画录其所见》一诗中所描述的看到王羲之《青李来禽帖》时的惊讶。

明清时期，人们对晒书更加重视，书籍晾干后，文人们都会仔细检查，晃动书，让甲虫粉掉下来，等晒干的书凉透再放入橱柜。根据《齐民要术·杂说》，若乘热气卷归，"生虫弥速"。明代笔记《五杂俎》卷九云："日晒火焙固佳，然必须除冷，而后可入橱。若热而藏之，反滋蠹矣。"如果书籍不经过冷却进入橱柜，它们将更易生虫。可见，晒书虽然是保护书籍的一种方式，但如果方法不当，会损坏书籍。在清代，江苏藏书家孙从添在当时很有名，他在《藏书纪要·曝书》中记录的晾书方法特别详细："曝书须在伏天，照柜数目挨次晒，一柜一日。晒书用板四块，二尺阔，一丈五六尺长，高凳搁起，放日中，将书脑放上，两面翻晒。不用收起，连板抬风口凉透，方可上楼。遇雨，抬板连书入屋内搁起，最便。摊书板上，须要早凉。恐汗手拿书，沾有痕迹。收放入柜亦然。入柜亦须早，照柜门书单点进，不致错混。倘有该装订之书，即记出书名，以便检点收拾。曝书，秋初亦可。"

# 文化意义

晒书是耕读文化延伸出的一种独特的习俗，表现的是古往今来人们对书籍的爱护和对知识的崇敬与尊重。我国古代先贤为保护经典，防止书籍霉变生虫，在雨季过后，会将书籍放到阴凉通风处晾晒，古人探索晒书、曝书之法，有效地延长了书籍寿命。元明清以来，以农历六月六和七月七为核心，形成了独特的晒书文化传统。

晒书文化还有第二层含义，据说清代著名的学者朱彝尊，在农历六月初六这天躺在一个荷花池旁，露出了自己肥硕的大肚皮在那里慵懒地晒太阳，谁知道这一幕被微服私访的康熙皇帝看到了。康熙看到后很好奇，于是就过去询问："你为什么会在晒太阳的时候露着肚皮呢？"朱彝尊叹了一口气，回答说："我有一肚子的书却完全派不上用场，感觉这些书都要发霉了，可不得拿出来晾一晾，晒一晒太阳嘛！"康熙帝一下就被他这个有趣的回答给吸引了，高兴之余也意识到对方很有可能是个饱学之士，虽然没有当场表明身份，也没有给予什么态度，但却在心底记住了朱彝尊这个名字。

巡游完毕，康熙帝返回紫禁城，第一时间召见了朱彝尊，经过交谈，康熙帝发现果然没有看走眼，朱彝尊才华横溢，满腹经纶，于是册封他为翰林院检讨，并且还把修撰《明史》的任务交给了他。

晒书有时候也是大型的学术交流会，在茫茫人海中结交与自己志同道合的伙伴，书籍既承载思想、文化，又见证着思想、文化的传播与交流，通过"晒"这个行为，大胆展示自己，与朋友分享古籍知识，传播中华文化，其意义深远。

## 别人家晒衣服，我家晒书

郑自华

到了夏天要晒霉，这在上海是很普遍的现象。只见家家户户将大橱里、衣柜里的衣服拿出来晒上几日，然后再包好放起来，这样衣服就能安全度过上海的黄梅天。

可是晒书，我们是弄堂里的第一家。我家有一个湘妃竹的书架，满满当当放着五排书，最下面的是杂志，像《电影创作》《电影文学》《电影艺术》《解放军文艺》《上海文学》《萌芽》《少年文艺》，中间一排是小说，有《红旗飘飘》《中国古代寓言》《保尔》《雾都孤儿》等，第一排是连环画。由于书架放在三层阁，经常能闻到一股书的霉味，而且时不时地会看见一些小虫从书架里钻出来。那时，我家穷，没有什么衣物和珍贵的皮货要晒，可是每年夏天，我们都要晒书。某一个星期天，太阳出奇的好。我们在家门口将睡觉用的搁板搁在长凳上，然后，兄弟姐妹开始将三层阁上的书往下传，我负责将书一本一本摊在搁板上。待书全部放好，大家负责检查，发现有发霉现象，就用不穿的衣服擦干净；发现书有卷角的，就用装满热水的搪瓷茶杯，代替熨斗将书搞平整。这个时候，兄弟姐妹就会找个小凳子，各人捧一本书津津有味地看起来。同时，搁板边上围了很多人在看热闹。

一次，搬过来一个长着白胡子的老人，他住在弄堂最后一间。经常看见他在家用

南唐 周文矩 《仕女图》

伍 其他民俗

《宋人勘书图》（局部）

明 仇英 《汉宫春晓》（局部）

毛笔写字。老人翻了翻搁板上的书,问我:"听说过晒书的习俗吗?"我很好奇,难道晒书有习俗?"每年农历六月初六,苏州有晒书习俗。这一天将图画书籍晒于庭中,防虫蛀腐蚀。"我点点头。老爷爷又问:"听说过'袒腹晒书'的故事吗?"因为平时懂点儿常识,我就将"袒腹晒书"成语的来历说了一遍。原来,东晋名士郝隆在七月七日那天仰卧在太阳底下,别人问他怎么回事,他回答说:"我晒腹中的书。"后来便有了"袒腹晒书"这个成语。当我摇头晃脑说完,老爷爷问,你知道中国历史上有哪些"袒腹晒书"的名人吗?我一下子愣住了。"除了郝隆,还有李时珍、蒲松龄。要想成为大学问家,从小就要好好读书啊。"说完,老爷爷转身走了,望着老人仙风道骨的背影,我陷入了沉思。我知道,老爷爷的意思是让我不仅要读书,而且要将读过的书消化!

　　暑假晒书的习惯一直持续到1965年,我也从小学读完了初中。暑假晒书成了我童年生活最美好的记忆。